KATHARINA LUKAS

Zefix
halleluja!

HEIMAT IN GEFAHR Im niederbayerischen Hintersbrunn rennt Franz um sein Leben. Soeben hat er auf dem verlassenen Weimerhof ein mordlüsternes Gespenst gesehen. Zum Glück fällt ihm ein, wer ihm in seiner Not helfen könnte. In München hat sich Gundi Starck als Journalistin, die ungeklärte Mordfälle aufdeckt, einen Namen gemacht. Doch jetzt tritt sie beruflich und privat auf der Stelle. Als Franz' Notruf sie erreicht, macht sie sich auf in ihr Heimatdorf. Vor Ort bietet der »zuagroaste« Sachse Lutz Zenker ein Vermögen für das verfallene Spukhaus. Gundi nimmt das Anwesen unter die Lupe und macht eine gruselige Entdeckung: einen menschlichen Schädel, der aus dem 5. Jahrhundert nach Christus stammt. Für Bürgermeister Bernleitner, der das Dorf zu größerer Bedeutung führen will, steht fest: Im kleinen Hintersbrunn befindet sich die »Wiege der Bajuwaren«. Mithilfe von Zenker will er ein Heimatmuseum eröffnen. Als Gundi der finsteren Gesinnung des Sachsen auf die Spur kommt, ahnt sie nicht, dass sie in Lebensgefahr ist.

© Karl Bichlmeir

Katharina Lukas ist in einem kleinen Dorf in Niederbayern geboren, studierte Philosophie und arbeitete als Journalistin in München und London. Heute ist sie als Ghostwriterin für Autobiografien tätig und schreibt deftige Kriminalromane voller Spannung und Ironie. Dabei nimmt sie die bayerische Lebensart liebevoll aufs Korn. Sie lebt mit ihrem Mann, einem Musiker, in München. Die religiös geprägten Flüche ihrer Heimat sind ein Faible von ihr, insbesondere deren »gottesfürchtige« Abwandlungen. »Zefix halleluja!« ist nach »Sacklzement!« (2021) und »Herrschaftszeiten no amoi!« (2022) ihr dritter Krimi um die trinkfeste Cold-Case-Reporterin Gundi Starck.

KATHARINA LUKAS

Zefix halleluja!

KRIMINALROMAN

GMEINER

Immer informiert

Spannung pur – mit unserem Newsletter informieren wir Sie regelmäßig über Wissenswertes aus unserer Bücherwelt.

Gefällt mir!

Facebook: @Gmeiner.Verlag
Instagram: @gmeinerverlag

Besuchen Sie uns im Internet:
www.gmeiner-verlag.de

© 2024 – Gmeiner-Verlag GmbH
Im Ehried 5, 88605 Meßkirch
Telefon 0 75 75 / 20 95 - 0
info@gmeiner-verlag.de
Alle Rechte vorbehalten
2. Auflage 2025

Lektorat: Susanne Tachlinski
Herstellung: Julia Franze
Umschlaggestaltung: U.O.R.G. Lutz Eberle, Stuttgart
unter Verwendung eines Fotos von: © FooTToo / istockphoto
Druck: CPI books GmbH, Leck
Printed in Germany
ISBN 978-3-8392-0707-9

ZU DIESEM BUCH

Wem etwas gegen den Strich geht, der schimpft meist über Gott und die Welt. Da in Bayern die Welt im Großen und Ganzen himmelblau, also in Ordnung ist, richtet sich das Fluchen der Einheimischen gegen den Herrgott. Für diese oberste moralische Instanz würde ein Bayer übrigens niemals die für ihn völlig abstrakte Bezeichnung »Gott« gebrauchen. Neben »Herrgott« wird der weise alte Mann im weißblauen Himmel auch »Gottvater« oder »Himmelvater« genannt.

Das Schimpfen auf den »Herrgott« verstößt allerdings gegen das zweite Gebot und muss in der Folge gebeichtet werden. Nur, wer will schon täglich im Beichtstuhl knien? Aus diesem Grunde gibt es in der bairischen Sprache gottesfürchtig abgemilderte Flüche.

»Sacklzement« statt »Sakrament« oder »Herrschaftszeiten« statt »Herrgott« sind Beispiele dafür. »Zefix« statt »Kruzifix« ist so unverfänglich, dass diese Abwandlung des Fluchworts heutzutage sogar als Name für Modekollektionen, Limonaden, Anglerbedarf und diverse Publikationen Verwendung findet. Weitere Varianten sind »Fix«, »Fixluja«, »Kruzifux«, »Kruzifünferl«, »Kruzinesen« oder »Kruzinali«.

Das inbrünstige »Zefix halleluja!« des Engel Aloisius in Adolf Gondrells Interpretation des Ludwig-Thoma-Klassikers »Ein Münchner im Himmel« wurde im bayerischen Sprachraum im wahrsten Sinne zum geflügelten

Wort. Es kennzeichnet treffend die urbayerische Skepsis gegenüber jeglicher Führung von oben.

Wie »Zefix halleluja« zeigt, stehen dem Bayern darüber hinaus mannigfaltige Fluchwortverbindungen zur Verfügung, mit denen er sogar dem Grad seiner Verstimmung Ausdruck verleihen kann. Ein einfaches »Kruzifix« kann nicht nur durch »Halleluja«, sondern auch durch »Kreuzkruzifix«, »Kruzifixsakrament« oder »Kreuzkruzifixsakrament« gesteigert werden. »Kreuzkruzifixhimmelherrgottsakramentscheißhoitowa« – in meiner Familie vom Urgroßvater überliefert, der bei der Feldarbeit von einem Gewitter überrascht wurde – drückt in diesem Sinne eine sehr große Verärgerung über himmlische Entscheidungen aus.

Das treffliche Schimpfen – auch auf unliebsame Zeitgenossen – stellt in Bayern eine eigene Kunstform dar. Ein Glossar der bayerischen Kraftausdrücke, die in dieser Kriminalgeschichte aus dem niederbayerischen Hintersbrunn zur Anwendung kommen, findet sich im Anhang dieses Buchs.

KAPITEL 1

Wie eine gesengte Sau rannte der Fürbitten-Franz zurück zu seiner Hausmeisterei. Er schmiss die Haustür hinter sich zu, drehte den Schlüssel um und polterte keuchend durch den kleinen Gang in seine Werkstatt. Mit letzter Kraft schob er den eisernen Riegel vor den Hinterausgang und sank zu Boden. Mit dem Rücken zur Tür rang er nach Luft.

»Warum glaubt mir denn n-n-nie einer?«, klagte er laut. »Warum lacht mich jeder i-i-immer nur aus? K-K-Kruzif-f-fünferl!«

Franz schlug mit den Händen auf den Estrich der ehemaligen Backstube. Momentan war er hier sicher, zwischen all seinen Werkzeugen. Die festen Türen seiner Behausung würde der rasende Axtmörder nicht überwinden können. Hier käme er nicht herein. Aber was, wenn sich der Hackl-Toni dann die Liesi holte?

Der Fürbitten-Franz, der seinen Beinamen vom weit über das übliche Alter hinaus verrichteten Ministrantendienst zurückbehalten hatte, war am heutigen Abend noch mal auf die Baustelle gegangen, nachdem er den ganzen Tag in Bruck Hecken geschnitten hatte. Es war eine schwere Arbeit, das Heckenschneiden, und es jedem Hausbesitzer recht zu machen, war auch nicht leicht. Fünf Halbe hatte er während der Arbeit getrunken und sie fast zeitgleich wieder ausgeschwitzt. Kurz vor Sonnenuntergang wollte er auf dem verlassenen Weimerhof noch einmal nach dem Rechten sehen. Er hatte dort schon seit einer Weile ein mulmiges Gefühl gehabt beim Schuttaufräumen, aber wegen der Liesi war er immer wieder hingegangen. Gleich zu Beginn wäre er beinahe von einem herabfallenden Balken getroffen worden. Da hatte er sich noch nichts dabei gedacht, er wusste ja, wie unsicher das alte Gemäuer war. Ein bisserl unheimlich war ihm geworden, als er im Obergeschoss ein Poltern hörte. Von da oben, wo der Toni seine Kinder zerhackt hat. Und als er hinaufschaute, war dort ein Schatten um die Ecke gehuscht. Franz hatte ihn gerade noch gesehen. Anderntags hatte er ein Wispern gehört, obwohl er ganz allein war.

»Franz«, hatte die Stimme geflüstert, die aus einer alten Mauer kam. »Du bist der Nächste.«

Die Bosheit im Raum hatte er am ganzen Körper gespürt. Aber die Liesi hatte gesagt, dass er sich das nur einbilde. Und heute war das Hackl wieder da. Es lag auf dem Boden des Stadels, genau unter dem Dachbalken, an dem sich der Hackl-Toni nach seiner Gräueltat erhängt hat. Franz war sich sofort sicher gewesen, dass ihn der Geist damit in der Mitte auseinanderhauen würde, wenn er nicht sofort Reißaus nähme.

Langsam richtete er sich an der verriegelten Tür wieder auf, wischte sich die Tränen und den Schweiß vom Gesicht und putzte seine Hände an der blauen Latzhose ab. Wie um sich zu versichern, dass die Welt noch in Ordnung war, berührte er jedes seiner Werkzeuge mit seinen von der lebenslangen Arbeit schwieligen Fingern. Seine Hobel waren alle an ihrem Platz, die Bohrmaschine lag mit dem dazugehörigen Verlängerungskabel im richtigen Regalfach, und die in die Wand gehauenen Stahlnägel hielten die verschiedenen Sägen bombenfest. Zuletzt nahm er sein größtes Beil vom Haken und ging damit nach vorn in den Verkaufsraum der einstigen Bäckerei von Hintersbrunn. Hier hatte er sich eine Art Rezeption eingerichtet, die aus dem alten Verkaufstresen und einem Stuhl dahinter bestand. Auf den setzte er sich jetzt, das Beil auf den Knien. Er blickte auf das frühere Schaufenster, das er bis zur halben Höhe mit alten Zeitungen abgeklebt hatte. Links davon an der Wand hing noch das graue Telefon vom verstorbenen Bäckermeister von Hintersbrunn, das Franz nie benutzte. Auch einen Terminkalender hatte er nicht, so was hielt er für eine ganz und gar unnötige Erfindung. Franz' Hausmeisterei funktionierte dadurch, dass man bei ihm vorbeikam, wenn man etwas brauchte. Wenn er da war, hatte er Zeit, und wenn er nicht da war, dann hatte er keine Zeit. So einfach war das. Franz schüttelte den Kopf darüber, warum andere Leute das so kompliziert machten.

Mit dem sicheren Gefühl, das ihm die Axt auf den Knien gab, versuchte Franz nachzudenken. Er wusste selber, dass er nicht der Hellste war, aber jetzt musste er sich etwas einfallen lassen. Denn er brauchte Hilfe.

Es war erst ein paar Wochen her, dass ihm Liesi von der neuen Idee mit dem Weimerhof erzählt hatte. Dass sie aus dem Weimerhof ein Haus machen wollten, in dem sich alle Hintersbrunner treffen könnten. Zum Feiern oder Reden oder einfach nur Dasitzen. Franz fand das sehr schön. Er hätte gern so einen Platz gehabt. Die Dorfwirtschaft, den Bräu, mied er. Weil sich der Bräu immer über ihn lustig machte. Und weil er das meistens zu spät merkte. Franz wusste, dass es Dorfbewohner gab, die hinter seinem Rücken »Dorfdepp« zu ihm sagten. Er war sich darüber bewusst, dass er nicht so schnell denken und handeln konnte wie die anderen, aber er versuchte, diese Unzulänglichkeit mit Fleiß wettzumachen.

»Das Geld haben wir noch nicht beieinander«, hatte Liesi gesagt, also hatte er angeboten, schon einmal ein paar Vorarbeiten zu machen, bis der Architekt aus der Stadt kam. Schutt wegräumen, morsche Durchgänge sichern und so was. Trotz seines schwerfälligen Körpers konnte Franz anpacken. Er konnte Schnee räumen und Dachrinnen ausleeren, Äste abschneiden, schwere Sachen tragen und Sperrmüll wegfahren. Ein bisserl umständlich vielleicht, und manchmal dauerte es etwas länger, aber er konnte gut zuhören und die Sorgen von anderen Leuten meist im Vorfeld erahnen.

»Was ich jetzt mach, müsst ihr später nicht mehr teuer bezahlen«, hatte er zu Liesi gesagt, und Liesi hatte sich sehr darüber gefreut. Was wiederum den Franz sehr freute.

Er hatte ihr natürlich gleich zu Beginn von den unheimlichen Vorkommnissen auf dem Weimerhof erzählt. Von den Stimmen und von dem Schattengeist. Aber Liesi hatte nur gelacht.

»So was wie Gespenster gibt es gar nicht«, hatte sie gesagt. Sie würde auch die Sache mit dem Hackl nicht glauben. Und beweisen würde Franz es auch nicht können. Denn genau wie der morsche Balken würde es verschwunden sein, wenn sie nachschauen ginge.

»Frag den Moshammer Edi!«, hatte der Franz in seiner Verzweiflung an Liesi appelliert, denn der war einer, der nicht viel sagte, aber viel wusste. Der Moshammer wusste, dass der Hackl-Toni im Weimerhof umging. Liesi nannte ihn einen alten Spinner. Franz ahnte, dass er ihr die Idee mit dem Weimerhof nicht würde ausreden können. Früher oder später würde der Hackl-Toni sie erwischen. Die

Liesi, die er so gernhatte, dass sein Herz manchmal heftig pumperte, wenn sie ihn anlächelte. Und auch aus den Lehrern, den anderen beiden im Dorf, die ihn noch nie Depp genannt hatten, würde der Hackl-Toni Hackfleisch machen. Sie waren alle in Lebensgefahr, wenn sie ihre Pläne mit dem Weimerhof nicht aufgaben, das war Franz klar.

In diesem Moment fiel es ihm ein. Er haute sich mit der flachen Hand so fest auf die Stirn, dass es klatschte. Warum war er da nicht schon eher draufgekommen? Es gab noch jemanden, der ihn nie ausgelacht hatte.

Die oide Schoasdromme, schoss ihm in den Kopf, und er musste laut lachen. Sie arbeitete bei der Zeitung in der Stadt. Und sie hatte vor nichts Angst. Gundi, seine Freundin von früher, die ihm dieses Haus überlassen hatte, nachdem der alte Bäckermeister gestorben war. Sie hatte ihm damals ihre Nummer an die Wand geschrieben, gleich neben dem alten Telefon.

»Wenn was ist, kannst mich immer anrufen«, hatte sie gesagt. Bisher war aber nichts gewesen. Franz legte die Axt auf den Tresen und ging zum Telefon an der Wand. Mit einem Finger fuhr er die Nummer entlang, die inzwischen schon etwas verblichen war. Er nahm den Hörer von der Gabel und klemmte ihn umständlich zwischen Schulter und Ohr. Ziffer für Ziffer arbeitete er sich mit dem einen Zeigefinger an der furchtbar langen Nummer entlang. Mit dem anderen bediente er die Wählscheibe.

»Wieder ein unnötiges Risiko eingegangen«, sagte Gundi Starck, als sie auf dem Marienplatz ankamen. Ihre Augen suchten das verblasste Mosaik des bärtigen Riesen an den historischen Fassaden. Man sagt, dass jeder Münchner Bürger, der das Bildnis des Schutzpatrons der Stadt ansieht, an diesem Tag keines plötzlichen Todes sterben wird. Dieser Überlieferung nach hatte Gundi schon den ganzen Tag in lebensgefährlicher Unsicherheit verbracht.

»Wenn ich alt bin, werde ich hier campieren und jeden Morgen als Allererstes den heiligen Onuphrius anschauen«, verkündete sie, als sie ihr kleines Ritual bewerkstelligt hatte. Es war als Witz gemeint, aber ein Körnchen Wunderglaube lag auch darin.

»Feilschst du wieder mit den Türstehern an der Himmelspforte?«, kommentierte Ferdl Freudenreich neben ihr. Die Gastronomie war sein Metier, und in seinen Augen machte die bayerische Spezlwirtschaft auch vor dem Herrgott nicht halt. Anders als er, der mit Religion nichts anfangen konnte, war Gundi in Fragen bezüglich einer höheren Macht unentschlossen.

So wie sie auch äußerlich verschieden waren. Gundi, ein gestandenes Weibsbild, überragte den zarten Ferdl fast um Haupthöhe. Anders als Ferdl konnte sie dieses undefinierbare Resthoffen nicht gänzlich vernichten. Dieses Gefühl, dass es schöner wäre, wenn irgendjemand da oben auf einen aufpasst. Vielleicht, weil sie auf dem Land aufgewachsen war. Im erzkatholischen Hinterland Bayerns. Die beiden langjährigen Freunde marschierten den Petersberg hoch, vorbei an den auf ihre Turmbesteigung wartenden Touristen, als die Uhr der alten Pfarrkirche schlug.

»Weißt du eigentlich, warum der Alte Peter acht Uhren hat und nicht vier, wie jeder andere Kirchturm?«, fragte Ferdl.

Gundi schaute nach oben. »Pfeilgrad. Das ist mir noch nie aufgefallen.«

Ferdl schwieg wissend, und Gundi sah ihn groß an. Dann hob sie die Hände. »Und warum hat der Petersturm acht Uhren?«

Ferdl grinste. »Damit acht Leute gleichzeitig auf die Uhr schauen können.«

»So ein Schmarrn.«

»Ist nicht von mir. Ist vom Valentin.«

Die beiden bogen um die Ecke.

»Wir marschieren jetzt über die Gräber«, schwatzte Ferdl gut gelaunt und zeigte auf die verwitterten Grabplatten an der Außenmauer der Kirche. »Vom Petersbergl aus ist der Schwarze Tod über München gekommen, und der Teufel selber hat genau hier, wo wir jetzt gehen, versucht, den Alten Peter zu erstürmen.« Mit den alten Schauermärchen der Stadtgeschichte unterhielt Ferdl gelegentlich die Gäste seines Hotels »Monarch«. Wie um die Anwesenheit von bösen Mächten zu bezeugen, wehte in diesem Augenblick ein ungemütlicher Luftzug an der Außenseite der alten Kirche entlang.

Gundi war nicht wirklich nach Blödeln zumute. Sie hatte seit Monaten keine Story mehr geschrieben und war pleite. Das Leben als freiberufliche Journalistin hatte sie sich einfacher vorgestellt. Früher, als sie noch Klatschreporterin bei der Zeitung gewesen war, hatte ihr Ferdl manchmal einen heißen Tipp geben können, zu den Promis, die in seinem Hotel in der Münchner Innenstadt abstiegen. Für eine investigative Reporterin, die sich auf ungelöste Kriminalfälle spezialisiert hatte, war die Auftragslage dagegen mehr als dürftig.

»Im Alten Peter ist übrigens die heilige Munditia aufgebahrt. Patronin der alleinstehenden Frauen«, scherzte Ferdl weiter. »Versuch's doch mal mit ihr, anstatt immer nur den alten Onuphrius zu grüßen ...«

»Ich brauch keinen Mann, um glücklich zu sein«, empörte Gundi sich humorlos. Ohne etwas davon zu ahnen, hatte er ihren wunden Punkt getroffen. Seit ihr langjähriger bester Freund auf seine alten Tage noch mal eine neue Liebe gefunden hatte, dachte sie plötzlich über ihr bisher so selbstverständliches Singledasein nach. Warum hatte sie nie den Mann fürs Leben gefunden? Verliebt war sie auch schon gewesen. Damit hatte sie sogar mehr als genug Erfahrung gesammelt und sich meistens die Finger dabei verbrannt. Sie hatte mehrere Beziehungen mit Männern gehabt, die jedes Mal versandet waren, wenn der Alltag einkehrte. Der verschmähte Karl fiel ihr wieder ein, ein kluger Kollege beim Tagblatt, mit dem sie sogar etwas länger als üblich liiert gewesen war. Als Karl mit ihr zusammenziehen wollte, von Heirat und Kindern sprach, hatte sie sich panikartig verabschiedet.

Vielleicht hatte sie ein Vatertrauma, wie Ferdl vermutete. Er meinte, dass sie wegen der Zurückweisung durch ihren kaltherzigen Vater der Zuneigung von Männern misstraute. Sie selbst war ihr ganzes bisheriges Leben lang überzeugt gewesen, dass sie allein besser dran war. Dass ein fester Partner sie nur einschränken würde. Sie war ohne feste Beziehung glücklicher. Jetzt, allein und darüber hinaus auch noch pleite, fühlte sich die jahrelang verteidigte Freiheitsliebe nicht mehr ganz so glorreich an. Gundis Selbstbild von der unabhängigen Powerfrau bröckelte gewaltig. Obendrein schlich sich ein gänzlich neuer Gedanke ein, so irritierend wie ein ungebetener Gast: Sie hatte den größten Teil ihres Lebens schon hinter sich. Würde sie als einsame Alte vor einem leeren Kühlschrank enden?

Gegen die plötzliche Kälte im Schatten der Pfarrkirche schlüpfte Gundi in die Ärmel ihrer zerschlissenen Jacke. Ferdl, wie immer tadellos gekleidet, verabschiedete sich und flanierte wie Monaco Franze den Berg hinunter zur Bushaltestelle am Viktualienmarkt. Ihr bester Freund hatte noch eine Verabredung mit seinem neuen Lover. Wenn Kone rief, hatte er keine Zeit mehr für sie. Gundi kam sich vor wie ein an der Tankstelle ausgesetzter Hund. Und was sollte das überhaupt mit der Munditia? Kannte Ferdl sie so schlecht?

Kurz entschlossen lief sie ein paar Meter zurück und betrat die dunkle Kirche. Sie begann ihren Rundgang an den Seitenaltären, die verschiedenen Heiligen gewidmet waren. Eine Handvoll älterer Menschen saß auf den Bänken im Mittelschiff verteilt, und flüsternde Besuchergruppen flanierten zwischen den Säulen umher. Einige blätterten in Reiseführern, andere ließen sich von ihren Handys informieren, fast alle trugen Turnschuhe und Bauchbeutel. Plötzlich lag sie vor ihr. Die heilige Munditia, Patronin der gefallenen Mädchen und alleinstehenden Frauen, wie Ferdl wusste. Die Ganzkörperreliquie in ihrem gläsernen Schrein räkelte sich auf einem Sofa aus Stein. Sie war in eine Brokatschärpe gewickelt. Ihren Kopf krönte ein silberner Lorbeerkranz. Der Totenschädel grinste Gundi entgegen. Die Tote sah aus wie die Darstellerin einer Halloweenshow auf St. Pauli. Man muss schon sehr verzweifelt sein, wenn man sich von dieser Gruselbraut Beistand erbitten muss, dachte Gundi. Sie wandte sich ab, setzte sich in eine der Kirchenbänke und schloss die Augen. Nach einer Weile umfing sie die Stille des hohen Raums wie ein lautloses Wiegenlied. Genau hier, wo sie jetzt saß, luden die Menschen seit 800 Jahren ihre Sorgen ab. Seit Jahrhunderten erbaten sich die Bekümmerten hier Hilfe und schöpften neue Hoffnung. Mit einem Mal kamen Gundi ihre eigenen Probleme klein und lächerlich vor. Sie warf einen Blick zurück zum Skelett der Munditia.

»Vorbei ist es erst, wenn ich tot bin«, sagte sie leise zu sich selbst und stand auf. Auf dem Weg zum Ausgang fiel ihr ein großer Opferstock im hinteren Teil der Kirche auf. Neugierig ging sie darauf zu. Auf einem wagenradgroßen Tisch brannte in mehrstöckigen Reihen ein Meer von kleinen Teelichtern, die man gegen Münzeinwurf erstehen konnte. Der Heilige, für dessen Fürsprache die Kirchgänger so viele Lichter anzündeten, musste extrem beliebt sein. Eine Inschrift an der Wand verriet, um wen es sich handelte: Es war der Apostel Judas Thaddäus, verehrt und angerufen als Helfer in hoffnungslosen Fällen. Gundi musste ein Lachen unterdrücken. Sicherheitshalber zündete aber auch sie eine Kerze an.

Kaum war sie aus dem südlichen Portal ins Freie getreten, klingelte ihr Handy. Es war der Anschluss ihres Vaters aus Hintersbrunn, und für den Bruchteil einer Sekunde erschrak sie bis ins Mark. Die vergessene Beklemmung war sofort wieder da. Die Erinnerung an ihre Kindheit, in der sie das dicke Bäckerdirndl aus Hintersbrunn gewesen war, das Watschen bekam, wenn es nicht parierte. Sie erinnerte sich auch an das bigotte Dorf, in dem das alle mitbekamen, aber nichts sagten. Ihre Heimat in Niederbayern, die sie mit fliegenden Fahnen verlassen hatte, sobald sie volljährig gewesen war. Aber der Anrufer konnte nicht ihr Vater sein, der war seit Jahren tot. Es musste Franz sein. Der, der jetzt in ihrem alten Elternhaus wohnte und den alten Telefonanschluss der Einfachheit halber übernommen hatte. Der gutmütige Gefährte ihrer Kindheit hatte sie noch nie angerufen. Ein Lächeln huschte über ihr Gesicht, und sie berührte das grüne Symbol auf ihrem Handy.

»Franz, du oide Fischhaut!«, begrüßte sie ihn.

»D-d-du musst unbedingt kommen«, erhielt sie zur Antwort.

KAPITEL 2

»Was is heut für a Tag?«, sang Mariele leise vor sich hin.
»Heut ist Mo-ho-ntag! Heut is Knödeltag!«

Beherzt griff die Bräuin in die große Schüssel, in der sie eingeweichtes Brot mit Eiern, Zwiebeln und Petersilie vermischt hatte. Sie teilte die erste Handvoll ab und begann, die klebrige Masse mit kreisenden Bewegungen in ihren Handhöhlen zu formen.

»Wann alle Tag Montag Knödeltag wä-re, ja da wär' ma lust'ge Leit, jucheh!«, sang sie und wackelte mit ihren kräftigen Hüften im Rhythmus.

Mariele Greimer, Wirtin vom Greimerbräu in Hintersbrunn, war es von Kindesbeinen an gewohnt, im Gasthaus zu arbeiten. Sie dachte gern zurück an ihre Kindheit, in der sie als kleines Mädchen in der Wirtshausküche mit den riesigen Töpfen und Pfannen gespielt hatte. Sie war die Tochter des legendären Jagerwirts zu Schwindach, einem Prackl von Mannsbild, mit einer urbayerischen Widerspenstigkeit gegen alle Neuerungen der Moderne. Noch heute erzählt man sich in ihrer Familie die Geschichte von dem Touristen, der sich einmal in die Wirtsstube ihres Vaters verirrt hatte und wegen der fehlenden Speisekarte nach der Empfehlung des Hauses fragte.

»Ja mei, der Leberkas müsst weiter«, war die Antwort ihres Vaters gewesen. Ihr Bruder fand das zum Schreien lustig, sie selbst schämte sich für die Rückständigkeit ihres Vaters. In diesen Gedanken versunken, formte sie ihre beachtlichen Knödel und sang ihr Kettenlied weiter: »Wenn alle Tag Montag Knödeltag, Dienstag Nudeltag, Mittwoch Strudeltag wä-re, ja da wär' ma lust'ge Leit, jucheh!«

Für heute Abend hatte sie ihre Freunde vom Kulturverein eingeladen, um die Pläne für das neue Bürgerzentrum in Hintersbrunn zu besprechen. Seit diese Idee in der Welt war, fühlte sie sich wieder wie eine junge Frau, und ihre Augen glänzten bei dem Gedanken an die Ausstellungen, Lesungen und Filmabende, zu denen sie als Veranstalterin einladen werden würde. Den Anfang würde eine Werkschau der jungen Töpferin aus Bruck machen, die traditionelle Keramik herstellte und allerlei anderes Kunsthandwerk. Die hatte sie heute besucht, und sie konnte es kaum erwarten, ihren Mitstreitern die frohe Botschaft zu verkünden. Für das abendliche Treffen mit dem Kulturverein bereitete sie heute einen Zwiebelbraten vor. Weil die Evelyn kein Schweinefleisch mochte. Und Semmelknödel passten ja immer.

»Was is heut für a Tag? Heut ist Donnerstag! Heut ist Fle-isch-tag!«

Ihr Mann, der Bräu, hatte für den Kulturverein kein gutes Wort übrig. Er hatte für die feinen und schönen Dinge des Lebens noch nie einen Sinn gehabt und hielt Marieles Träume für Spinnereien. Schon bei der Übernahme der Dorfgaststätte von seinen Eltern hatte sie die schöne alte Wandverkleidung aus Holz restaurieren wollen. Er hatte die alten Hölzer durch braune Fliesen ersetzt. Wegen des einfacheren Saubermachens.

»Als ob der jemals einen Putzlumpen in der Hand gehabt hätte«, sagte sie in der Erinnerung zu sich selbst. Mit Grauen dachte Mariele an die erbitterten Streitgespräche in den ersten Jahren ihrer Ehe. Sie wollte Töpfe mit Wiesenblumen auf den Tischen. Er entschied sich für abwischbare Tischdecken. Sie träumte von Liederabenden und Dichterlesungen, er vom Bierumsatz und von Schafkopfturnieren. Als sie die verstaubten Hirschgeweihe von anno dazumal in der Gaststube loswerden wollte, hatte er den bislang einzigen Gedanken seines Lebens, der immerhin ansatzweise etwas mit Kunstsinn zu tun hatte: Er kam mit dem kitschigen Gemälde eines röhrenden Hirschs an. Das hässliche Ding zierte seitdem eine Wand der Gaststube. Den Todesstoß hatte er ihrer Ehe aber nicht durch seine Unkultiviertheit verpasst. Es war die Kaltherzigkeit, mit der er die Verantwortung für ihren gemeinsamen Sohn Basti ablehnte. Als sie ihren schwerbehinderten Buben am Ende ihrer Kräfte schließlich in ein Pflegeheim gegeben hatte, war die Ehe der beiden Wirtsleute am Ende gewesen. Seither waren sie Gefangene ihres gemeinsamen Geschäfts und der immensen Kosten. Von Marieles jugendlichen Träumen war nichts übrig geblieben. Die Eheleute sprachen kaum mehr ein Wort miteinander.

»Was is heut für a Tag? Heut ist Freitag! Heut ist Fastentag!«

Das neue Kulturzentrum kam ihr vor wie ein rettender Anker in der Not. Sie hatte nach vielen Jahren wieder begonnen, an sich selbst zu glauben. Sie würde mit Catering bei Veranstaltungen beginnen. Vielleicht einen kleinen Cafébetrieb einrichten. Mit selbst gemachtem Kuchen und Kanapees.

»Marieles feine Kanapees«. Wie schön das klang. Bald würden die Dorfbewohner ihre Hochzeiten und Familienfeiern nicht mehr auswärts begehen. Sie würde ihren Mann in seinem miefigen Wirtshaus zurücklassen, wo er sich jeden Abend mit seinen Saufkumpanen volllaufen lassen konnte. Im Sommer könnte sie auf der Wiese hinter dem verlassenen Bauernhof, in dem das neue Kulturzentrum entstehen sollte, ein richtiges Volksfest veranstalten. Für die Jugend müsste es auch was geben. Kinonächte vielleicht. Und für die Alten Seniorenabende mit Tanz. Sie hatte den Kopf voll mit Plänen und konnte es kaum erwarten, ihren Freunden von ihren vielen Ideen zu erzählen. Sie würde auf dem Weimerhof schnell Gewinn machen und ihre Schulden tilgen. Dann konnte ihr Mann hingehen, wo der Pfeffer wuchs.

»Was is heut für a Tag? Heut ist Sa-amstag! Heut ist Zahltag!«

Plötzlich hörte sie die Stimme des Bräus aus der Gaststube. Stritt er etwa mit dem armen Moshammer? Bast konnte den alten Mann nicht leiden, der von früh bis spät in seiner Gaststube saß, kaum etwas konsumierte und im Winter oft nur die Wärme des Kachelofens genoss. Mariele hielt im Knödelmachen inne und horchte. Nein, der Greis war es nicht, gegen den sich ihr Mann behauptete. Sie vernahm die Stimme von Zenker, diesem Hodalump, mit dem ihr Gatte neuerdings die Köpfe zusammensteckte. Irgendwas heckten die beiden aus. Zenker war erst vor ein paar Jahren aus den neuen Bundesländern nach Hintersbrunn gezogen, und mit ihm stimmte etwas nicht. Genau wie mit seiner Frau, die ihre Zöpfe altmodisch um den Kopf gewickelt trug. Wie im vorigen Jahrhundert. Die Zenkers hatten drei verdruckste Kinder im Alter von acht bis zwölf, die Mariele manchmal sah, wenn sie in den Schulbus stiegen. Die ganze Familie wirkte auf sie wie aus der Zeit gefallen. Sie lebten zurückgezogen auf einem Anwesen außerhalb von Hintersbrunn, das sie von einer auswärtigen Baufirma großkotzig hatten herrichten lassen. Arm waren sie also nicht, die Zenkers. Vor dem Haus parkten teure Autos. Trotzdem ließ sich der Zuagroaste ständig einladen. Mariele mochte solche Menschen nicht.

»Was is heut für a Tag? Heut ist Sonntag! Heut ist Lumptag!«

Sie wischte sich die nassen Hände an der Schürze ab und ging Richtung Gaststube. Sie musste herausfinden, was ihr Mann und dieser Zenker ausbrüteten.

»Du bis en Depp, Bastl. Bloß ä bissl Geisterbahn nutzt gor nischt«, knurrte Lutz Zenker. Er war ein großer Mann mit breitkrempigem Hut und mächtigem Vollbart. Immer wenn er sich ärgerte, hörte man den Sachsen heraus.

»Sag ned Bastl zu mir«, schnauzte der Angesprochene zurück, dem man den Niederbayern zu jeder Zeit anhörte. »Ich bin der Bräu. Wie lang bist jetzt schon bei uns, Lutz? Ein bisserl was musst du doch in der ganzen Zeit gelernt haben!«

Sebastian Greimer, der Wirt vom Greimerbräu, war in Bezug auf seine Anrede eigen. Er war kein »Wastl« oder »Bastl«. Auch kein »Sepp« oder sonst wie abgekürzt. Er wollte auch nicht »Greimer« genannt werden und erst recht nicht »Herr Greimer«. Er war »der Bräu«, eine Institution im Dorf, wie der Pfarrer und der Bürgermeister. Außerdem mochte er es nicht, wenn jemand sagte, dass er ein Depp sei.

Lutz Zenker, der Zuagroaste, verdrehte die Augen. Seine Angelegenheit war viel zu ernst für sprachliche Auseinandersetzungen. Er war seit fast drei Jahren in Hintersbrunn ansässig, aber die Einheimischen erwiesen sich als unerwartet sturköpfig, was die Willkommenskultur anging. Jetzt hatte er die Schnauze voll und wollte endlich Nägel mit Köpfen machen. Dass er beim Erwerb des Weimerhofs, diesem geschichtsträchtigen Gebäude im Zentrum des Dorfes, Konkurrenz bekommen hatte, wurmte ihn.

»Ich mein ja nur, dass wir nicht wirklich weiterkommen, wenn wir den Dorfdeppen ein bisschen erschrecken«, lenkte er ein und verwies die Deppenbezeichnung dorthin, wo sie in den Augen vom Bräu auch hingehörte. Zum Fürbitten-Franz, dem Handlanger des Kulturvereins, dessen Bekämpfung zumindest zwei der Männer in der Wirtsstube des Greimerbräu einte. Wenn auch aus unterschiedlichen Motiven.

»Der Haumdaucha, der damische, hat sich vor lauter Angst in die Hosen bieselt«, trumpfte der Bräu ungeachtet der Einwände des Sachsen fort. »Dabei hab ich nur ein Hackl hingelegt.« Er grinste in seiner Erinnerung an das entgleiste Gesicht von Franz.

»Der ist so saublöd, nach dem kannst die Uhr stellen. Jeden Abend um dieselbe Zeit geht der bei mir vorbei zum Weimerhof und glotzt. Ich glaub, der zählt nach, ob die Fenster noch alle da sind. D-d-drei! V-v-vier!«, äffte er das Stottern seiner Zielscheibe nach. Auf der Suche nach Applaus haute er Alois Münchinger auf den Oberarm. Alois war der dritte im Bunde, hatte bisher aber noch nichts gesagt. Außer dem stocktauben Moshammer, der hinten neben dem Kachelofen in sein Bier starrte, waren sie allein in der Gaststube.

»Dann geht er immer zum Schupfen, macht das Tor einen Spalt auf und schaut hinein«, fuhr der Bräu fort, von seinem Streich zu erzählen. »Als ob er auch da was nachschauen muss. So bin ich überhaupt draufgekommen. Ich hab mir gedacht, der schaut wahrscheinlich nach, ob der Hackl-Toni da noch hängt.«

Der Bräu nahm zufrieden einen Schluck aus seinem Glas. Er hatte sich mit Zenker ursprünglich nur verbündet, weil der Sachse die Spinnereien der Bräuin durchkreuzen wollte. Inzwischen hatte er aber eine Idee, wie er außerdem von Zenkers Plänen profitieren konnte.

Zenker hatte nur mit halbem Ohr zugehört. Als er von der besonderen Geschichte des Weimerhofs erfahren hatte, hatte sein Plan schnell Gestalt angenommen. Ein Zentrum für seine Bewegung wollte er daraus machen. In der Mitte des Dorfes. Er hatte dem Gemeinderat ein Kaufangebot gemacht und erwartet, dass dieser sofort annehmen würde. Und dann hatte dieser Gutmenschen-Verein sein Vorhaben durchkreuzt. Plötzlich sprachen Bürgermeister und Gemeinderäte von einer Nutzung zum Wohle aller. Überlegen würden sie es sich dennoch, war alles, was Zenker den Ehrenamtsträgern entlocken konnte.

»Wir müssen diesen Besserwissern etwas entgegensetzen«, kam Zenker auf den Grund für die Zusammenkunft zurück. Mit dieser Bezeichnung meinte er das pensionierte Lehrerehepaar, die Dorfladenbesitzerin und die eingebildete Frau vom Bräu. Den Kulturverein.

»Als Erstes müssen wir auch einen Verein gründen«, beschloss er. »Gemeinnützig, versteht sich.«

Die drei Verbündeten stießen an.

»Ab heute sind wir die ›Freunde des Diogenes‹«, fuhr Zenker pathetisch fort. Er gab sich gerne den Anschein eines Gebildeten. Jetzt blickte er auf heruntergefallene Kinne.

»Weil Diogenes, der zog sein Ding durch«, erklärte er. »Er hat's dem mächtigen Alexander so richtig gegeben.«

»Geh mir aus der Sonne!«, rief der Bräu, dem die Geschichte aus dem Schulunterricht wieder eingefallen war.

»Diogenes, der kroch ins Fass und sprach ja-ja, das kommt von das«, ergänzte Zenker zufrieden, unwissend, dass er nicht aus einer historischen Überlieferung zitierte, sondern Wilhelm Busch.

»Wir sollten uns alle Vereinsnamen geben«, meldete sich Alois. »Ich heiß ja bei meinen Freunden schon lang ›Gringo‹. Du, Zenker, könntest der ›Dingo‹ sein. Von Diogenes, du verstehst. Und du, Bräu, …«

»Wir brauchen ein Programm«, fiel ihm Zenker ungehalten ins Wort. »Eine Agenda. Aber nicht Kultur, sondern etwas, was die Leute noch dringender brauchen.«

»Handyempfang?«, fragte Alois.

Der Bräu schüttelte missbilligend den Kopf. Er hielt Alois für einen Loser. Jeder im Dorf wusste, dass der eing'schichterte Schreiner sich nur deshalb an Zenker heranwanzte, weil er dessen Frau gern anstarrte. Oder deren ordentliches Holz vor der Hütte. Zenker bemerkte das nicht. Er nannte sich selbst einen »Freigeist« und hielt Alois für seinen Fan.

»Ein Geld ist es, was die Leut brauchen«, berichtigte der Gastwirt Alois. »Oder Leute, die wo Geld bringen.« Er sprach aus Erfahrung, seinem Gasthof fehlte Kundschaft.

»Touristen? Womit könnte man denn Touristen anlocken?«

»Der Weimerhof steht unter Denkmalschutz«, überlegte der Bräu. »Vielleicht was mit Brauchtum?«

»Tradition … Heimat …«, pappte Zenker an die imaginäre Pinwand seines Gehirns.

Er forschte noch eine ganze Weile in den Windungen, während ihn seine Vereinskollegen erwartungsvoll anschauten. »Was wisst ihr von den historischen Ereignissen, die sich auf dem Weimerhof abspielten?«, fragte er unvermittelt.

Der Bräu stutzte. »Meinst du die Morde vom Hackl-Toni?«

»Nein, früher.«

»Wie früher? Steinzeit?«

»Zweiter Weltkrieg.«

»Ist alles brav unterm Teppich, hier in Hintersbrunn. Hat keiner was damit zu tun gehabt«, kommentierte der Bräu sarkastisch.

Zenker nahm seinen Hut ab und kratzte sich am Kopf. »Wir brauchen auf alle Fälle Unterstützer.«

Erneut breitete sich Ratlosigkeit am Tisch aus.

»Woher nehmen und nicht stehlen«, trug Alois auf Hochdeutsch bei.

»Das sind doch alles Esel im Dorf«, sinnierte der Bräu.

»Einen, der ein Machtwort spricht«, konkretisierte Zenker.

Alois, dessen Kernkompetenz darin bestand, sich an die Mächtigen zu halten, hatte einen Geistesblitz: »Den Bürgermeister!«

Zenker strich sich über den Bart. »Womit könnte man den denn überzeugen?«

»Der Girgl ist ein Kaschperlkopf«, kommentierte der Bräu, der den Hintersbrunner Bürgermeister seit Kindertagen kannte. »Der erkennt ein gutes Geschäft nicht einmal, wenn du ihn mit der Nase hineintauchst.«

Alois witterte seine Chance zu punkten. »Du kannst den Bürgermeister mit seiner Fußballmannschaft kriegen. Wennst ihm hilfst, dass die aufsteigt, dann kriegst von dem alles.«

»Sollen wir jetzt vielleicht den Messi einkaufen, du Kletznbene«, maulte ihn der Bräu an. Er wollte gerade zu einer ausführlicheren Beschimpfung des nutzlosen Bürgermeisters anheben, als auf Zenkers Gesicht ein breites Grinsen erschien.

»Der Bürgermeister will also Ruhm und Ehre für das Dorf?«

Alois nickte. »Und in der Zeitung stehen.«

Zenker schaute seine Vereinsmitglieder verschwörerisch an. »Ich glaub, ich hab da was in meinem Besitz, womit ich dem Gernegroß eine Freude machen kann.«

In diesem Moment ging am anderen Ende der Gaststube die Tür zur Küche auf. Mariele, die Frau des Wirts, kam in die Gaststube und warf den dreien am Stammtisch einen missmutigen Blick zu. Sie wusch sich die Hände am Tresen, zapfte ein Bier, das sie ungefragt dem stillen Greis in der Ecke brachte, und fing an, hinter der Theke Gläser zu polieren.

»Vorsicht, Feind hört mit!«, flüsterte ihr Mann seinen Kumpanen zu.

Die Freunde des Diogenes saßen schweigend vor ihrem Bier und warteten. Aber Mariele machte keine Anstalten, sich zu verzupfen.

»In diesem Sinne«, beschloss deshalb Zenker nach einer Weile die schweigsame Sitzung, und der Bräu pflichtete ihm mit seinem üblichen »Schwoammas owe!« bei. Folgsam leerte Alois sein Glas.

Als Zenker und Münchinger die Gaststube verlassen hatten, trug Sebastian Greimer die benutzten Gläser zur Theke und stellte sie demonstrativ vor seiner Frau ab. Mariele schaute ihn an, ohne eine Miene zu verziehen. Während sie weiterputzte, bewegte sich der Bräu um die Theke herum und kam ihr unangenehm nah. Direkt hinter ihr nahm er ihr wortlos das gerade in Arbeit befindliche Bierglas aus der Hand und zapfte sich einen Schnitt, den er anschließend in einem Zug austrank. »Ahh!«, kommentierte er zufrieden den kühlen Genuss und stellte auch dieses Glas vor seiner Frau ab. Mariele tat so, als würde sie es nicht bemerken. Erst als er schon fast bei der Tür war, fiel das erste Wort zwischen den Eheleuten.

»Die Glasl von deine Freibierlätschn kannst aber selber waschen!«, rief sie ihm nach. »Hast ihn wieder ausg'halten, dein neuen Freund, den Heislschleicher, ha?«

Sebastian Greimer hätte die Tür zur Gaststube am liebsten hinter sich zugeschmissen, wenn da nicht der Türdämpfer gewesen wäre.

KAPITEL 3

Gundis Herz fing an zu pochen, als sie in ihrem Fiesta auf der schmalen Landstraße im niederbayerischen Hinterland den letzten Hügel genommen hatte und ihr gottverlassenes Heimatdorf in der flachen Talsenke still vor ihr lag. Sie hielt an und blickte aus sicherer Entfernung darauf. Es schien, als hätte sich nichts verändert, seit sie vor ein paar Jahren ihren Vater beerdigt hatte. Die flache Zwiebelhaube der Dorfkirche ragte wie eh und je in den blauen Herbsthimmel, und die Häuser duckten sich hinter ihren Thujahecken weg. Rund um das Dorf warteten ein paar abgeerntete Äcker auf den alljährlichen Winterschlaf.

In Hintersbrunn gab es keine neu gebauten Siedlungen und kein großflächig asphaltiertes Einkaufszentrum wie in anderen Dörfern, die Gundi auf ihrer Fahrt aus München hierher passiert hatte. Ihre Heimatgemeinde hatte die Umwandlung in eine moderne Landkommune verschlafen. Die Landwirte betrieben das Gewerbe ihrer Väter längst nur noch nebenberuflich, der Nachwuchs zog weg, sobald er groß genug dazu war, und die Daheimgebliebenen wurden in ihren Häusern alt. Hintersbrunn sah immer noch aus wie zu Gundis Kindertagen. Und genau das war das Bedrückende.

Sie bog in die Dorfstraße ein und parkte ihr Auto am Straßenrand. Das war unproblematisch, Durchfahrtsverkehr war so gut wie unbekannt hier. Die Häuser standen menschenverlassen im Mittagslicht, Bewohner waren keine zu sehen. Sie stieg aus, und die unerwartete Stille des Dorfes war das Erste, das ihr auffiel. Die ganze Fahrt über hatte sie auf ihrem CD-Player »Sweet Home Alabama« gehört und voller Zynismus mitgebrüllt. Mit den Hillbillies aus dem amerikanischen Hinterland verglich sie die Dorfbewohner gerne, sobald das Gespräch unter ihren Freunden in der Stadt auf ihre niederbayerische Heimat kam. Jetzt stand sie wieder vor ihrem Geburtshaus. Die ehemalige Bäckerei von Hintersbrunn, in der jetzt Franz wohnte. Anders als alles andere, hatte sich das Haus doch verändert.

Sie konnte sich nur noch dunkel an ihre Mutter erinnern, die viel zu früh starb. Danach war ihre Kindheit vorbei gewesen. Gundis Vater war, wenn man es unbedingt positiv ausdrücken wollte, mit ihrer Erziehung überfordert. Sie, das einzige Kind des bärbeißigen Bäckermeisters von Hintersbrunn, hatte seitdem nichts mehr richtig machen können. Wobei sie nicht wusste, was Ursache und was Wirkung war. Traute ihr der Vater nichts zu, weil sie so ungeschickt war, oder war sie so unbeholfen, weil der Vater ihr nichts zutraute? Früher war von dem Bäckerhaus, das wie ein Klotz direkt an der Straße stand, eine Respekt gebietende Aura ausgegangen. Gundi spürte das unbestimmte Bangen ihrer Kindheit, als wäre keine Zeit vergangen: Sie wusste nie, welche Beschimpfung sie erwartete, wenn sie von der Schule nach Hause kam.

Franz hatte das Haus himmelblau gestrichen. Sah es deswegen weniger abweisend aus? Bevor sie an die Tür trat, sah sie sich noch einmal um. Hinter ihr lag der Dorfladen von Liesi, vorne an der Hauptstraße unverändert das Wirtshaus. Die Linde vor dem Greimerbräu war vielleicht etwas dichter geworden. Wäre es nicht so totenstill, hätte man fast von Romantik sprechen können. Unversehens fiel ihr noch eine Neuerung auf. Sie stand auf halber Höhe der Straße, und Gundi glaubte zunächst, ihren Augen nicht zu trauen: Eine Verkehrsampel! Einsam zeigte sie dem nicht vorhandenen Verkehr grünes Licht für freie Fahrt an. Gundi ging auf den Fremdkörper an der Dorfstraße zu. Sie sah auf das rote Männchen, dann auf den gelben Kasten in Hüfthöhe mit einer Taste.

»Signal kommt«, meldete die Ampel und nur wenige Sekunden später sprang das rote Männchen auf Grün. In diesem Moment kam ein Radfahrer um die Kurve und bremste vor dem roten Licht für Autofahrer scharf ab. Der Radler war einer von dieser beschrifteten Spezies, wie sie vom toskanischen Apennin bis zum niederbayerischen Hügelland überall vorkam. Mit Radlerhelm und verspiegelter Sportlerbrille sah er aus wie die Frontansicht eines BMW. »Hat's des jetzt braucht?«, maulte er Gundi an.

Zögerlich betrat sie die Straße und schlenderte langsam auf die andere Seite. Von dort deutete sie auf das immer noch rot leuchtende Signal für den Autoverkehr. »Fahr halt rüber!«, rief sie dem Radler zu.

Der hob empört die Arme. »Ist doch rot!«

Gundi zuckte mit den Schultern und trottete zurück zum Bäckerhaus. Ihr einstiger Spielgefährte hatte das Schild an der Tür überklebt. »Hausmeisterei Franz«, stand da jetzt. Sie blickte zurück zur Ampel. Der Radfahrer war verschwunden, die Straße leer. Ob er die Grünphase abgewartet hatte, wusste sie nicht. Dann wanderte ihr Blick hinauf zum Fenster ihres ehemaligen Kinderzimmers. Franz hatte im oberen Stockwerk Fensterläden angebracht. Aber auch die waren es nicht, die das Haus verändert hatten. Es war die Abwesenheit des Vaters. Vielmehr die Gewissheit, dass er weg war und nie wiederkommen konnte. Die Erinnerungen an seine Beerdigung vor wenigen Jahren und an die Begleitumstände seines Todes kamen Gundi wie das Echo eines früheren Lebens vor. So viel war seither passiert. Sie hatte sich von einer kleinen Promireporterin bei einer Münchner Boulevardzeitung zu einer ernst zu nehmenden Investigativjournalistin entwickelt, die schon mehrere ungelöste Mordfälle aufgeklärt hatte.

Sie drückte auf die Türglocke. Drinnen hörte sie den Glockenschlag von Big Ben ertönen. Auch dieser Klingelton war neu, und die alten Gespenster, die ihren Pulsschlag kurz zuvor noch beschleunigt hatten, lösten sich mit ihm auf wie Nebel in der Sonne. In derselben Sekunde wurde die Tür aufgerissen, und ein dicker Mann mit außergewöhnlich großem Kopf erschien.

»Servus, Lätschnbene«, sagte Gundi.

»Gott sei Dank!«, rief der Mann, und es wäre ihm nur recht gewesen, wenn das ganze Dorf die Ankunft der Reporterin aus der Stadt mitbekommen hätte.

»Lass dich anschauen, du blatterter Uhu«, begrüßte ihn Gundi, die sich aus Franz' ungewohnter Umklammerung nur mühsam lösen konnte. Sie waren ungleiche Freunde gewesen damals, als Gundi noch ein Kind war. Jeden Morgen vor der Schule hatte sie die Brote austragen müssen, die ihr Vater vor Sonnenaufgang gebacken hatte. Eine Kiste mit Semmeln und Brezen war für die Kramer Res bestimmt, Liesis Mutter, die damals den Dorfladen führte. Darin hing immer der Fürbitten-Franz herum, der sich sein Morgenbier gönnte, bevor er seinen Job als Hilfskraft im Lagerhaus antrat. Er war schon ein paar Jahre älter als Gundi und galt als »zurückgeblieben«. Das Kind Gundi lachte sich schief über seinen Wortschatz an lustigen Schimpfnamen, die sie heimlich ihrem Vater zuordnete: »Grantlhuaba«, »Gloiffe«, »Riape« und solche Sachen.

Nach einem kurzen Schlagabtausch mit »Odrahder Hund, du verreckter«, »fade Moin« und »gscherter Ramme« nahmen die zwei in den Ohrensesseln im Obergeschoss Platz, wo sich Franz im ehemaligen Schlafzimmer ihres Vaters ein Wohnzimmer eingerichtet hatte. Ein neuer Fernseher stand in der Mitte des Zimmers und Gundi freute sich, dass Franz offensichtlich von seiner Arbeit recht gut leben konnte. Zu ihrem Erstaunen bemerkte sie eine weibliche Hand: Bunte Tassen hingen verspielt am Küchenbüfett, und die Fenster waren mit halbhohen Gardinen verziert. Franz wurde feuerrot, als Gundi ihn darauf ansprach. »Die Liesi hat mit g-geholfen.«

»Die haben jetzt einen Ku-Ku-Kultur-Verein«, erklärte er seinen Notruf bei Gundi. Zusammen mit den Lehrern wolle Liesi den alten Weimerhof renovieren.

»Renofieren, das k-kann ich gut«, sagte Franz. »D-Das hab ich schon oft gemacht. Aber der H-Hackl-Toni hat was dagegen.«

Mit den Schauergeschichten vom Hackl-Toni war Gundi vertraut. Der letzte Bewohner des Weimerhofs, Anton Hundhammer, wegen der Tatwaffe posthum Hackl-Toni genannt, hatte vor 50 Jahren seine ganze Familie mit einem Beil erschlagen: Seine Frau und alle drei Kinder. Das Gemetzel geschah in einer windigen Nacht zwischen Weihnachten und Neujahr und hatte die Dorfbewohner wegen seiner besonderen Brutalität nachhaltig erregt. Das jüngste Opfer des Hackl-Tonis war noch ein Kleinkind gewesen. Nach dem Mord hatte sich der Familienvater am Dachbalken seiner Scheune erhängt, und die Grausamkeit seiner Tat ließ nur einen Schluss zu: Der Toni musste wahnsinnig geworden sein. Heute würde man »erweiterter Selbstmord« sagen, zur damaligen Zeit fasste man Depressionen, Psychosen oder Traumata unter »narrisch geworden« zusammen, für Betroffene von seelischen Erkrankungen war die körperliche Gewalt gegen sich selbst oder andere oft die einzige Option.

Nach den scheußlichen Morden wollte niemand mehr auf dem Hof gegenüber des Friedhofs wohnen. Er verfiel und sorgte in den darauffolgenden Jahren für allerlei Spekulationen. War das Unglück mit dem Bulldog, bei dem Tonis Vater zehn Jahre zuvor ums Leben gekommen war, möglicherweise doch kein Unfall gewesen, sondern ebenfalls schon das Werk des irren Antons? Und erzählten die Alten im Dorf nicht auch, dass schon dieser Vater äußerst gewalttätig gewesen war? Zur Legendenbildung um den narrischen Mörder, dessen Seele wegen seiner Untaten keine Ruhe finden konnte, war es nur ein kleiner Schritt. In Gundis Kindheit diente der Hackl-Toni ihrem Vater als Drohung. War sie nicht folgsam, schüchterte er sie damit ein, dass sein Geist aufsässige Kinder holen käme.

»Der schlagt uns a-alle mit dem Hackl zamm«, prophezeite auch Franz, »aber k-keiner glaubt mir!« Er appellierte an Gundi, Liesi dringend von ihrem Vorhaben abzubringen, »weil es sonst ein R-Riesenunglück gibt.«

»Franz, es gibt keine Gespenster«, entgegnete Gundi. »Der Hackl-Toni ist tot. Die Schauergeschichten hat man damals nur erfunden, um uns als Kindern Angst zu machen.«

»Und d-d-dass der seine ganze Familie derschlagen hat?«

»Ist wahrscheinlich schon wahr. Aber Geister gibt es nicht.«

Franz sah sie ungläubig an. Dann schüttelte er den Kopf. »Man sollt a-aber trotzdem n-nicht mehr dort hingehen. Sicher ist s-sicher.«

Gundi sah das verängstigte Gesicht ihres alten Freundes und fühlte sich einmal mehr in die Vergangenheit zurückversetzt, in der Franz oft das Opfer der Dorfkinder gewesen war. Gegen die sie ihn manchmal tapfer verteidigt hatte, oft aber auch wegsah, um nicht selbst zur Zielscheibe zu werden. Sie war ein dickes Kind gewesen. Immer die Letzte beim Wettrennen und immer die Erste, die draußen bleiben musste, wenn es um wichtige Absprachen ging. Inzwischen war sie fast sicher, dass sie sich ihre Speckschicht nach dem Tod ihrer Mutter zugelegt hatte. Ihre Außenseiterrolle verband sie bis heute mit Franz, der auch als Erwachsener immer noch das Herz eines Kindes hatte. In den ersten Jahren auf der höheren Schule in der Stadt wurde er zum einzig verbliebenen Freund im Dorf.

»Kann es sein, dass dir einfach jemand Angst machen will?«, fragte sie ihn vorsichtig.

»Mir? Wieso? I-i-ich hab doch niemandem was getan!«

»Na ja, vielleicht jemand, der nicht will, dass du dort aufräumst. Oder einer, der dich nicht mag.«

»E-e-einer, der mich kennt?«

»Ja.«

Franz presste die Lippen aufeinander, und Gundi sah, wie eine Erkenntnis sich auf seinem Gesicht breitmachte.

»K-kennst du das H-Heidacher Moos noch?«, fragte er unvermittelt.

»Ja klar, damit haben die Erwachsenen uns Kindern doch auch immer Angst gemacht. Dass wir dort einsinken und auf Nimmerwiedersehen in den Sumpflöchern verschwinden, wenn wir dort spielen.«

Franz nickte mit großen Augen. »I-ich hab das f-fei ausprobiert.«

»Du bist ins Heidacher Moos gegangen? Warum?«

»Wegen dem B-Bräu. Weil der hat u-umeinandererzählt, dass ich ein G-Geld stehlen tu.«

»Du, Geld stehlen? Wie ist er denn da draufgekommen?«

»Wie ich mir meinen B-Bagger kauft hab. Da hat er gesagt, dass ich das Geld dafür g-gestohlen hab.«

»Du hast einen Bagger?«

»Nur einen k-kleinen.«

»Und deswegen bist du ins Moos gegangen?«

»Ich wollt schauen, ob man da wirklich einfach verschwinden kann.«

Gundi verstand dieses Ansinnen besser, als Franz ahnte. Vor den Hänseleien der Dorfkinder gab es kein Entrinnen. Demütigungen dieser Art trugen ein langsam wirkendes Gift in sich: Den Gedanken, dass die Verleumder recht haben könnten. Dennoch willst du, aller Ausgrenzung zum Trotz, verzweifelt »dazugehören«. Und je kleiner das Dorf, umso größer die Hölle. Eine Welle des Mitgefühls überflutete sie. Sie ermahnte sich sofort. Ihr Freund brauchte keine Gefühlsduselei, er brauchte einen Felsen. Sie richtete sich auf.

»Wenn dir also einer auf dem Weimerhof Angst einjagen will, warum macht der das?«

Franz dachte nach. »Der mag das nicht, dass ich da herumwurschtel auf dem Hof.«

»Jemand will dich und den Kulturverein von eurem Vorhaben abbringen.«

Franz' Gesichtszüge entspannten sich. Jetzt wusste er, dass es richtig gewesen war, seine klügste aller Freundinnen zu rufen.

Es duftete herrlich nach Gebratenem, als Gundi an diesem Montagabend die Tür zur Gaststube des Greimerbräu aufmachte. Hinter ihr drückte sich Franz außer Sicht. Er wollte erst Gewissheit haben, dass der Bräu nicht anwesend war. Obwohl es draußen noch nicht dämmerte, brannte über dem großen Tisch schon das Licht, und in der Mitte der Tafel standen zwei Schüsseln mit dampfenden Knödeln und eine große Platte mit aufgeschnittenem Fleisch. Vor ihren noch leeren Tellern saß Liesi bei Tonio und seiner Frau Evelyn. Sie waren so tief ins Gespräch vertieft, dass sie die Besucherin in der Tür nicht bemerkten. Im dunklen Eck der Gaststube beugte sich ein steinalter Mann über eine Schale mit dem abendlichen Gericht. Gundi kannte auch ihn. Es war der Moshammer Edi, der schon hier saß, als sie noch ein Kind gewesen war und der heutige Bräu der Wirtsbua. Mariele, die gerade mit zwei großen Sauciéren aus der Küche kam, sah die unerwarteten Gäste als Erste. Sie stieß einen spitzen Schrei aus, und alle Köpfe außer dem des alten Mannes drehten sich in Gundis Richtung.

»Gundi! Grüß dich!« Liesi sprang auf. »Ja, so eine Überraschung! Was machst denn du in Hintersbrunn?«

Gundi musterte sie kurz. Liesi hatte sich überhaupt nicht verändert in den letzten Jahren, in denen sie ihre Besuchsversprechen in der alten Heimat nicht eingelöst hatte. Vielleicht war die Inhaberin des einzigen Lebensmittelladens im Dorf ein wenig schmaler geworden, aber ihre grauen Augen leuchteten und die vielen Sommersprossen verliehen ihr trotz der zahlreicher gewordenen Falten denselben freundlichen Gesichtsausdruck, den sie schon gehabt hatte, als sie mit Gundi gemeinsam die Grundschulbank drückte. Tonio und Evelyn, das pensionierte Lehrerehepaar, beide in braunen Strickjacken, wurden sich mit dem Alter immer ähnlicher, fand Gundi. Sie lächelten Gundi zur Begrüßung zu, und Franz wagte sich aus der Deckung. »Schaut's, wen ich mitbracht hab!«, verkündete er stolz.

Zwei weitere Teller wurden gebracht, und während die sechs zulangten, war die alte Vertrautheit schnell wieder da. Es stellte sich heraus, dass alle am Tisch Gundis Ermittlungen zum Oktoberfestmörder verfolgt hatten, und natürlich wollten alle haarklein erfahren, wie sie dem Mörder auf die Spur gekommen war. Gundi war stolz und ein wenig peinlich berührt.

»Habt ihr noch eure heimliche Plantage?«, wollte sie im Gegenzug von Tonio und Evelyn wissen. Die beiden 1968er-Pädagogen genossen ihren Ruhestand im leer stehenden Schulhaus von Hintersbrunn im wahrsten Sinne des Wortes in vollen Zügen.

»Komm gern mal vorbei auf ein Tütchen«, lud Evelyn sie ein, aber Gundi winkte ab. Nachdem sie sich als junge Reporterin auf den Promipartys Münchens alles Mögliche reingezogen hatte, ließ sie heute die Finger von Drogen. Weißbier blieb ihre einzige Schwäche. Das war ohnehin nötig bei diesem Essen, denn Marieles Rinderbraten war trocken wie eh und je. Auch Liesi besaß immer noch den Dorfladen, den ihr die Mutter, die Kramer-Res, vermacht hatte. Neben Grundnahrungsmitteln verkaufte sie dort ihre selbst gemachten Marmeladen, Liköre und neuerdings sogar »Chutney«, wie sie stolz betonte. Auch sie sei entschlossen, bis ans Lebensende Single zu bleiben. Zumindest behauptete sie das, nachdem Gundi Liesis Frage nach dem Beziehungsstatus mit einem lässigen Daumen nach unten beantwortet hatte. Glaubhaft war es nicht. Liesi hatte zwei Ehen hinter sich und zahlreiche Affären. Man konnte mit Fug und Recht behaupten, dass sie nie länger als ein paar Monate ohne irgendeine Liebschaft war.

»Ihr habt in Hintersbrunn also einen Kulturverein gegründet?«, kam Gundi schließlich auf das Thema ihres Besuchs, und Mariele sprudelte sofort los.

»Wir werden hier Konzerte veranstalten und Kabarett. Und Kunstausstellungen. Vielleicht gibt es ein Café, was meint ihr eigentlich zu dem Namen ›Café Kuh‹? Oder doch lieber ›Stadel‹, weil wir ja vielleicht auch mal ein Theaterstück aufführen, ich hab nachgeschaut, den Namen gibt es in unserer Gegend nicht …«

»Und es soll ein Begegnungszentrum sein für alle Hintersbrunner. Ein Haus, wo sich Junge und Alte auch einfach so treffen können«, ergänzte Liesi.

»Mit einer Dorfbibliothek«, schob Evelyn nach. »Vielleicht mit einer Abteilung für Bayern-Krimis.«

Gundi nickte beflissen. »Und warum wollt ihr das Ganze ausgerechnet im alten Weimerhof aufziehen?«

Gundis Augen wanderten zu Franz. Der öffnete den Mund, kam aber nicht zu Wort, denn Tonio hob den Zeigefinger. Man sah ihm den ehemaligen Geschichtslehrer immer noch an.

»Das ist das traditionsreichste Anwesen von Hintersbrunn. Gewissermaßen das Ur-Hintersbrunn.« Er schob seine runde Nickelbrille hoch. »Es gibt eine Eintragung in den Landshuter Kirchenbüchern aus dem 17. Jahrhundert über Pächter des Hofs mit Erbrecht namens Weinmeier. Daher der Hausname Weimer. Ab dem 19. Jahrhundert hießen die Besitzer Hundhammer. 1854 wurde das alte Wohnstallhaus abgerissen und das Gebäude erbaut, das heute noch dort steht. 1990 hat die Gemeinde das Anwesen übernommen. Damals war der Hof schon lange unbewohnt.«

Gundi rechnete nach. 16 Jahre nach der Gewalttat.

»Und der Hackl-Toni?«, kam sie zu ihrem Thema. Sie wollte ihrem verzweifelten Freund wenigstens eine Stimme geben, bevor sie wieder heim nach München fuhr.

Die Antwort kam aus unerwarteter Richtung.

»Das ist keine Geschichte, auf die wir stolz sein sollten«, schallte es aus Richtung Tür. Die Köpfe flogen herum. Girgl Bernleitner, seines Zeichens Bürgermeister von Hintersbrunn, stand in der Gaststube. Wie immer war sein Erscheinen unbemerkt geblieben. Bernleitner war ein Leisetreter, der sich überall mit seiner Umgebung vermischte. Gundi hatte ihn als Windfahnderl abgespeichert.

In der hinteren Ecke stand der alte Moshammer geräuschvoll auf und bewegte sich Richtung Ausgang. Als er auf Höhe des Bürgermeisters war, grüßte ihn der, indem er einen nicht vorhandenen Hut zog. »Moshammer.«

Der taube Greis schlurfte grußlos an ihm vorbei.

»Setz dich, Girgl«, befleißigte sich Mariele. »Magst einen Zwiefelbraten? Knödel sind auch noch genug da.« Anscheinend hatte der Kulturverein den Bürgermeister eingeladen, bemerkte Gundi, denn Tonio fingerte vorbereitete Papiere aus seiner Tasche. Gundi lehnte sich zurück und packte gedanklich das Popcorn aus. So ein »Meeting« in Hintersbrunn konnte spaßig werden.

Girgl war ein kleiner Mann, der hoch hinauswollte. Wenn er stand, wippte er auf den Fersen, als würde er immer wieder einen Zug von der Luft da oben nehmen wollen. Jetzt setzte er sich, verschränkte die Arme und eröffnete.

»Der Weimerhof«, sagte er. »Ihr wollt also eine Umnutzung beantragen.«

»Und eine Instandsetzung«, ergänzte Evelyn, als Lehrerin ganz auf Korrektheit bedacht. »Ein Architekturbüro aus Landshut hat sich das Gebäude schon mal angeschaut.«

»Des war unsere Vorleistung, Girgl, gell, dass des schon auch einmal gesagt ist«, mischte sich Mariele ein und machte eine Diridari-Geste mit den Fingern.

Bernleitner atmete ein. »Das ist es ja. Ich bin der Erste, der dabei wär, wenn es um die Lebensqualität im Dorf geht«, sagte er salbungsvoll. »Aber die Kosten …«

»Eine vorläufige Kostenübersicht habe ich auch dabei«, beeilte sich Tonio. »Zur Finanzierung kommen wir aber später.« Es war klar, dass er sich seinen Pitch vor dem Bürgermeister genauestens überlegt hatte. »Es geht hier um nicht weniger als eine Agora in unserem Heimatdorf«, begann er.

Seine Frau warf ihm einen maßregelnden Blick zu.

»Ein Bürger- und Kulturzentrum«, verbesserte sich Tonio und räusperte sich. Er blätterte in seinen Papieren weiter. »Ich hab ein Nutzungskonzept geschrieben, Girgl. Darf ich es dir kurz vortragen?«

Gundi musste sich das Lachen verkneifen. Tonio hatte in seinen aktiven Jahren dem kleinen Girgl das ABC beigebracht und wahrscheinlich auch ein paarmal die Ohrwaschel lang gezogen. Und jetzt bat er darum, sein vorbereitetes Referat halten zu dürfen? Das war zu komisch.

Als wäre es keine verkehrte Welt, richtete sich Bernleitner auf und legte eine Hand schulmeisterlich auf Tonios Papiere. »Ich glaub euch schon, dass ihr was Sinnvolles vorhabt«, sagte er. »Aber was soll das kosten?«

Tonio gab auf. »Evelyn hat Stiftungsgelder in Aussicht. Vom Landesamt für Denkmalpflege. Und eine beträchtliche Unterstützung vom Amt für ländliche Entwicklung.«

»Entwicklung?« Bernleitner schüttelte verständnislos den Kopf. »Wir brauchen doch keine Entwicklungshilfe.«

Jetzt konnte sich Gundi nicht mehr halten. »Immerhin hat Hintersbrunn ja schon eine moderne Verkehrsampel!«, stimmte sie dem Bürgermeister ironisch zu und erwartete, dass jeder ihren Witz so gut fand wie sie selbst. Aber niemand lachte.

Stattdessen erntete sie den bitterbösen Blick des Bürgermeisters. »Was macht die Stadterin da?«, warf er in die Runde.

»D-d-die Gundi ist mein B-Besuch!«, verteidigte sie Franz, der etwas abseits einen tiefen Teller mit drei Knödeln auf den Knien hatte.

»Bist du zum Gscheid-Daherreden da, Bäcker-Gundi?«, fragte Bernleitner sie nun direkt. »Das könnt ihr ja gut in der Stadt: Uns hier auf dem Land vorschreiben, wie wir leben sollen. Wir sollen unsere Autos aufgeben, stimmt's? Sollen wir jetzt auf eure Lastenräder umsteigen?«

»Wir haben Lastenräder in der Stadt, weil wir keine Parkplätze mehr finden. Die parken uns nämlich die Pendler vom Land mit ihren fetten SUVs zu«, schoss es aus Gundi heraus und sofort bereute sie ihre unsachliche Patzigkeit. Sie war schon lange keine Hintersbrunnerin mehr. Das hier ging sie alles nichts an.

Zum Glück kam Tonio auf das Diskussionsthema zurück. »Wir haben den größten Teil der Umbaukosten schon zusammen, Girgl. Die Fördergelder sind beträchtlich.«

Der Bürgermeister wandte sich mit einem strafenden Blick von Gundi ab und Tonio zu. Er nickte beeindruckt. »Da schau her«, sagte er. »Und wie viel braucht ihr dann noch von mir?«

»Von der Gemeinde«, verbesserte ihn Evelyn. »Die Gemeinde müsste ein halbe Million Euro zuschießen.«

Bernleitner zog die Augenbrauen hoch und blies Luft aus. Dann lehnte er sich zurück und fing an, mit dem Fuß zu wippen, während man am Tisch betreten schwieg.

»Ein halbe Million weniger oder eine halbe Million mehr, das ist hier die Frage«, sagte er schließlich. Der versammelte Kulturverein sah ihn irritiert an.

Endlich hielt Bernleitner seinen Fuß wieder still. »Der Zenker Lutz bietet 500.000 Euro für den Weimerhof.«

Diese Neuigkeit schlug ein wie eine Bombe. Wie auf Kommando redeten alle durcheinander.

»Wie viel?«

»Eine halbe Million?«

»Das ist die Bauruine doch gar nicht wert!«

»Und renovieren muss er sie ja auch!«

»Woher hat denn der so viel Geld?«

Girgl Bernleitner bat mit einer Handbewegung um Ruhe. »Das ist also die Lage. Entweder wir renovieren den Hof selber und zahlen drauf, oder wir verkaufen ihn und freuen uns über Geld im Haushalt.«

»Warum will denn der Zenker ausgerechnet den Weimerhof?«, warf Mariele ein. »Es gäb ja weit billigere Zeugl bei uns in der Gegend.«

»Genau der Hof muss es sein, hat er gesagt. Weil der Charakter hat! Er hätt in alten Kirchenbüchern drüber gelesen, hat er gesagt.«

»Vielleicht ist es ja nicht das Schlechteste, wenn jemand mit Traditionsbewusstsein den Hof bekommt«, warf der Lehrer in die Runde.

Aber Mariele war noch nicht bereit aufzugeben. »Und was ist mit unserem Dorfleben?«

»Das ist doch genau, was ich sag!«, rief Bernleitner ein wenig entnervt. »Natürlich wäre so ein Gemeindezentrum schön. Aber denkt doch mal dran, was man mit so viel Geld alles finanzieren kann. Für die Zukunft.«

Er sah Liesi direkt an. »Einen Parkplatz vor dem Dorfladen könnten wir bauen, zum Beispiel. Damit auch die Leute von auswärts deine Feinkost kaufen können.« Er wandte sich ans Lehrerehepaar. »Mit so viel Geld gibt es dann ganz andere finanzielle Spielräume für die Kultur. Also Sachen, die wo auch für ein größeres Publikum interessant sind. Nicht nur für ein paar Hintersbrunner.« Er wandte sich Mariele zu. »Wir könnten einen Freizeitpark bauen oder ein Hallenbad für die Leute aus der Umgebung. Das muss alles bewirtschaftet werden.«

»Und du kannst mindestens fünf neue Verkehrsampeln kaufen«, warf Gundi aus dem Hintergrund ein. Nur der Gerechtigkeit halber. Sie hatte sich zwar vorgenommen, sich herauszuhalten, aber dass Bernleitner seine Geldgier mit den Bedürfnissen der Leute verschleierte, ärgerte sie.

»Jetzt langt's aber, Gundi!« Bernleitner hatte einen roten Kopf bekommen. »Was hast du denn gegen unseren Fußgängerüberweg?«

»Ich frag mich halt, für wen der sein soll.«

»Für alle Leut, die wo über die Straß gehen wollen.«

»Wer soll denn bei euch über die Straß gehen?«

»Na, zum Beispiel, wenn einer vom Greimerbräu kommt und zur Liesi in Laden will.«

Gundi zog die Mundwinkel hoch. »Und der ist in Gefahr, von der Blechlawine überrollt zu werden?«

»Was für eine Blechlawine?«

»Jetzt hört's auf zum Streiten.« Liesi schaute Gundi

böse an. »Für die Kinder ist es auf jeden Fall sicherer. Sag uns lieber, was das jetzt heißt, Girgl.«

»Überlegt es euch«, sagte Bernleitner immer noch verärgert und stand auf. »Es ist euer gutes Recht, um den Weimerhof zu kämpfen, aber ich kann euch jetzt schon prophezeien, was der Gemeinderat sagen wird.«

Damit verließ er die Gaststube und ließ den Kulturverein betroffen zurück. Franz saß mit dem ausgeleckten Teller auf den Knien auf seinem Stuhl und machte ein belämmertes Gesicht. Liesi suchte die Augen der anderen. Tonio und Evelyn sahen sich gegenseitig an. Dann nahm Tonio die Brille ab und fixierte den Boden. Es war, als herrschte plötzlich Flaute auf hoher See. Nur Marieles Stirn blieb kraus.

»So viel Geld«, sagte Liesi endlich. »Mein Laden könnte wirklich mehr Kundschaft brauchen.«

»Nichts gegen deine Töpferin, Mariele, aber damit könnten wir wirkliche Künstler aufs Land holen«, fügte Evelyn hinzu.

Mariele richtete sich auf. »Ich hab auch nur ein paar leidige Kartenspieler, die meinen ganzen Umsatz ausmachen. Und ich trau dem Zenker nicht.«

Niemand widersprach ihr. Ohne weitere Beschlüsse zu fassen, begann die Gruppe sich aufzulösen. Liesi schichtete mit einem Seufzer die leeren Teller auf dem Tisch zu einem Stapel, das Lehrerehepaar stand auf und verabschiedete sich. »Vielleicht sollten wir alle mal eine Nacht darüber schlafen«, sagte Evelyn.

Franz, der durch die unerwartete Wendung ahnte, dass sich seine Probleme heute nicht mehr lösen würden, bugsierte Liesi zur Tür. »Ich brauch noch eine Leberwurscht von dir«, plapperte er. »Kommt der Bär zum Kramerladen, kennst den? ›Hamm Sie 100 Leberwürscht?‹, fragt er. ›Naa‹, sagt die Kramerin, und der Bär geht. Am nächsten Tag kommt er wieder und fragt: ›Hamm Sie 100 Leberwürscht?‹ …« Mehr hörte Gundi nicht mehr. In der leeren Gastwirtschaft blieben sie und Mariele schweigend zurück.

Inzwischen war es draußen dunkel geworden, und Marieles enttäuschte Hoffnung hing fast greifbar in der lieblos eingerichteten Stube.

»Wer ist eigentlich dieser Zenker?«, fragte Gundi, und Mariele stieß scharf Luft aus.

»Passt alles nicht zusammen bei dem. Tut so, als wäre er ein Naturbursche. Die leben ein bisserl außerhalb, die Zenkers. Richtung Schwindach.«

Gundi hatte keine Ahnung mehr, wo das war.

»Bei denen sieht's aus wie auf Neuschwanstein«, ergänzte die Wirtin verdrossen.

Gundis Neugier war geweckt. War es Zenker, der dem unschuldigen Franz Angst einjagte, um seinem Kaufangebot Nachdruck zu verleihen? Sie überschlug kurz, dass morgen nichts anderes auf sie wartete als ihre leere Wohnung und ein Telefon, das nicht klingelte. Außerdem hatte sie das dringende Bedürfnis nach einem weiteren Weißbier. Ihr drittes.

»Hast du eigentlich noch deine Fremdenzimmer, Mariele? Kann ich bei dir übernachten?«

Marieles Miene hellte sich auf. »Ja klar, Gundi, ein Bett ist schnell hergerichtet. Magst noch ein Bier?«

Sie kam mit einem frisch eingeschenkten Weißbier zurück und brachte für sich eine Flasche Kirschlikör mit. Es war klar, dass die Gastgeberin nicht so schnell ins Bett gehen wollte. Gundi konnte es nur recht sein.

Während Mariele eines der kargen Zimmer im Obergeschoss herrichtete, nahm Gundi sich vor, herauszufinden, was den alten Weimerhof so begehrenswert machte, dass man dafür nicht nur ein Vermögen auf den Tisch blätterte, sondern auch einem unschuldigen Menschen Todesangst einjagte.

»Du hast es richtig gemacht, Gundi.« Mariele tat einen tiefen Seufzer, bevor sie das erste Stamperl ihres Likörs auf Ex hinunterkippte. »Dass du aus Hintersbrunn abgehauen bist, als du die Gelegenheit dazu hattest, mein ich.«

Mariele stammte aus einem Nachbardorf, und Gundi schätzte, dass sie ein paar Jahre älter war als sie selbst. Als sie in den Greimerbräu einheiratete, war Gundi gerade mit Abhauen beschäftigt gewesen.

»So toll läuft's bei mir auch nicht«, antwortete sie. »Die Auftragslage ist eher dünn, kann man sagen.«

»Immerhin hast du dich nie an einen Kerl gekettet.«

Gundi erinnerte sich an ihrem letzten Besuch in Hintersbrunn, anlässlich der Beerdigung ihres Vaters. Schon damals war es um die Ehe der Bräus nicht gut bestellt gewesen. »Ist es nicht besser geworden zwischen dir und Bast?«

»Der Bast schläft im Campingbus hinter der Wirtschaft.«

»Oje.«

Mariele fuhr mit den Händen über die frisch abgewischte Tischplatte. Die Beschichtung hatte kleine Risse an den Ecken und Kanten. »Ich hab mir endlich ein eigenes Geschäft erhofft«, sagte sie und inspizierte die Schäden.

Gundi konnte Marieles Enttäuschung nur halb verstehen. Ob nun Greimerbräu oder Weimerhof, beides lag im gottverlassenen Hintersbrunn. Wo war der Unterschied?

»Kannst du nicht hier im Gasthaus dein Tagescafé aufziehen? Oder Veranstaltungen machen oben im Saal, so wie damals das Theaterstück?«

»Mit dem Bast ist nix mehr zu machen. Und mit mir zusammen erst recht ned. Der kocht schon lang sein eigenes Supperl. In seinem Campingbus, da hat er Landkarten liegen von Asien. Einmal war ein Brief da vom thailändischen Konsulat.« Sie hob den Blick und ihre Augen funkelten böse. »Der Depp träumt von Strand und Hulamädchen.«

»Und warum ist er nicht längst weg?«

Mariele stieß ein triumphales »Ha!« aus. »Ich würde dem den Gerichtsvollzieher bis nach Hintertimbuktu nachschicken, und das weiß der auch!« Sie schenkte sich nach. »Der kann nicht vor und nicht zurück«, fasste sie die Lage ihres Gatten zusammen. »Also stellt er sich quer.«

Plötzlich ging die Tür auf und Bast stand wie gerufen im Raum. An seinem Arm baumelte ein Träger mit leeren Bierflaschen. Er erstarrte kurz, denn um diese Stunde hatte er hier niemanden mehr erwartet. Erst recht niemanden von außerhalb. Auch Gundi erschrak bei seinem Anblick. Bast hatte kaum noch Haare auf dem Kopf und sah locker zehn Jahre älter aus. Der Gastwirt fing sich sofort wieder und schlenderte schweigend hinter den Tresen. Dort öffnete er den mannshohen Kühlschrank und holte einen vollen Träger Bier heraus.

»Ist dir der Stoff schon wieder ausgegangen?«, pfiff seine Frau ihn an. »Hast heute überhaupt irgendwas g'macht außer Schwurbeln mit deine nichtsnutzigen Freunderl? Wer zahlt denn des Bier, des du dir da grad so leicht gönnst, ha?«

Der Bräu ließ das Keifen seiner Frau über sich ergehen. Er ignorierte sie und verschwand so wortlos, wie er gekommen war. Gundi ertappte sich bei einem Anflug von Mitleid für den ausgestoßenen Sebastian Greimer, der vielleicht sogar freiwillig hinter seinem elterlichen Gasthof im Wohnmobil hauste.

»Dass der mit dem Zenker die Köpfe zusammensteckt, das macht er nur deswegen«, presste Mariele heraus, als die Tür sich wieder geschlossen hatte.

»Weswegen?«

»Na, wegen der Quertreiberei. Alles ist besser als das, was er hat, glaubt er.«

»Worüber stecken die beiden denn die Köpfe zusammen?«

Mariele beugte sich vor. »Ich weiß, dass es der Bast ist, der dem Franz auf dem Weimerhof auflauert und ihn erschreckt. Ich seh ihn hinschleichen und dann seh ich den Franz davonrennen.«

»Oh«, sagte Gundi und verwarf das aufkeimende Mitgefühl sofort wieder. »Das hätte ich mir eigentlich denken können.«

Der anhaltende Spott von Sebastian Greimer verfolgte Franz schon seit Jahren, und anders als die üblichen Hänseleien traf er Franz deshalb so hart, weil der Gastwirt dabei von einer unbändigen Wut getrieben war. Was Franz ganz genau spürte.

»Warum macht der Bast das eigentlich?«, fragte Gundi. »Auf den armen Franz einschlagen, mein ich.«

Mariele zuckte mit den Schultern. »Er muss sich halt abreagieren. Ich glaube, wegen unserem Buben. Der ist wie der Franz, weißt. Geistig zurückgeblieben.«

Gundi zog die Augenbrauen zusammen. Franz konnte noch so geschickt handwerken, er war nun mal der »Dorfdepp«. Wenn du dein Etikett einmal kleben hast im Dorf, wirst du es nicht so schnell wieder los. Sie schluckte ihre Widerrede mit einem tiefen Zug Weißbier hinunter. Die Bitterkeit ihrer nächsten Frage ließ sich nicht so leicht hinunterschlucken.

»Und warum tust du nichts dagegen? Ich mein, es sieht doch jeder, dass der Franz Todesangst hat!«

»Andere haben's viel schwerer als er.«

Gundi brauchte eine Weile, um das zu verstehen: Mariele legte die Behinderung ihres Sohnes und Franz' Lernschwäche in die Waagschale. Sie beschloss, das Thema nicht zu vertiefen.

»Erzähl mir mehr vom Zenker«, sagte sie stattdessen. »Was macht dich so misstrauisch ihm gegenüber?«

»Er heißt Lutz, der Zenker. Seine Frau heißt Jacqueline, Schack-que-line Zenker.« Mariele lachte böse. »Wie gesagt, die machen auf alternativ. Zurück zur Natur – so ein Grampf. Zurück ins vorige Jahrhundert, würd ich eher sagen! Du brauchst dir seine Frau nur mal anschauen. Ein richtiges Hausmutterl! Geld müssen die haben ohne Ende. Das alte Wohnhaus, das sie den Erben vom Neudecker abgeluchst haben, schaut jetzt aus wie ein Schloss. Ölgemälde hängen dort an der Wand, hat die Nandl gesagt, die wo einmal dort war, wie die Schack-que-line zu einem Klöppelabend eingeladen hat. Klöppeln, des musst du dir einmal vorstellen! Wandteppiche gibt's da und goldene Kerzenständer. Im Garten hinterm Haus steht eine griechische Statue. Und dann parken immer sündteure Autos vor der Tür!« Mariele redete sich Kirschlikör für Kirschlikör in Rage.

»Also ist er ein Reicher, der sich seinen Traum vom Leben auf dem Land verwirklicht?«, mutmaßte Gundi.

»Also, arbeiten tut der nix! Da frag ich mich doch. Der kommt aus dem Osten, da kann der doch auch nix geerbt haben.«

Gundi sah Mariele an, dass sie noch etwas auf der Zunge hatte.

Die Bräuin beugte sich vor. »Vielleicht sind das ja Zuhälter oder so. Am Wochenende bekommen die immer Besuch. Ein Haufen Mannsbilder. Nix, was nach normaler Verwandtschaft ausschaut. Autos mit Kennzeichen von wer weiß woher. Ich glaub ja, die machen da Sado-Maso-Partys. Auf alle Fälle was mit unterwürfigen Frauen, das sag ich dir!«

Gundi fühlte sich inzwischen ziemlich unwohl bei dieser Tratscherei. Trotzdem war ihre Neugierde auf Zenker größer. »Dass der Zenker so viel Geld für einen heruntergekommenen Bauernhof bezahlen will, das kommt mir komisch vor«, sagte sie.

»Mir auch. Mein Bast und der Zenker, die haben was vor, das sag ich dir. Und zwar nix Gutes.«

»Die Frage ist also, was wollen die mit dem Hof?«

»Was mein Bast will, das weiß ich schon lange nicht mehr.«

»Gibt es da vielleicht wertvolles Baumaterial? Kupferkabel oder so was?«

Mariele zuckte mit den Achseln. Sie hatte ihre Likörflasche geleert.

»Historische Artefakte vielleicht? Schmuck, Werkzeuge, Waffen?«

»Eine Goldmine wird's da schon nicht geben.« Die Wirtin grunzte vor Vergnügen und Gundi wurde klar, dass das Gespräch nichts mehr brachte.

Sie gähnte laut und streckte sich. Nach einer kurzen Verabschiedung stieg sie die steile Treppe zu ihrem Schlafgemach hoch.

Trotz der späten Stunde rief sie noch einmal bei Ferdl an. Wieder nur die Mailbox. Es war 3 Uhr morgens, als sie in der Kammer über der Gaststube unter einem dicken Federbett wie ohnmächtig in den Schlaf sank.

KAPITEL 4

Gundi musterte den alten Mann, der jeden Tag in Marieles Gaststube saß und kein Wort sprach. In ihrer Erinnerung war der Moshammer ein Grantlhauer, der es vorzog,
allein am Wirtshaustisch vor sich hin zu brüten. Inzwischen war er ein Greis. Gundi schätzte, dass er die 90 über-
schritten haben musste.

Mariele hatte, im Gegensatz zu ihr, der die vielen Weißbiere noch zu schaffen machten, die Flasche Kirschlikör
von letzter Nacht spurlos weggesteckt. Als Gundi aus
den Federn gekrochen war, hatte Mariele die Reste des
gestrigen Essens schon verarbeitet, Suppe aufgesetzt und
Weißwürste warm gemacht. Das üppige Frühstück hatte
schlussendlich auch Gundis Kater vertrieben.

»Wenn du was über den Weimerhof wissen willst, frag
den Moshammer«, hatte Mariele gesagt. »Der kennt die
ganzen alten Geschichten von Hintersbrunn.«

Wie die Wirtin vorhergesagt hatte, war er Punkt zwölf
in der Gastwirtschaft aufgetaucht. Er schien Gundi nicht
zu bemerken, als sie sich zu ihm an den Tisch setzte.

»Griaß di, Edi«, sagte sie, aber der Greis starrte regungslos in sein Bierglas.

»Griaß di, Edi«, wiederholte sie deshalb lauter und
beugte sich dabei nahe an das unglaublich lange Ohr des
alten Mannes.

»Schrei ned a so!«, antwortete er und sah auf.

»Kennst mich noch, Moshammer?«, fragte Gundi und

blickte in unerwartet klare Augen, hinter denen es offensichtlich zu rattern begann. »Ich bin die Bäcker-Gundi«, half sie ihm auf die Sprünge.

»Kenn di schon noch«, murmelte der alte Mann in sein Bier.

Das war also geklärt.

»Wie geht's dir denn?«, begann Gundi das Gespräch und erhielt keine Antwort. Sie wusste es eigentlich besser. Höflichkeitsfloskeln waren in einem niederbayerischen Wirtshaus, wo man sich bis heute mit einem wortlosen Klopfen auf den Tisch begrüßte, unangebracht.

»Ich wollt dich was fragen«, verbesserte sie sich, sicherheitshalber nur ein klein wenig lauter. Diesmal traf sie den richtigen Ton, denn der Greis nickte. »Was weißt du über den Weimerhof?«

Der Alte runzelte die Stirn. »Ist nie ein Gut gewesen auf dem vermaledeiten Hof.«

»Der Hackl-Toni hat seine ganze Familie mit der Axt erschlagen und anschließend Selbstmord begangen«, konkretisierte Gundi. »Weißt du, warum?«

Er sah sie an, als wäre sie nicht ganz gescheit. Gundi rechnete kurz nach. Moshammer musste schon ein erwachsener Mann gewesen sein, als der Mord in den 70er-Jahren des letzten Jahrhunderts geschah.

»Hast du den Toni, also den Anton Hundhammer, gekannt?«

Der Moshammer Edi nickte bedeutungsschwer mit dem Kopf. »Haben sich alle gegen den Hof nicht wehren können.«

»Erzähl mir vom Toni vor dem Mord. Was war der für ein Mensch?«

»Narrisch ist er worden, wie alle auf dem Hof.«

»Seelisch krank, meinst, oder?«

»Ned krank. Verflucht.«

Gundi staunte. »Ein Fluch?«

»Der alle auf dem Weimerhof zu Deifeln gemacht hat, den Vater und den Sohn.«

»War der Vater etwa auch schon ein Mörder?«

»Jeder Bua hat Hand an sein Vater g'legt.«

Gundi überkamen Zweifel. Egal, was Mariele sagte. Sie hatte es vermutlich mit einem Märchenerzähler zu tun, der die Schauergeschichten, mit denen jedes niederbayerische Dorf aufwarten konnte, mit der Realität verwechselte.

»Was ist denn das für ein Fluch, Moshammer?«, fragte sie trotz ihres aufkeimenden Misstrauens.

»Hat immer wieder ein Unglück gebracht über alle, die wo auf dem Hof gewohnt haben. Auch über den Vater vom Toni.«

»Was erzählt man sich denn vom Vater des Hackl-Toni?«

»Ich hab's selber schreien gehört, damals, wie der Stadel brennt hat.«

»Ein Feuer? Wann war denn das?«

»Ich war no a Bua. Im Krieg war des.« Moshammer schüttelte den Kopf. »So viel arme Seelen!«

»Was ist denn passiert im Krieg?«

Moshammer runzelte die Stirn. Man sah ihm an, dass er tief in seinem Gedächtnis graben musste. »Aus Dachau sind die weg, wie die Amerikaner kommen sind.«

»Ich mein, wie kam es zu dem Brand?«

»Die haben sich versteckt g'habt. Vor die Nazis. Aber der Vater vom Toni, der hat sie eing'sperrt und den Stadel anzündt. 13 schwarze Leichen haben's nachher g'funden. Kinder auch.«

Gundis Alarmglocken schrillten. Ein Mord in Hintersbrunn in den letzten Tagen des Zweiten Weltkriegs hatte vor einigen Jahren ihr bisheriges Leben aus den Angeln gehoben. Sie wusste, dass zu dieser Zeit auch im nahe gelegenen Haunzenberg acht Menschen von fanatisierten SS-Truppen mitten auf dem Dorfplatz erhängt worden waren, weil sie sich den heranrückenden Truppen der Amerikaner ergeben wollten. War sie einer weiteren Gräueltat an Flüchtlingen aus dem KZ in Dachau auf der Spur?

»Der ist seit Jahrhundert verflucht, der Hof«, unterbrach Moshammer ihre Gedanken. »Die Hex hat noch einen jeden auf dem Weimerhof erwischt.«

Gundi stutzte. »Was für eine Hexe?«

»Die Weiherhex. Die haben's auf dem Hof verbrennt.«

»Eine Hexenverbrennung in Hintersbrunn?« Gundi schüttelte ungläubig den Kopf.

Plötzlich fiel ein Schatten auf den Tisch, und Gundi fuhr zusammen, als ob ihr ein Gespenst auf die Schultern geklopft hätte. Mariele stand hinter ihr und verdunkelte das Tageslicht.

»Ich hab mir gedacht, dass ihr zwei Ratschkathln vielleicht eine Schmier braucht's«, verkündete sie lächelnd, in den Händen eine frisch gezapfte Halbe für Moshammer und eine Weißbierflasche für Gundi direkt aus der Kühltheke. Das Kondenswasser an der Flasche glitzerte appetitlich.

»Vergelt's Gott, Mariele«, sagte der Greis. Sein Gesicht war fahl geworden. »Hat noch nie ein Gut getan, auf dem Hof«, murmelte er.

»Der ist jetzt müd«, erklärte die Gastwirtin mit Blick auf Moshammer. »Und alt.«

Sie behielt recht. Auf weitere Nachfragen reagierte er nur noch mit Kopfschütteln und unverständlichem Murmeln. Sein Blick war trüb geworden, und aus dem Greis kein vernünftiges Wort mehr herauszubekommen. Gundi gab es für dieses Mal auf. Zwar vermischte sich bei sehr betagten Menschen manchmal das Erlebte mit dem bloß Gedachten. Aber in den alten Dorflegenden steckte oft auch ein Körnchen Wahrheit. Sie beschloss nachzuforschen. Möglicherweise gab es in Hintersbrunn ein weiteres, längst vergessenes Verbrechen, das nie aufgeklärt wurde.

Sie ging vor die Tür, um es noch einmal bei Ferdl zu probieren. Dass er noch nicht zurückgerufen hatte, war ungewöhnlich. In diesem Moment hielt der Schulbus aus Felden vor der Wirtschaft, eine Handvoll Kinder stieg aus und verteilte sich auf der Dorfstraße. Fast alle drückten im Vorbeigehen den Auslöseknopf an der Ampel.

Endlich ging Ferdl ran. »Gundi?«, meldete er sich.

»Ich hätt dich beinahe als vermisst gemeldet, Ferdl.«

»Rate mal, wo ich bin.«

»Wo bist du denn?«

»Sonne, Baden, Limoncello!«

»Hä?«

»Ich bin am Gardasee. Kone hat mich zu einem Kurzurlaub eingeladen.«

Gundi hatte plötzlich keine Lust mehr, Ferdl von ihrem Ausflug nach Hintersbrunn zu erzählen. »Und das geht?«, fragte sie stattdessen. »Wer kümmert sich denn um dein Hotel?«

»Die zwei Tage können sie auch mal ohne mich.«

»Das ist ja ganz was Neues.«

»Was sitzt denn dir für ein Pfurz quer?«

»Gar keiner. Ich mein ja nur, dass du das noch nie gemacht hast. Du bist doch mit deinem Hotel verheiratet.«

»Das Leben ändert sich«, knurrte Ferdl. Auch seine Stimmung verdüsterte sich. »Hättest du was gebraucht von mir?«

Gundi schnaubte verächtlich aus. »Ich wollt nur fragen, wie's dir geht. Wie Freunde das gelegentlich so tun. Oder muss ich wieder auf Kones Facebookseite schauen, um zu erfahren, was du so treibst?«

»Du hast vielleicht eine Laune!«

Die beiden Freunde schwiegen eine Weile ins Telefon. An der Verkehrsampel stand ein einsames Auto und wartete auf Grün. Die Kinder waren längst verschwunden.

Ferdl lenkte ein. »Wie ist denn das Wetter in München? Wind und Regen, hoffe ich.«

»Ich bin gar nicht in München.«

»Oha. Wo bist du denn?«

»In Hintersbrunn.«

»In deinem Kaff? Warum denn das?«

»Der Franz hat angerufen. Er braucht mich hier.«

»Ist was passiert?«

»Er glaubt, dass ihn ein Geist verfolgt.«

»Was?« Ferdl lachte laut auf.

»Der ist gescheiter, als du denkst, der Franz«, verteidigte sie ihren älteren Freund. »Nicht so angelesen gescheit, eher naturgescheit.«

»Na dann. Jetzt erzähl. Was ist denn los in deinem Dorf?«

Sie nahm einen tiefen Atemzug. »Hier gibt's einen Neuen. Einen Zugezogenen, mein ich. Der will ein Vermögen ausgeben für eine Bauernhofruine. Und der Bräu steckt mit ihm unter einer Decke. Er jagt Franz mit einem inszenierten Spuk eine Heidenangst ein. So wie es aussieht, wollen die verhindern, dass sich irgendjemand auf dem Hof zu schaffen macht. Vielleicht ist da irgendwas versteckt.«

Ferdl schwieg.

»Ferdl?«

»Kone hat mich auf einen ungelösten Fall in München aufmerksam gemacht. Möglicherweise ein echter Kriminalfall. Nicht so ein Dorf-Kaschperltheater. Hinter diesen Fall solltest du dich klemmen.«

Sofort war Gundi wieder auf Hundertachtzig. »Ich hab Kones Arbeitsbeschaffungsmaßnahmen nicht nötig, Ferdl.«

»Jetzt sei doch nicht gleich wieder so gereizt.«

Gundi wusste selbst nicht, woher ihre Abneigung gegen Kone kam. Gönnte sie Ferdl sein Glück nicht? Träumte sie heimlich auch von der großen Liebe und war deshalb so ungnädig, weil Ferdl plötzlich etwas hatte, das sie schmerzlich vermisste? Seit Kone aufgetaucht war, dachte sie vermehrt über ihr Leben nach. Über die Entscheidungen, die sie getroffen hatte, und die Abzweigungen, die sie genommen hatte. Und das nahm sie Kone übel. Genauso wie die Selbstverständlichkeit, mit der er sich in Ferdls Leben breitmachte.

»Ich muss jetzt auflegen, Ferdl«, beendete sie das Gespräch. »Wir sehen uns, wenn du wieder im Land bist.«

Ferdls Antwort wartete sie nicht ab. Stattdessen blieb sie in Gedanken versunken auf dem Platz vor dem Wirtshaus stehen. Sie erinnerte sich an das erste Treffen mit Kone zu dritt. Ein Kinobesuch. Kone, Ferdl und sie waren gemeinsam den neuen Quentin-Tarantino-Film anschauen gewesen und Kone hatte einfach alles über den Regisseur gewusst. Er hatte so eloquent Anekdoten aus dessen Leben erzählt, dass sie selbst immer schweigsamer wurde. Kone gehörte zur Bildungselite. Jeder kannte seinen Vater, den berühmten Maler. Seine Mutter war Ballettlehrerin an der Oper. Gundi kam aus der sogenannten bildungsfernen Schicht. Gegen seine strahlende Fackel hatte sie nur eine Funzel zu bieten.

»Heh, du Zwidawurzn. W-was stehst da umeinand wie b-bestellt und nicht abg'holt?«

Sie hatte Franz gar nicht bemerkt. Er setzte seine Schubkarre voll mit nassem Laub vor ihr ab und lachte sie mit seinen schiefen Zähnen an. Hektisch sah sie sich um. Vermutlich hatte das halbe Dorf mitbekommen, dass sie ein unangenehmes Telefonat führte. Man war nie unbeobachtet im Dorf, das wusste sie. Trotzdem war sie froh, Franz zu sehen.

»Auf dich hab ich gewartet, Zipfeklatscher!«, konterte sie lachend. »Bist mit deinem Graffel unterwegs?«

Franz deutete auf seine Ladung. »D-Dachrinna ist fertig, oben bei der Evelyn. M-magst ein Bier?«

Freudig stimmte Gundi zu.

Drei Minuten später saßen die beiden schweigend vor Franz' Haus und genossen ihr kühles Getränk. Franz hatte seinen Arbeitstag für beendet erklärt, seine Schubkarre im Hof abgestellt und palaverte vom Herbst und den vielen mit Laub verstopften Dachrinnen im Dorf. Dass die beiden Lehrer bei der Pflege des alten Schulhauses keine Probleme bekamen, war ihm ein besonderes Anliegen. Evelyn hatte als junge Lehrerin in Hintersbrunn dem lernbehinderten Jugendlichen, der die Schule verlassen hatte, ohne richtig Lesen und Schreiben zu können, Nachhilfeunterricht gegeben. Seitdem das Lehrerehepaar im Ruhestand war, revanchierte sich Franz mit allerlei Alltagshilfen in Haus und Garten. Gundi fragte sich, ob ihr alter Freund auch ein Händchen für Marihuanapflanzen hatte.

»Kennst du eigentlich den Zenker Lutz?«, fragte sie, in die Nachmittagssonne blinzelnd.

»D-Das ist ein F-Fremder«, antwortete Franz.

»Warst du schon mal in seinem Haus? Hast du schon mal Arbeiten für den gemacht?«

Franz schüttelte energisch den Kopf. »Das ist ein P-Protestler.«

»Was? Gegen was protestiert der denn?«

»Na, gegen die K-Kirch!« Franz zog die Augenbrauen zusammen und schaute unsicher an Gundi vorbei. »Das hat die Liesi gesagt. D-Der geht in eine andere Kirch.«

»Ach so! Ein Protestant.« Gundi lachte.

»S-Sag ich doch. Aber weil der nicht in die Kirch geht und i-ich nicht zum Bräu, s-sehen wir uns e-eher selten.«

Gundi verstand. Am Sonntag nach der Kirche nahm Franz seine Aufträge für die Woche entgegen.

»Was hältst du denn von ihm?«

Franz dachte eine Weile nach. »Der schaut b-bös.«

Gundi sog ein paar Atemzüge der frischen Landluft ein. Sie fühlte sich wohl auf Franz' gedachter Veranda, die nichts anderes war als ein Bankerl vor dem Haus. Nach dem Zank mit Ferdl tat es gut, in Gesellschaft von Freunden zu sein. Sie trank ihr Bier aus, stellte die Flasche auf den Boden und zog ihr Handy aus der Gesäßtasche. »Evelyn und Tonio sind daheim, oder?«

Franz nickte. Auch er hatte sein Bier ausgetrunken. Bevor sie aufstand, hatte Gundi aber noch etwas zu klären. »Ich muss dir was sagen, Franz. Das Gespenst auf dem Weimerhof, das war bloß der Bräu. Er hat sich als Hackl-Toni verkleidet und wollte dich nur erschrecken.«

Franz nickte langsam und schob die Unterlippe vor. »D-Die Evelyn hat d-das auch schon gesagt.«

Das alte Schulhaus roch immer noch wie zu Gundis Grundschulzeit. Es war kühl in dem großzügigen Treppenhaus, das zur Lehrerwohnung im Obergeschoss führte. Die Tür stand offen.

»Komm nur rein«, hörte sie von drinnen Evelyn rufen. Die Lehrerin trat aus einem mit einem Fadenvorhang behängten Durchgang, die Holzperlen klapperten. Sie hatte eine Teekanne in der Hand und führte Gundi ins gegenüberliegende Zimmer, wo Tonio schon auf sie wartete. Zu ihrem Erstaunen waren die ehemaligen Dorflehrer sehr schlicht eingerichtet. Eine Bücherwand, eine einfache Sitzgruppe und in der Ecke ein ordentlicher Schreibtisch. Darüber der Kunstdruck eines Leinwandbildes von Frida Kahlo mit ihren auffällig zusammengewachsenen Augenbrauen. Gundi hatte eher eine überladene und patchouligeschwängerte Haschhöhle erwartet. Tonio saß auf der Couch, und Evelyn schenkte Tee ein.

»Ich habe die Unterlagen hier«, begann der Lehrer und lächelte fein.

Gundi wollte alles über die Vergangenheit des Weimerhofs wissen, nachdem der alte Moshammer mehr Fragen aufgeworfen hatte, als Antworten zu geben. Als sie Tonio am Telefon nach seinen Recherchen zur Geschichte des Hofs fragte, hatte er einem Treffen sofort zugestimmt.

»Wie erwähnt, hat der Weimerhof einen einzigartigen historischen Wert«, sagte Tonio. »Er ist ein bedeutendes Zeugnis für die bäuerliche Kultur Niederbayerns.«

»Hast du jemals gehört, dass dort eine Hexe verbrannt worden sein soll?«

»Davon erzählen etliche Volkslegenden. Aber ich habe nie Anhaltspunkte dafür gefunden, dass es eine solche Hinrichtung hier gegeben hat. Grundsätzlich wäre es möglich gewesen. Die letzte belegte Hexenverbrennung in Bayern fand 1770 in Straubing statt. Da stand der Weimerhof schon fast ein Jahrhundert.«

»Der Moshammer hat gesagt, dass ein Fluch auf dem Hof lasten soll.«

Tonio wiegte den Kopf. »Man muss die Lebenssituation der Menschen damals betrachten. Kriege, Missernten und Hungersnöte. Auf dem Land lebte man mit den Tieren unter einem Dach. Krankheiten und Seuchen suchten die Leute heim. Erklärungen, wie wir sie heute von den modernen Wissenschaften kennen, gab es nur mangelhaft. Man glaubte an übernatürliche Mächte, an Flüche und Wunder.«

»Nach allem, was der alte Moshammer erzählt, soll es auf dem Weimerhof seit Generationen gewaltsame oder mysteriöse Todesfälle gegeben haben.«

Zu ihrem Erstaunen bestätigte Tonio das. »Vatermorde, um genau zu sein. Zumindest habe ich das an einer Stelle meiner Nachforschungen einmal gehört. Noch nicht ausreichend belegt, aber ich kann mich weiter schlaumachen, wenn du das möchtest. Ich habe gute Verbindungen zum Staatsarchiv in Landshut, weißt du.«

Man sah ihm an, dass er es kaum erwarten konnte, in den alten Akten und Aufzeichnungen zu blättern. Gundi starrte ihre Teetasse an und leckte sich die trockenen Lippen. Sie räusperte sich und brachte auch die dritte Räuberpistole des greisen Mannes im Wirtshaus zur Sprache. »Und dann sollen im Stadel des Weimerhofs Leute aus dem KZ Dachau umgekommen sein. Bei einem Brand.«

»Interessant.« Tonio wirkte überrascht. »Ich habe vor langer Zeit im Zuge einer historischen Forschungsarbeit die Todesmärsche aus Buchenwald, Flossenbürg und

Dachau durch die niederbayerischen Dörfer zu rekonstruieren versucht. Damals habe ich mit einer Frau gesprochen, die als kleines Mädchen einen solchen Zug durch Hintersbrunn beobachtet hat. Sie sprach von wandelnden Skeletten in gestreiften Lumpen, die von SS-Schergen angetrieben durch das Dorf torkelten. Die Frau lebt aber heute nicht mehr.« Er bemerkte Gundis unberührte Tasse. »Magst du lieber ein Bier?«

»O, Gott sei Dank, ich hab schon geglaubt, du fragst gar nicht mehr!«

Evelyn sprang auf und kam zwei Minuten später mit einem perfekt eingeschenkten Weißbier zurück.

»Sehr gut«, kommentierte Tonio.

»Sag mal, warum will dieser Zenker das alte Gemäuer überhaupt haben?«, fragte Gundi nach einem tiefen Schluck.

Tonio zuckte mit den Schultern. »Er sagt, er will einen Biobauernhof errichten. Vermutlich ist das heutzutage ein lukratives Geschäft.«

»So viel Geld für so ein altes Gemäuer?«

»Girgl Bernleitner sagte, er würde alle Denkmalschutzvorschriften einhalten«, schob Evelyn ein.

»Glaubt ihr das?«

»Wir wissen es nicht«, antwortete die Lehrerin. Die beiden Eheleute sahen sich vielsagend an.

»Vielleicht ist es nicht das Schlechteste, wenn wir Zenkers Geld nehmen«, sagte Tonio zaghaft.

Gundi staunte. »Ich dachte, ihr seid die treibende Kraft hinter dem Kulturzentrum?«

»Waren wir auch. Die Dörfer sterben. Man kommt nur noch zum Schlafen heim. Wie in diesen scheußlichen Suburbs in Amerika. Zur Arbeit und zur Schule fährt man in die Stadt. Zum Einkaufen auch und zum Ausgehen sowieso. Deswegen wollten wir mit dem Weimerhof dem Dorf wieder einen sozialen Treffpunkt geben. Mariele und Liesi zogen sofort mit. Und Franz wollte helfen. Es war eine sehr gute Idee, bis Zenker kam.«

»Was ist das eigentlich für ein Typ, dieser Zenker? Mariele sagt, ein Neureicher, der sich mit einem Leben auf dem Land selbst verwirklichen will.«

Evelyn bekam einen spitzen Mund. »Mir kommt er ein bisschen ungebildet vor.«

Tonio und Evelyn wussten auch nicht mehr über den Zuagroasten in Hintersbrunn als Mariele. Alles, was die beiden berichteten, hatte Gundi so ähnlich auch von der Bräuin gehört. Ohne deren boshafte Unterstellungen. Es half alles nichts. Sie musste sich ein eigenes Bild von diesem spendablen Neubürger machen. Und herausfinden, was er wirklich wollte. Gundi trank ihr Weißbier aus und stand auf.

»Ich würde gerne mehr über den Weimerhof erfahren. Aber geschichtlich fundiert. Kannst du mir dabei helfen, Tonio?«

Sie hätte dem alten Geschichtslehrer keine größere Freude machen können.

Zenker wohnte an der Straße nach Felden, etwas außerhalb des Dorfes.

»Beim Wegkreuz, die kleine Straße rechts rein«, hatte Evelyn gesagt, und es war leicht zu finden. Gundi stellte ihr Auto vor dem bekiesten Vorplatz an Zenkers Wohnsitz ab, der sich, von der Straße aus uneinsehbar, am Ende einer schmalen Allee verbarg. Was für ein Luxus, dachte sie. Sie sah, was Mariele gemeint hatte: Das Gebäude hatte wirklich etwas von Neuschwanstein. Zenkers herrschaftliche Villa stand auf einem Block aus grauen Granitsteinen, in dem sich eine Einfahrt befand, vermutlich zu einer unterirdischen Garage. Das weiße Gebäude darüber war zweistöckig – mit Bogenfenstern unter einem steilen Dach. Imposanter Blickfang war ein runder Anbau an einer Seite des Anwesens. Zenker hatte sich einen Turm gebaut. Mit Zinnen. Zum Eingang an der Frontseite des Hauses führte eine mit Löwenköpfen verzierte, geschwungene Treppe. Gundi hätte sich nicht gewundert, wenn sie statt einer Tür eine Zugbrücke vorgefunden hätte. Es war aber eine ganz normale Haustür unter einem Vordach, das von sandsteinfarbenen Pfeilern gestützt wurde. Die Säulen sahen aus, als hätte Zenker sie aus der Glyptothek in München entwendet.

Während sie darauf zuschlenderte, lächelte Gundi in sich hinein. Das ganze Anwesen erinnerte sie an einen Wolpertinger. Seit ihrer Kindheit hatte sie nicht mehr an das lustige Fabelwesen gedacht, mit dem die Landbevölkerung Sommerfrischler, Ortsfremde oder andere Breznsoiza gerne tratzte. Es war ein Mischwesen, das in ihrer Kinderwelt eine ganze Enzyklopädie von Witzen und Schwänken bevölkerte. Mal war das Tier ein Hase mit Hirschgeweih und Entenflügeln, mal eine Eule mit Gänsefüßen und Hörnern. Zenkers Behausung sah genauso aus. Sie betrat die marmornen Stufen und widerstand dem Impuls, über die steinernen Löwen zu streichen. Noch bevor die den Klingelknopf betätigen konnte, hörte sie eine dunkle Stimme hinter der Tür.

»Was wollen Se hier? Hauen Se ab!«

»Herr Zenker, mein Name ist Gundi Starck, ich möchte mit Ihnen über den Weimerhof in Hintersbrunn reden.«

»Der geht Sie einen Scheißdreck an.«

Gundi war überrascht. Man konnte über ihr Heimatdorf in Niederbayern sagen, was man wollte. Wenn es um die Rückständigkeit und Spießigkeit auf dem Land ging, war sie immer dabei. Eins aber konnte man den Bewohnern im Dorf nicht nachsagen: dass sie nicht gastfreundlich wären. Man öffnete jedem die Tür, und Besucher waren meistens auch willkommen.

»Herr Zenker, ich bin von der Zeitung. Ich hätte nur ein paar Fragen.«

Stille.

»Herr Zenker, wegen Ihres Engagements für die Renovierung …«

Gundi brach ab, weil sich die Tür öffnete. Vor ihr stand ein Mann, der aussah wie Mel Gibson in »Der Patriot«. Aber nicht wegen des weißen Pluderhemds und auch nicht wegen des grimmigen Gesichtsausdrucks. Sie traute ihren Augen kaum. Der Mann hielt ein Gewehr in beiden Händen. Instinktiv wich sie ein paar Schritte zurück und wäre beinahe die Treppen hinuntergefallen.

»Ich rede nicht mit der Lügenpresse«, herrschte sie der bewaffnete Kerl an, und Gundis Mund wurde trocken. Sie hob die Hände wie in einem Western. Dann zwang sie sich zu einem Lächeln. Der Mann konnte doch nicht ernsthaft auf sie schießen wollen? Durfte man das in Deutschland? Unbefugte auf dem eigenen Grundstück einfach abknallen, wie in Amerika? Es war zu grotesk.

»Herr Zenker, ich habe nur ein paar Fragen zu Ihren Plänen hier in Hintersbrunn. Sie wollen einen baufälligen Bauernhof für eine erstaunlich hohe Summe …«

Zenker richtete das Gewehr auf sie. Sie verstummte.

»Volassen Se meinen Grund und Boden!«, herrschte er sie an.

Rückwärts gehend tastete sie sich ein paar Stufen nach unten. Zenker sah sie mit steinernem Gesichtsausdruck an. Er meinte es tatsächlich ernst. Ihr war schlagartig klar, dass sie besser kein weiteres Wort mehr sagte. Als sie am unteren Ende der Treppe angekommen war, drehte sie sich um und bewegte sich – die Hände immer noch erhoben – wie auf rohen Eiern den Kiesweg hinunter zu ihrem Auto. Erst als die Fahrertür hinter ihr ins Schloss fiel, bemerkte sie, dass sie die ganze Zeit die Luft angehalten hatte.

Fassungslos ließ Gundi den Wagen an und fuhr im Schritttempo zurück ins Dorf. Nur langsam sickerte in ihr geschocktes Gehirn, was gerade passiert war. Mit der Presse nicht sprechen zu wollen, war die eine Sache. Mit einer Schusswaffe zu drohen, war geradezu kriminell. Sie parkte ihren Wagen an der üblichen Stelle vor dem Grei-merbräu und blieb noch eine Weile im Auto sitzen. Lutz Zenker in seiner protzigen Villa war ganz offensichtlich ein Mann, der Geld hatte. Damit lag Mariele ganz richtig. Aber wie ein Aussteiger, der zurück zur Natur wollte, sah er nicht aus. Und erst recht nicht wie ein Biobauer. Um ökologischen Landbau zu betreiben, brauchte dieser Mann den Weimerhof sicher nicht. Sie hatte vielmehr das Gefühl, einem Mafiaboss gegenübergestanden zu sein. Oder einem Clanchef, der sich, seine Familie und seine Geschäfte not-falls mit Gewalt verteidigte. Warum hatte so einer Interesse an einem historischen Gemäuer? Marieles Sado-Maso-Ver-dächtigungen fielen ihr wieder ein. Wollte er das Anwesen wegen der alten Gespenstergeschichten haben, die sich um den Hof rankten? Vielleicht, weil er gruselige Mittelalter-partys veranstalten wollte, mit Folterwerkzeugen? Oder wollte er dort wirklich Sex-Sklaven halten? Gundi schüt-telte den Kopf. Der Gedanke war abstrus. Sie rief sich ihre detektivischen Diskussionen mit Ferdl über ungeklärte Mordfälle bei einem Weißbier in der Kellerbar in Erinnerung, und eine brennende Sehnsucht nach ihrem Freund in München, mit dem sie bis vor Kurzem nächtelang Gespräche hatte führen können, erfasste sie.

»Sieh dir zuerst das Naheliegende an«, hatte Ferdl sie oft ermahnt, wenn die Fantasie beim Lösen von alten Kriminalfällen mit ihr durchgegangen war. Zenker hatte mit seinem exorbitanten Angebot jede Diskussion über eine andere Nutzung des alten Bauernhauses vom Tisch gewischt. Warum? Was glaubte er, mit dem Besitz des Hofs zu gewinnen? Ihr erster Impuls war vermutlich der richtige gewesen. Es gab auf dem Gelände des Weimerhofs etwas zu holen.

Als Gundi durch den Torbogen des historischen Gehöfts trat, stand die Sonne schon tief. Nach den vielen Geschichten über diesen geheimnisvollen Bauernhof bestaunte sie die alten Mauern mit noch größerer Ehrfurcht als in ihrer Kindheit, in der das verfallene Bauwerk als Spukhaus galt. Vor ihr lag ein typischer Dreiseithof mit einem zweigeschossigen Wohnhaus. Die Überreste eines langen hölzernen Balkons zogen sich im Obergeschoss über die ganze Breite der Front. Unten in der Mitte zwischen sechs kleinen Fenstern erkannte sie die Maueröffnung, an der einst eine Tür gewesen sein musste. Auch die Fenster waren zum größten Teil kaputt, teilweise sogar inklusive Fensterstock herausgebrochen. Rechts vom Haus stand ein verfallener hoher Heustadel aus Brettern, links davon ein kleinerer Stall oder vielmehr ein paar halb abgetragene Mauern, die früher vermutlich den Schweinestall beherbergten.

D'Sau, d'Sau, d'Sau hat an schweinern Kopf
und, und vier Haxn aa

und, und wenn ma's genau betracht,
hat's, hat's, hat's an Schwoaf aa.
Ja, ja, hat's an Schwoaf aa.

Gundi hatte keine Erklärung für die versprengte Erinnerung an das Lied aus ihrer Kindheit, das wie die Figur einer Geisterbahn in ihr Bewusstsein sprang. Sie zog die Schultern hoch und schüttelte sich, als wäre ihr jemand mit eiskalten Fingern über den Rücken gefahren.

»Konzentrier dich«, sagte sie halblaut zu sich selbst. Zenker hatte ganz offensichtlich viel Geld und viel Mühe in sein derzeitiges Domizil außerhalb von Hintersbrunn gesteckt. Warum, Haggodza, wollte er um jeden Preis den heruntergekommenen Weimerhof haben? Was gab es hier zu finden?

Als Erstes ging sie auf den Stadel zu, öffnete das Tor und blickte nach oben unter dessen Dach. Dort soll er gehangen haben, der Hackl-Toni. Eine Axt, wie Franz behauptete, sah Gundi nirgends. Sie lachte auf. Der Bräu wäre schön blöd gewesen, Spuren zu hinterlassen.

Über den Innenhof waren es nur ein paar Schritte zum Wohnhaus. Gundi duckte sich durch den Hauseingang, und sofort umfing sie Dämmerlicht. Fast wäre sie über eine Spitzhacke gefallen, die schräg an der Wand lehnte. Sie atmete den modrigen Geruch des alten Gemäuers ein. Als sich ihre Augen an das schummrige Licht gewöhnt hatten, erkannte sie, dass überall der Putz von den Wänden geschlagen worden war. Vermutlich mit der Spitzhacke. Sie befand sich in der ehemaligen Flez, von der links und rechts Öffnungen zu den einzelnen Räumen abgingen. Über einen der niedrigen Türstöcke stieg sie in einen kleinen Raum, in dessen Mitte ein großes Loch klaffte. Zögerlich näherte sie sich. Möglicherweise hatte hier in bewohnten Zeiten eine Stiege in das Kellergewölbe geführt. Die einstige Treppe war vermutlich in der feuchten Luft des Kellers morsch geworden. Vorsichtig blickte sie über den Rand und konzentrierte sich darauf, nicht das Gleichgewicht zu verlieren und in das schwarze Loch zu fallen. Ein kalter Luftzug kam ihr aus dem Untergeschoss entgegen, und sie wich zurück. Unschlüssig sah sie sich in dem niedrigen Raum um. Keine Leiter. Wie es schien, hatte niemand in letzter Zeit das Bedürfnis gehabt, den Keller zu betreten. Neugierig zückte sie ihr Handy und leuchtete hinein. Der Keller war überraschend tief. Schutt und Staub bedeckten die blanke Erde. Gundi fielen alle Krimis, die sie je gelesen hatte, auf einmal ein. Horrorhäuser mit vergrabenen Leichen im Keller. Lagen hier vielleicht vergessene Tote aus Jahrhunderten begraben, auf denen sich der gruselige Ruf des Weimerhofs gründete? Sie beugte sich erneut nach vorn, um mit dem Lichtstrahl die Ausmaße des Gewölbes zu erkunden, als ein plötzlicher Schwindel sie zurückfahren ließ. Erschrocken trat sie einen unüberlegten Schritt nach hinten und wäre beinahe über einen Ziegelstein gestolpert. Sie atmete tief durch und ermahnte sich zur Vorsicht. Hier war alles baufällig und ungesichert. Schlagartig wurde ihr klar, dass sie ganz allein war. Würde sie in dieses dunkle Kellerloch fallen, würde sie so schnell niemand finden. Sie bezähmte ihre Neugier und beschloss, den Keller ein andermal zu inspizieren.

Zurück auf dem Lehmboden des Ganges, der mit Putz und Schotter bedeckt war, spähte sie in einen anderen Raum schräg gegenüber. Zwei blinde Fenster spendeten ein wenig Licht. Reste von Kacheln an den Wänden wiesen auf die ehemalige Küche hin. Sie trat ein. In einer Ecke des

Zimmers waren Ziegel und Mauerreste aufgehäuft, daneben stand ein gelber Mini-Bagger, wie dem Abenteuerland von »Bob der Baumeister« entsprungen. Das musste der Bagger sein, von dem Franz gesprochen hatte. Hier hat er also gearbeitet. Aber was, Zefix, gab es hier zu finden, außer Schutt? Die alten Ziegel, Hölzer und Fliesen hatten höchstens nostalgischen Wert. Sie untersuchte den Boden auf Spuren von Grabungen. Irgendetwas Wertvolles musste es hier geben! Vergrabene Schatztruhen kamen ihr in den Sinn oder in den Mauern versteckte Goldschätze. Sie tastete die Wände nach lockeren Steinen ab. Aber es öffnete sich keine Geheimtür. Mit einem Seufzer wollte sie sich schon den weiteren Zimmern zuwenden, als sie im Augenwinkel etwas irritierte. Gleich neben dem Steinhaufen hinter dem Mini-Bagger befand sich ein Durchgang in der Wand, der zu einem fensterlosen Nebenraum führte. Unterhalb des Türstocks ragte ein Stück Sackgewebe hervor. Sie kniete sich hin und zog daran. Aber der Sack bewegte sich nicht. Mit bloßen Händen versuchte sie, die graue Erde, die ihn bedeckte, beiseitezuschieben. Sie war zu fest. Die Spitzhacke schoss ihr in den Kopf. Von einer irrationalen Vorahnung gepackt, sprang sie auf und stolperte über die Flez zum Hauseingang. Natürlich war sie noch da, was hatte sie denn geglaubt? Dass der Hackl-Toni damit herumschlich? Entschlossen packte sie das Werkzeug, ging zurück und kniete sich damit erneut auf den Boden der Küche. Mit vorsichtigen Hieben lockerte sie das festgeklopfte Erdreich rund um das Gewebe unter dem Türstock. Irgendetwas lag hier versteckt, eingewickelt in grobes Sackleinen. Trotz der Kühle des alten Gemäuers standen ihr bald die Schweißperlen auf der Stirn. Sie musste sich beeilen. Es wurde immer dunkler im Weimerhof, und in Kürze würde sie ohne künstliches Licht hier nicht einmal mehr die Hand vor Augen sehen. Sie legte die Axt zur Seite und befühlte das freigelegte Stück. Irgendetwas Rundes war darin verborgen. Noch einmal ergriff sie die Hacke und grub weiter. Allmählich lockerte sich das eingepackte Fundstück. Ein paar Hiebe noch, dann hatte sie es befreit. Mit Bedacht löste sie den Sack aus seinem Versteck unter der Tür. Ihr Herz pochte vor Aufregung bis zum Hals. Hatte sie einen Teil des Schatzes gefunden, den Zenker hier suchte? Das Bündel war überraschend leicht. Ein wertvoller Kelch vielleicht? Mit einem Griff in die Sacköffnung holte sie den Inhalt heraus. Zwei leere Augenhöhlen starrten sie an. Sie hielt einen Totenschädel in der Hand und ließ ihn sogleich fallen. Er kullerte über den Boden, blieb eine Armlänge von ihr entfernt liegen und grinste sie schräg an.

»Heiliger Bimbam!« Gundi setzte sich auf ihren Hosenboden und keuchte. Eine Weile starrte sie ihre gruselige Ausgrabung an. Es war kein Schatz, den sie hier gefunden hatte. Es war eine Leiche. Begraben unter einer Mauer, damit niemand sie fand. Sofort wurde ihr klar, dass ihr Fund zu einem Mordopfer gehören musste, das dort verscharrt worden war. Sie durfte keine weiteren Spuren zerstören. Langsam zog sie sich an der Mauer hoch auf die Beine. Auf Zehenspitzen bewegte sie sich an der Wand entlang und zurück durch die Haustür auf den Innenhof ins Freie. Sie holte tief Luft. Der Himmel über Hintersbrunn war dunkelgrau geworden, der Nachtwind hatte eingesetzt. Mit immer noch zitternden Händen fingerte sie ihr Handy aus der Jackentasche und wählte die 110.

KAPITEL 5

»Heute ist der erste Tag vom Rest Deines Lebens«, stand auf dem Anschlagbrett vor dem kleinen Café in der Ohlmüllerstraße, wo Gundi sich nach zehn Stunden Schlaf ein spätes Frühstück holte.

Nach ihrer gruseligen Entdeckung gestern Abend auf dem Weimerhof in Hintersbrunn hatten zunächst Streifenpolizisten ihren Fund begutachtet und das Gebäude gesichert. Innerhalb weniger Minuten nach Eintreffen der Funkstreife war das halbe Dorf versammelt gewesen, um zu sehen, was sich auf dem Weimerhof Aufregendes abspielte.

»Ein Leichenfund«, hatte Gundi zu Liesi gesagt, und die Nachricht hatte sich wie ein Lauffeuer herumgesprochen. Dann war die Kripo angerückt und ein forensisches Team. Der ganze Hof wurde abgesperrt und Gundi ausführlich und mehrfach zu den Umständen ihrer Entdeckung befragt. Bürgermeister Bernleitner wuselte zwischen den anwesenden Polizisten herum. Evelyn brachte eine Thermoskanne mit heißem Tee und maßregelte die Beamten wie eine Anwältin, wenn sie das Gefühl hatte, dass sie Gundi als Zeugin allzu sehr zusetzten. Am späten Abend wurde ein Leichenspürhund eingesetzt, um weitere Knochenteile aufzuspüren. Obwohl Gundi gefühlt jede Frage dreimal gestellt bekam und auch beantwortete, ließen sich die Beamten umgekehrt keine Einzelheiten zu den Ermittlungen entlocken. Weder, ob der Rest der Leiche gefunden worden war, noch, ob es auf dem Weimerhof weitere Gräber gab. In der Rechtsmedizin werde in den kommenden Tagen ein DNA-Abgleich durchgeführt, teilte ein Beamter des Landeskriminalamts ihr mit, bevor die Einsatztruppen die Suche abbrachen. Dann könne man feststellen, ob die Zuordnung zu einer bestimmten, möglicherweise vermissten Person gegeben sei. Es war fast Mitternacht gewesen, als Gundi Hintersbrunn verlassen hatte und zurück nach München gefahren war. Sie hatte schon die letzte Übernachtung in ihrem Heimatdorf nicht geplant gehabt und brauchte dringend einen Klamottenwechsel.

Der Spruch auf der Tafel des Cafés kam Gundi vor wie eine Prophezeiung. Es gab einen neuen Fall für Gundi Starck, der investigativen Reporterin für ungelöste Kriminalfälle. Endlich würde sie mit der Arbeit, die sie liebte, wieder Geld verdienen. Gleich nach dem Frühstück würde sie bei den Redaktionen der Tageszeitungen und der Online-Presse nach Vorschüssen für eine Geschichte über den Leichenfund in Hintersbrunn fragen.

»Ab jetzt wird alles gut«, sagte sie mit einem Augenzwinkern zu dem Mann hinter der Theke, der ihr zum Milchkaffee ein gesundes Sandwich mit Salat, Tomate und Gurke einpackte. Nachdem sie sich in Hintersbrunn ausschließlich von Fleisch, Knödeln und Weißwürsten ernährt hatte, war sie entschlossen, ab heute mehr Vitamine zu essen.

Sie ließ sich auf ihrem Sofa in ihrer winzigen Wohnung in der Au nieder und schloss die Augen. Ein Lächeln breitete sich auf ihrem Gesicht aus. Erst jetzt wurde ihr bewusst, wie sehr sie die Existenzsorgen in letzter Zeit belastet hatten. Sie legte die Füße hoch und genoss für einen Moment die Erleichterung. Da klingelte ihr Handy.

»Lust auf ein Weißwurschtfrühstück?«, fragte die Stimme am anderen Ende der Leitung.

»Ferdl! Bist du wieder da?«

»Ich hab doch gesagt, dass ich nur zwei Tage weg bin. Das Hotel braucht mich doch, wie du weißt.« Er lachte.

»Frühstückst du nicht mit Kone?«

»Jetzt hör endlich auf mit deiner Eifersucht.«

»Ich bin doch nicht eifersüchtig!«

»Magst du jetzt oder nicht?«

»Kannst den Kessel schon mal aufstellen«, antwortete Gundi. Sie griff nach Jacke und Tasche und warf das Salatbrot in den Mülleimer.

Die Kellerbar des »Monarch« war ihr zweites Zuhause. Ferdl hatte sie schon vor Jahren für die Hotelgäste geschlossen, als er im Zuge von größeren Renovierungsarbeiten im Erdgeschoss eine moderne Cocktail-Lounge eröffnete. Seither nutzten er und Gundi den antiquierten Schankraum für ihre privaten Treffen. Gundi liebte den alten Holztresen mit seinen Kerben und die Barhocker mit dem abgewetzten Leder. Alles hier war in die Jahre gekommen, aber es atmete den Geist des alten Künstlerschwabings. Das passte zu ihr und Ferdl, fand sie. Die Glasvitrine hinter der Bar war zwar leer geräumt, aber Toni, der Barkeeper des Hotels, sorgte immer für genügend Weißbier in der Kühltheke.

Während sie ihre Weißwürste mit Weißbier aus der Flasche genoss, erinnerte sich Gundi an ihre erste Begegnung mit ihrem langjährigen besten Freund. Sie war als frischgebackene Redaktionsassistentin beim Münchner Tagblatt in sein Hotel geschickt worden zu einem Interviewtermin mit Ian Gillan, dem Frontmann von Deep Purple, einer legendären Rockband aus den 1970er-Jahren, die in München ein Gastspiel für Fans ihrer Zeit gab. Kein Redakteur hatte Zeit dafür opfern wollen, denn das Konzert der Altrocker war dem Boulevardblatt, bei dem Gundi sich als Redaktionsassistentin ihre ersten Sporen verdiente, nur ein paar Zeilen wert gewesen. Der Chefredakteur hatte die an PR interessierte Plattenfirma nicht vor den Kopf stoßen wollen und daher diejenige Mitarbeiterin zum Interviewtermin geschickt, auf die er in der Redaktion am leichtesten verzichten konnte: Gundi. Bewehrt mit einem altmodischen Walkman und dem festen Willen, sich ihren Frischlingsstatus nicht ansehen zu lassen, hatte sie sich an der Rezeption gemeldet, sich in einen der Sessel in der Lobby gesetzt und gespielt gelangweilt in einer Zeitschrift geblättert. Niemand sollte auf die Idee kommen, dass dies das allererste Interview ihres Lebens war.

»Dich habe ich hier noch nie gesehen«, hatte eine Stimme sie aufgeschreckt. Vor ihr stand ein elegant gekleideter Herr mit geschwungenen Brauen und hypnotischen Augen.

»Ich dich auch noch nicht, du Spaßvogel«, hatte sie gekontert, nicht wissend, wen sie vor sich hatte. Es war der neue Hoteldirektor, der gerade erfahren hatte, dass Mr. Gillan sich noch nicht aus dem Bett bequemt hatte. Er war hier, um der Reporterin mitzuteilen, dass sich ihr Interviewtermin um mindestens eine Stunde verzögern würde.

»Darf ich dir was bringen lassen?«, hatte sie der vermeintliche Pinguin gefragt. Gundi war überzeugt davon gewesen, einen Kellner vor sich zu haben. Besonders weltgewandt war sie nicht, denn sie war erst vor einem Jahr aus ihrem abgelegenen Heimatkaff in Niederbayern nach München gezogen. Dass man den arroganten Binkeln in der Münchner Society erst mal eine aufstreichen musste, das hatte sie allerdings schnell gelernt.

»Espresso«, hatte sie daher in aller Coolness geantwortet. »Einen Doppelten. Aber pronto, ich hab nicht viel Zeit.«

Ferdls Herz hatte sie damit gewonnen, denn er hasste die Katzbuckler, die ihn umschlichen, seit er zum Direktor des angesagten »Monarch« aufgestiegen war. Weil Prominente und Stars bei ihm logierten, behandelten ihn die Wichtigtuer der damaligen Münchner Bussi-Gesellschaft ab diesem Zeitpunkt wie einen der ihren. Es waren dieselben Leute, die ihn wie einen Knecht herumkommandiert hatten, als er noch keinen Cheftitel gehabt hatte.

Gundi erinnerte sich, dass Ferdls Grappa, den er ihr zum Doppio ausgab, nicht nur ihre Nervosität vor dem ersten Interview besiegt, sondern auch den Grundstein für ihre inzwischen 30-jährige Freundschaft gelegt hatte. Der neun Jahre ältere Ferdl hatte sie bei all ihren beruflichen und privaten Aufs und Abs nicht nur begleitet, sondern immer auch tatkräftig unterstützt. Sie schämte sich für die Eifersucht, mit der sie jetzt seiner neuen Liebe begegnete. Deshalb ließ sie ihn – während sie drei Weißwürste vertilgte – schwärmen von Kones perfekten Italienischkenntnissen und der Selbstverständlichkeit, mit der er sich am Gardasee bewegt hatte. Die Familie des bekannten Zeichners besaß dort eine »Limonaia«, ein ehemaliges Zitronengewächshaus, das sie zu einem Landsitz umgebaut hatte. Was sonst.

»Also«, lenkte er endlich auf ihr Thema. »Was hat es mit deinem Hintersbrunner Geist auf sich?«

»Der Geist ist eine Leiche«, antwortete sie geheimnisvoll. »So wie es aussieht, ein Mordopfer, das nicht gefunden werden sollte.«

Ferdl öffnete zwei weitere Weißbierflaschen und erwartete ihre Geschichte.

»Ich habe dir doch von diesem Zugezogenen erzählt«, begann sie. »Zenker heißt der. Lutz. Kommt aus dem Osten. Der will aus unerfindlichen Gründen unbedingt diesen alten Bauernhof in der Dorfmitte haben.«

»Ja. Du sagtest, dass der zusammen mit dem Dorfwirt einen Spuk inszeniert hat.«

»Kam mir komisch vor. Warum macht jemand so was? Und warum will einer wie der einen verfallenen Bauernhof so dringend haben, dass er zu derart gemeinen Mitteln greift? Also hab ich mir gedacht: Fragst ihn einfach.«

»Den Zenker?«

»Ja. Pass doch auf! Ich wollte herausfinden, was der sich von dieser Bauruine verspricht. Also hab ich ihn besucht.«

»Und?«

»Scheint ziemlich betucht zu sein. Lebt hochherrschaftlich in einer Villa außerhalb.«

»Und was hat er gesagt?«

»Er hat mich mit einem Gewehr an der Haustür empfangen.«

»Wie? Hat der dich mit einer Waffe bedroht?«

Gundi nickte. »Nicht unbedingt offen für Diskussionen, kann man sagen.«

Ferdl, der eigentlich nur einen Schwank aus dem Dorfleben erwartet hatte, wurde unvermittelt ernst. »Darf der das überhaupt? Hat der einen Waffenschein? Wo kommen wir denn hin, wenn jeder …«

»Meine Geschichte ist noch nicht zu Ende, Ferdl. Ich hab mich also nicht nur gefragt, warum der für den Hof so viel Geld auf den Tisch legen will, sondern auch, was er zu verbergen hat.«

»Etwas Gravierendes, wenn er einer neugierigen Reporterin eine Waffe vors Gesicht hält.«

Gundi nickte. »Also hab ich mir den Weimerhof genauer angeschaut. Dort muss es etwas geben, was dieser Zenker unbedingt haben will, hab ich mir gedacht. Ich hab geglaubt, dass dort vielleicht ein Schatz vergraben ist.« Sie musste über ihre Naivität im Nachhinein selber lachen.

»Und du hast was gefunden?«

Gundi richtete sich auf. »Sag ich doch: Ich hab eine Leiche gefunden.«

»Einen Toten?«

»Genauer gesagt, einen Schädel. Verscharrt auf dem Weimerhof. Dort hat ein Verbrechen stattgefunden, Ferdl!«

Kurz berichtete Gundi von ihrer Suche, der folgenden Entdeckung, und dass sie die Polizei benachrichtigt hatte.

Ferdl fuhr sich mit den Fingern durch die zurückgekämmten Haare. »Du bist also wieder einem ungeklärten Mordfall in Niederbayern auf der Spur?«

»Ja, was denn sonst?«

»Und du glaubst, dass dieser Zenker etwas damit zu tun hat?«

»Möglicherweise. Oder der Bräu. Oder beide. Dass auf dem Grundstück eine Leiche versteckt lag, ist auf alle Fälle ein guter Grund, warum niemand anderes den Hof haben soll und warum der Bräu und der Zenker den Franz unbedingt von dort vertreiben wollten, als der sich dort zu schaffen machte.« Gundi legte eine kurze Pause ein. »Damit das Opfer nicht gefunden wird.«

Ferdl dachte nach. »Er ist ein reicher Aussteiger, sagtest du. Der Zenker.«

»Dass der einen Biobauernhof gründen will, wie alle meinen, glaub ich nicht.« Gundi schwenkte ihre Flasche, um die abgesetzte Hefe aufzuwirbeln, und nahm den letzten Schluck. »Und jetzt frag ich dich: Wer hat Interesse daran, dass ein Mordopfer nicht gefunden wird?«

Ferdl leerte seine Flasche ebenfalls. »Der Mörder.«

»Der Zenker oder der Bräu. Oder beide. Wir werden es aber erst genau wissen, wenn es Erkenntnisse zum Opfer gibt.«

Zurück an ihrem Schreibtisch rief sie als Allererstes die Polizei in Landshut an. Man habe noch keinerlei Informationen zur Leiche, sagte der Beamte, der den Fundort gesichert hatte. »Weitere Überreste haben wir nicht gefunden«, verriet er.

»Und wo ist dann der Rest der Leiche?«, fragte Gundi unbedarft.

»Wissen wir noch nicht. Wir vergleichen den Schädel noch mit anderen Teilfunden.«

»Teilfunden? Habt ihr noch andere Fundstücke? Gibt es so was öfter, dass man Leichenteile findet?«

Der Beamte lachte. »Öfter, als Sie denken.«

Gundi schauderte. Sie hatte es also mit einem Mörder zu tun, der sein Opfer zerstückelt und in Einzelteilen an verschiedenen Orten verscharrt hatte. War der Bräu, dieser Lapp, der unter dem Pantoffel seiner Frau stand, zu so etwas fähig? Zenkers entschlossenes Gesicht fiel ihr wieder ein. Er hätte auf sie geschossen, wenn sie sich nicht zurückgezogen hätte, davon war sie überzeugt. Es musste Zenker sein, der auf dem Weimerhof den Kopf seines Opfers verscharrt hatte.

Als Nächstes rief sie die Pressestelle der Kripo an.

»Nein, es gibt noch keinerlei Hinweise auf die Identität des Schädels«, bestätigte der Sprecher.

»Mann, Frau, Todeszeitpunkt?«, hakte Gundi nach.

»Den lassen wir gerade ermitteln. Der Schädel könnte ein paar Jährchen dort gelegen haben.« Weitere Informationen waren aus ihm nicht herauszubekommen.

Gundi lehnte sich zurück. Der Fall wurde immer komplizierter. Was hieß ein paar Jährchen? War Zenker überhaupt schon so lange in Hintersbrunn? Kam also doch eher der Bräu als Täter infrage?

Es half alles nichts. Es machte keinen Sinn zu spekulieren. Gewissheit über den Täter würde sie erst haben, wenn sie wusste, wer das Opfer war.

»Also gut«, sagte sie zu sich selbst und richtete sich auf. »Dann mache ich mich mal auf die Suche.«

Mit einem tiefen Atemzug öffnete sie ihren Laptop und klickte sich durch die Vermisstendateien. Anfangs nur für Bayern, dann bundesweit. Aktuell galten über 9.000 Menschen in Deutschland als vermisst, nicht gezählt Minderjährige, im Ausland vermisste Deutsche oder Ausländer mit Wohnsitz in Deutschland. Sie suchte weiter und stieß auf überraschend viele laufende Fahndungsaktionen des Bundeskriminalamts nach vermissten Personen. Anschließend durchforstete sie Dutzende von privaten Suchdiensten. Ohne nähere Hinweise zu dem oder der Toten war es ein Fass ohne Boden.

KAPITEL 6

Gundi wurde aus dem Schlaf gerissen. Irgendetwas bimmelte, und im Halbschlaf träumte sie von der Hintersbrunner Leichenhausglocke, deren Läuten einen Todesfall im Ort anzeigte. Nur langsam wurde ihr klar, dass ihr Wecker klingelte. Sie richtete sich auf und rieb sich die Augen. In ihrem Schädel drehte sich alles. Während ihrer ergebnislosen Recherche bis spät in die Nacht hatte sie sich mehrere Weißbiere gegönnt.

»Ich bin über 50«, schalt sie sich leise, während sie sich hochstemmte. »Ich sollte nicht mehr so viel trinken.«

Nachdem sie eine große Kanne Kaffee gekocht und sich mit zwei Wurstsemmeln vom Metzger Schnitzler um die Ecke versorgt hatte, setzte sie sich an ihren Computer. Der Cursor in der leeren Google-Suchmaske blinkte erwartungsvoll, aber ihre gestrige Euphorie war verflogen. Ohne einen konkreten Anhaltspunkt zum mysteriösen Schädelfund in Hintersbrunn brauchte sie sich bei keiner Redaktion zu melden. Der Kater bescherte ihr nicht nur Kopfschmerzen, sondern auch Selbstzweifel. Hatte sie Zenker vielleicht nur im Visier, weil er sie mit einer Schusswaffe bedroht hatte? Den Bräu, weil er ein Arsch war? Vielleicht hatte der Streit um den Hof gar nichts mit der vergrabenen Leiche zu tun. Ihr Blick fiel durch das Fenster auf den Innenhof, und sie starrte eine Weile auf die am gegenüberliegenden Wohnblock befestigten Satellitenschüsseln. War sie auf der falschen Spur? Wenn der alte Moshammer recht hatte und der Weimerhof über Generationen immer wieder Schauplatz von Verbrechen gewesen war, konnte der Schädel von sonst wem stammen. Sicher war nur, dass der gestern erträumte Vorschuss mit dem neuen Morgen in weite Ferne gerückt war. Sie knüllte die leeren Wurstsemmeltüten zusammen und drehte sich mit dem Stuhl um. Keine zwei Schritte zur Couch, ein überfülltes Regal, ein Fernseher. Selbst das kleine Gästezimmer bei Mariele war größer als ihr Wohnzimmer. Und jetzt musste sie ihre Vermieterin schon wieder vertrösten, weil sie die Miete nicht zusammenhatte. Dabei waren 750 Euro für ihre 50 Quadratmeter sensationell günstig für München. Kurz entschlossen packte sie ihre Jacke und verließ ihr Heim, bevor die Zimmerdecke sie vollends erdrückte.

Sie wollte gerade die Straße vor der Reichenbachbrücke überqueren, als ein Schrei sie aufschreckte.

»Aus der Baaahn!« Ein Radlerrambo raste haarscharf an ihr vorbei, und ihr Herz setzte für eine Sekunde aus.

»Ja, klingel halt, du Narrischer!«, rief ihm Gundi hinterher, aber er hörte sie nicht mehr. An der Fraunhoferstraße bestieg sie die Trambahn Richtung Innenstadt und ergatterte den letzten freien Sitzplatz. Die Heizung darunter blies einen unangenehm warmen Luftstrahl gegen ihre Beine.

»Die sollen hingehen, wo sie hergekommen sind«, empörte sich die Frau gegenüber, und Gundi zuckte zusammen, weil sie für den Bruchteil einer Sekunde glaubte, angesprochen worden zu sein. Aber die Frau schrie nur in ihr Handy.

»Ich hab's ja dem Anwalt gesagt, aber der macht auch nix«, echauffierte sie sich weiter. »Mietnomaden sind das. Gschwerl.«

Eine Weile hörte Gundi der Frau unfreiwillig zu. Kurz überlegte sie, mit ihr eine Diskussion über Durchschnittseinkommen und überteuerte Mieten zu eröffnen, als sich ein dicker Mann zwischen sie quetschte, der einen aufdringlichen Rasierwassergeruch verströmte.

Am Sendlinger Tor wurde es hektisch. »Aussteigen lassen!«, herrschte ein Anzugträger die hereindrängenden Fahrgäste an. Der Wagen war jetzt brechend voll. Neben Gundis Sitz klammerte sich eine junge Frau an den Haltegriff und drückte ihren Rucksack in Gundis Nacken. Ärgerlich schob sie ihn von sich weg und beschloss in derselben Sekunde, die Flucht anzutreten. Mit einem fordernden »Entschuldigung!« bahnte sie sich den Weg zur nächsten Tür. Leider hielt die Tram mitten auf der Strecke vor dem nächsten Halt, und sie musste notgedrungen in der Menschentraube vor der Tür ausharren. Es stank nach nassem Hund und Mundgeruch. Endlich sprang sie am Stachus ins Freie und saugte begierig die Abgase ein.

Sie war den halben Tag ziellos durch München gewandert, aber der Lösung ihres Problems keinen Schritt nähergekommen. Sie brauchte einen Job, sie brauchte Geld, sie konnte sich das Leben in München nicht mehr leisten. Vor allem aber hatte sie nur wilde Vermutungen und keine einzige echte Spur, die sie in ihrem Fall in Hintersbrunn weiterbrachte. Kaum war sie durch ihre Wohnungstür getreten, klingelte ihr Festnetztelefon. Niemand aus München rief sie auf dem Festnetz an. Es musste jemand aus Hintersbrunn sein.

»Ja?«

Es war tatsächlich Tonio.

»Ich habe Neuigkeiten zu den Todesfällen auf dem Weimerhof«, sagte er, und Gundi schnappte kurz nach Luft. Dann fiel ihr ein, dass er nicht die aktuelle Leiche meinte. »Gestern habe ich den ganzen Tag im Staatsarchiv verbracht und einiges zusammengetragen. Alte Gerichtsakten und Polizeiberichte, Todes- und Sterbeverzeichnisse, Erbschaftsangelegenheiten und Berichte im Kreisboten. Hast du Zeit?«

»Ja, klar.« Gundi war froh, aus dem trübseligen Gedankenkarussell dieses Tages erlöst zu werden.

»Unser Axtmörder, Anton Hundhammer, hat nicht nur seine Familie ermordet, er hatte auch mit dem Tod seines Vaters zu tun. Er hat ihn 1965 mit seinem Traktor überfahren. Die damaligen Landmaschinen waren noch nicht mit den heutigen technischen Sicherheitsvorrichtungen ausgestattet ...«

»Also ein Unfall?«

»Er hat ihn an der Hauswand zerquetscht. Es gab Ermittlungen.«

»Du meinst, er hat ihn absichtlich totgefahren? Mord?« Gundi fühlte ihre Lebensgeister erwachen.

»Letztlich konnte ihm keine Absicht nachgewiesen werden.«

Gundi schrieb mit: Toni. Mörder. Frau und Kinder. Beil. Vater. Traktor.

»Weiß man etwas über ein mögliches Motiv?«

»Gute Frage. Die habe ich mir auch gestellt.«

»Und?«

»Tonis Vater, Johann Hundhammer, war ein glühender Hitlerverehrer zur Zeit der Naziherrschaft.«

»Und deshalb hat ihn der Sohn gegen die Wand gedrückt? 20 Jahre später?« Die Schlussfolgerung des Lehrers schien ihr zu gewagt zu sein.

»Die Erklärung kam mir auch unbefriedigend vor«, antwortete Tonio.

Gundi lächelte zum ersten Mal an diesem Tag. Der ehemalige Lehrer vergab Schulnoten, wenn er etwas beurteilte.

Moshammers Geschichten fielen ihr wieder ein. »Hatte der Nazi-Vater von Anton vielleicht etwas mit den Häftlingen aus Dachau zu tun?«, fragte sie. »Die bei dem angeblichen Brand auf dem Weimerhof ums Leben gekommen sind?«

»Sehr gut«, antwortete Tonio. »Dazu habe ich lange im Trüben gefischt. Es stellte sich heraus, dass der Stadel auf dem Weimerhof schon 1938 abgebrannt ist. Und nicht 1945, als die Dachauer Häftlinge durch Hintersbrunn kamen.«

»Also doch wieder nur ein Schauermärchen.«

»Würde ich nicht sagen. November '38 – was geschah da?«

Gundi hatte unvermittelt das Gefühl, in einer Geschichtsstunde zu sitzen und abgefragt zu werden. »Äh, da war noch mal … das war doch …«, stotterte sie wie einst in der neunten Klasse.

»Als überall in Deutschland die Synagogen brannten, da brannte in Hintersbrunn ein Stadel«, klärte der Lehrer sie auf. Doch bei Gundi fiel der Groschen immer noch nicht.

»Da komm ich jetzt nicht mehr mit.«

»In diesem Jahr verstärkte Hitler den Druck auf in Deutschland lebende Juden massiv«, begann Tonio. »Die Rassengesetze, die die Rechte und Freiheit der jüdischen Bevölkerung ohnehin schon sehr einschränkten, wurden noch mal verschärft. Die Gestapo verhaftete sie willkürlich und ohne Grund. Sie waren nirgends mehr sicher. Deportationen waren an der Tagesordnung. Alle Juden sollten ausreisen, aber die Aufnahmebereitschaft der meisten anderen Länder in Europa und der restlichen Welt hielt sich in überschaubaren Grenzen. Man sei kein Einwanderungsland, sagten viele, die meisten führten Aufnahmebeschränkungen und Kontingente ein. Kennt man ja. Um dem Terror zu entfliehen, mussten deutsche Juden, die nirgends Aufnahme fanden, in Deutschland untertauchen. Und der Großvater von Anton, Franz-Josef Hundhammer hieß er, half einer jüdischen Familie. Er versteckte sie im Stadel auf dem Weimerhof vor dem Zugriff der Nazimörder. Das wurde aber erst öffentlich, als man nach dem Brand im November 1938 ihre Leichen in den Trümmern fand. 13 Menschen sind verbrannt, darunter einige Kinder.«

»Und Johann, der Nazi-Fanatiker, hat den Stadel mit den versteckten Menschen angezündet«, schloss Gundi messerscharf.

»Sehr gut«, benotete Tonio.

»Weiß man etwas von der ermordeten Familie?«

»Ein örtlicher Viehhändler, Arthur Weil aus Felden. Und seine Angehörigen. Vermutlich Bekannte von Franz-Josef.«

»Der anders als sein Sohn mit der Judenverfolgung der Nazis nicht einverstanden war.«

»Richtig.«

Gundi war erleichtert über die erneute positive Bewertung.

»Also«, begann sie zusammenzufassen. »Der Großvater vom Hackl-Toni hatte in seinem Stadel eine verfolgte Familie versteckt. Sein Sohn, ein glühender Nationalsozialist, entdeckte sie dort und machte, aufgestachelt durch die Pogrome überall in Deutschland, kurzen Prozess.«

»Genau«, bestätigte der Lehrer. »Aber die Sache hatte ein Nachspiel. Ein paar Tage später wurde Franz-Josefs Leiche im Wald gefunden. Erschlagen.«

»Von seinem Sohn?«

»Der gab das ganz offen zu. Ich habe ein Schreiben gefunden vom damaligen nationalsozialistischen Bürgermeister von Hintersbrunn. Auch ein Fanatiker übrigens, der sich bei Kriegsende in den Kopf schoss. In dem Brief verteidigt er Johanns Brandstiftung als Beitrag zum großen vaterländischen Kampf und bezeichnet Franz-Josef als Volksverräter, der seine wohlverdiente Strafe bekommen hätte. Man muss dazu wissen, dass die Gräueltat an den Juden auch von den Dorfbewohnern zumindest toleriert wurde. Johann Hundhammer ist nie angeklagt worden. Weder für den grausamen Mord an der jüdischen Familie noch für den Mord an seinem Vater.«

»Und wie hängt das alles mit unserem Hackl-Toni zusammen? Und mit dem Traktormord?«

»Ich vermute – das sind jetzt Spekulationen, Gundi – also ich vermute, es kam zum Streit zwischen Franz-Josef und seinem Nazisohn Johann. Vielleicht noch in der Brandnacht. Vielleicht wollte der Alte seine jüdischen Freunde im Stadel retten. Vielleicht kam es auch kurz nach dem Brandmord zur tödlichen Auseinandersetzung. Anton Hundhammer war damals zwölf Jahre alt. Er muss Zeuge geworden sein, wie sein Vater den Großvater erschlug und im Wald verscharrte. Das wäre eine Erklärung. Möglicherweise hat er seinen Vater sein Leben lang dafür gehasst, dass dieser den geliebten Großvater tötete. Und er hat irgendwann Rache genommen.«

»Sauber.«

»Sicher ist, dass Anton Hundhammer ein zutiefst traumatisierter Mensch gewesen sein muss. Anders ist auch seine spätere Gewalttätigkeit gegenüber der eigenen Familie nicht zu erklären. Schreckliche Zeiten waren das, Gundi.«

Nachdem der Lehrer aufgelegt hatte, ging Gundi an den Kühlschrank und holte sich eine Flasche Weißbier. In ihrem Kopf ratterte es. Sie hatte es sich zu einfach gemacht, mit dem Zenker und dem Bräu. Die Sache hatte tiefere Wurzeln. Vielleicht führte die Spur des Schädels weit zurück in die Vergangenheit.

Der Polizeisprecher fiel ihr wieder ein. Man müsse das Alter des Schädels noch datieren, hatte er gesagt. Vielleicht gehörte das Fundstück zu einem bisher unentdeckten Verbrechen der schrecklichen Familie Hundhammer. Womöglich war es ein Überbleibsel aus der unsäglichen Verstrickung der Dorfbewohner mit dem Nationalsozialismus.

Erneut rief sie den Pressesprecher der Kripo an.

»Es wurden weder weitere Leichenteile gefunden noch ergab der Abgleich mit anderen Teilfunden in Deutschland einen Treffer. Der Schädel ist sozusagen ein Einzelstück«, verlautbarte er.

»Gibt es Anhaltspunkte für die Identität des Opfers?«, hakte Gundi nach.

»Eine Frau. Aber wie ich bereits sagte, die Knochen sind schon etwas älter.«

»Vielleicht ein Mord aus der Zeit des Nationalsozialismus?«

»Wie kommen Sie jetzt darauf?«

»Nur so eine Vermutung.«

Der Sprecher atmete genervt ein und aus. »Also. Alles, was ich sagen kann, ist, dass wir das archäologische Institut hinzugezogen haben. Vermutlich handelt es sich um ein historisches Fundstück. Momentan gehen wir nicht von einem Verbrechen aus.«

Gundi war nicht überzeugt. Der Fundort, der Weimerhof, das war kein Zufall. Der Schädel hatte etwas mit der Geschichte des Hofs zu tun und mit der Familientragödie, die sich dort abgespielt hatte. Der Haken an der Sache war, dass all das nicht erklärte, warum Zenker so fixiert auf diesen Hof war. Er hatte keine Vergangenheit in Hintersbrunn. Was könnte einer wie er mit Nazi-Verbrechen zu tun haben?

Einer plötzlichen Eingebung folgend, gab Gundi die Worte »Lutz Zenker« und »Nazi« in die seit dem Morgen geduldig wartende Suchmaske ein, und in der nächsten Sekunde war sie wie elektrisiert. Sie erhielt 13.448 Ergebnisse. Die Weißbierflasche blieb zu, während sie in den nächsten Stunden aus Online-Datenbanken, sozialen Medien und lokalen Archiven die biografischen Spuren von Lutz Zenker zusammentrug.

Und, und wenn ma a Messer nähm
und, und schneidt den Schwoaf o,
dann, dann hätt ma a g'stutzte Sau
und, und, und an Schwoaf aa.
Ja, ja und an Schwoaf aa.

KAPITEL 7

Drei Tage später stand sie in der Tür der Gaststube zum Greimerbräu und verschaffte sich einen ersten Überblick. Die Luft war zum Schneiden dick und der Raum war brechend voll. In der Mitte der Stube waren alle Plätze der aufgestellten Stuhlreihen besetzt, einige Leute saßen auf den Fensterbänken, andere lehnten an den Wänden. Eine kleine Menschentraube belagerte den Tresen, an dem Mariele und der Bräu in seltener Eintracht Halbe um Halbe zapften. Nicht wenige standen zwischen den voll besetzten Stuhlreihen, andere bahnten sich einen Weg hindurch. Der Lautstärkepegel, den die schwatzende Menge erzeugte, war betäubend. Stühlerücken und das Geschrei an der Theke taten ihr Übriges.

Gundi blieb am Eingang stehen. Es schien, als hätte sich das ganze Dorf versammelt, einige sichtlich noch im Sonntagsgewand vom Kirchgang. Sie entdeckte Liesi und die Lehrer auf den vorderen Sitzplätzen, Franz oder den Moshammer Edi sah sie nirgends. Sie ließ ihren Blick schweifen nach weiteren bekannten Gesichtern, erkannte als Einzigen aber nur Alois Münchinger wieder, den Dorfschreiner, mit dem Liesi auch einmal eine kurze Romanze gehabt hatte. Er lehnte mit verschränkten Armen und starrem Blick an einer Wand. Zenker, dessen zahlreiche Verbindungen zur rechtsnationalen Szene sie in den letzten Tagen recherchiert und dokumentiert hatte, war nirgends auszumachen. Am anderen Ende des Gastraums waren die

Vorhänge zugezogen. Davor war eine Leinwand aufgebaut, vor der ein Overheadprojektor stand, wie ihn Gundi seit ihrer Schulzeit nicht mehr gesehen hatte. Girgl Bernleitner stand mit nervösem Blick daneben, an seiner Seite ein hochgewachsener Mann in wadenlanger Lederhose, der ziemlich fesch aussah. Der aufgeregte Bürgermeister hatte zu dieser außerordentlichen Bürgerversammlung geladen, und Liesi hatte Gundi informiert.

»Die Zeitung ist auch da«, hatte die Kramerin gesagt, und dass der Bürgermeister ein historisches Ereignis ankündigen würde. Eine Überraschung. Es würde sich um die Zukunft von Hintersbrunn handeln, hatte sie geheimnisvoll angedeutet, und Gundi hatte den Verdacht, dass sie wusste, worum es sich handelte, aber nichts verraten wollte. Wie Gundi das Dorf kannte, hatten sich, befeuert von den Andeutungen der Ladenbesitzerin, schon allerlei Mutmaßungen zum Anlass dieser außerplanmäßigen Gemeindeversammlung herumgesprochen. Nur deswegen waren alle da.

Gundi wollte ohnehin demnächst nach Hintersbrunn fahren, um dem Leichenfund auf dem Weimerhof und dem Zusammenhang mit Lutz Zenker weiter nachzugehen. Außerdem hatte sie sich vorgenommen, die Hintersbrunner, allen voran Girgl Bernleitner, über die fragwürdige Vergangenheit und Gesinnung des Neubürgers Lutz Zenker zu informieren. Ob der Amtsträger das hören wollte, bezweifelte sie. Er würde ihre Ermittlungen wahrscheinlich wieder nur als Vorbehalte einer Ortsfremden abtun, die die Strukturen und Bedürfnisse einer kleinen Gemeinde nicht verstand.

Bernleitner versuchte, sich mit Klopfen auf sein halb leeres Bierglas Gehör zu verschaffen, und ging damit im allgemeinen Lärm hoffnungslos unter. Er stellte sein Glas ab und klatschte in die Hände. »Leut! Leut! Leut!«, rief er.

»A kloans Bier? Dann brauchst noch koans!«, ertönte es unerwartet laut aus Richtung der Schänke, als der Lärm in allgemeines Gemurmel überging. Dann erstarb auch das und alle Blicke richteten sich auf den hochroten Kopf des Bürgermeisters.

»Liebe Hintersbrunner, ich habe die Ehre, zuerst einmal unseren Landrat zu begrüßen. Herrn Thomas Brosamer.«

In der ersten Reihe stand ein Mann auf, der aussah wie die Personifizierung der CSU. Graues Trachtensakko, weißes Hemd, wohlgenährt, joviales Lächeln. Ein anderer Mann, etwas älter und mit einem überdimensionierten Fotoapparat um den Hals, näherte sich ihm, schoss ein Foto und stellte sich zurück an seinen Platz an der Wand.

Der Landrat sprach von der großen Ehre, heute eingeladen worden zu sein, und dass die Fachwelt nach Hintersbrunn blicke. Es sei eine historische Sensation, die es heute der Öffentlichkeit zu verkünden gebe, und Gundi war gespannt wie der Hosenbund des Politikers. Der bedankte sich artig und gab das Wort zurück an den Bürgermeister. Bernleitner räusperte sich umständlich, bevor er zu seiner Rede ansetzte.

»Wie ihr alle wisst, haben wir neulich auf dem Weimerhof einen ganz außergewöhnlichen Fund gemacht«, begann er.

Gundi horchte auf. Der ist stolz auf den Leichenfund, registrierte sie, aber eine Erklärung für diesen überraschenden Sachverhalt blieb ihr die Intuition schuldig. In der Gaststube war es jetzt mucksmäuschenstill.

»Wir haben einen archäologischen Schatz gehoben«, hörte Gundi als Nächstes. »Ein einmaliges Fundstück aus der Frühgeschichte Bayerns. Einmalig, sag ich! Ein Schädel aus dem 5. Jahrhundert nach Christus!«

Bernleitner betonte den letzten Satz, wie man es bei der Verkündigung einer Sensation so machte, aber wenn er erwartet hatte, dass sich ein Sturm der Begeisterung erheben würde, dann wurde er herb enttäuscht. Die Leute auf den Stühlen steckten die Köpfe zusammen und murmelten. Gundi konnte noch nicht recht glauben, was sie da gehört hatte. Ein archäologisches Fundstück? Der Pressesprecher der Polizei fiel ihr wieder ein. Hatte er recht, und es gab doch keinen ungeklärten Mord in Hintersbrunn? Der Bürgermeister streckte den Arm aus und wies auf den gut aussehenden Kerl in Lederhose.

»Herr Dr. Husterl? Darf ich Sie bitten?«

Der als Landkreis-Archäologe vorgestellte Redner stieß sich lässig von der Wand ab. Anders als der Bürgermeister war er es gewohnt, sich allein durch seine kompetente Ausstrahlung Gehör zu verschaffen. Er brachte das Publikum mit einer ausladenden Geste seiner Arme zum Schweigen.

»Wir sind froh und glücklich über diesen Fund«, sagte er. »Er wird die Forschung über die Besiedelung Bayerns in neue Dimensionen katapultieren.« Er legte eine Folie auf den Projektor, und die Leinwand zeigte eine Europakarte, auf der mehrere geschwungene Pfeile eingezeichnet waren. Der als Dr. Husterl vorgestellte Archäologe dozierte eine Weile über die Völkerwanderungen in Europa, und Gundi hörte nur noch mit halbem Ohr zu. Sie hatte die Neuigkeit immer noch nicht gänzlich verdaut. Ein historisches Fundstück aus dem 5. Jahrhundert. Der von ihr entdeckte Schädel war also über 1.500 Jahre alt.

»Wir werden noch sehen, ob weitere Fundstücke im Boden liegen. Reste einer frühen Besiedelung. Alle diese

Bodenschätze müssen wissenschaftlich ausgewertet werden. Ich bin froh und glücklich, in dem Besitzer der Hofanlage einen Mann gefunden zu haben, der der Wissenschaft Vorrang einräumt.« Er deutete auf einen Zuschauer am Rand der ersten Reihe, und als der sich kurz zur Menge hinter sich drehte, erkannte Gundi Mel Gibson wieder. Heute ohne Gewehr.

Als der erwartete Applaus sich nicht einstellte, ergriff Husterl erneut das Wort. »Wie gesagt, wir stehen noch ganz am Anfang unserer Forschung. Eines aber traue ich mich heute schon zu sagen: Dieser Fall ist spektakulär und einzigartig. Das Grab wird die Forschung über die Bajuwaren in eine andere Richtung lenken. Vermutlich muss die Siedlungsgeschichte Bayerns komplett umgeschrieben werden.«

Wieder machte er eine kurze Beifallspause. Das Publikum blieb still. Husterl räusperte sich und deutete mit dem Finger auf seine projizierte Folie. »Bis vor zehn Jahren dachte man sich die Anfänge Bayerns ...«

»Und was heißt das jetzt?«, rief einer aus dem Publikum dazwischen und ein ungeduldiges Raunen begann.

»Herrschaften!« Bernleitner stand von seinem Platz neben Zenker auf und hob beschwichtigend die Hände. Er ahnte, dass er den wissenschaftlichen Vortrag abkürzen musste.

»Meine Herrschaften und liebe Pressevertreter!« Der Bürgermeister nickte dem Fotografen freundlich zu, und auch Gundi fing seinen Blick ein. »Ein herzliches Grüß Gott auch an die überregionale Berichterstattung«, sagte er in ihre Richtung. Dann wandte er sich wieder an die Dorfbewohner. »Ab heute wird alles anders, liebe Mitbürger. Ab heute steht Hintersbrunn im Zentrum der Geschichte.«

Er lächelte und wippte einmal auf den Fersen. Dann verkündete er mit lauter Stimme: »Weil hier bei uns, auf dem Weimerhof in Hintersbrunn, befindet sich die Wiege der Bajuwaren!«

Nach einer sekundenlangen Stille fingen die versammelten Bürger alle gleichzeitig an zu reden. Stühle rückten, ein paar standen auf und umringten den Bürgermeister und den Landrat. Andere hatten offenbar schon genug gehört und scharten sich um den Kessel auf dem Tresen, der wie aus dem Nichts aufgetaucht war. Sie stellten sich für Würstl und Freibier an. Innerhalb weniger Minuten war die Gaststube erfüllt vom Lärm der Hintersbrunner Dorfbewohner, die instinktiv bemerkten, dass die Verlautbarungen in dieser Bürgerversammlung ein Grund zum Feiern waren. Der übergangene Wissenschaftler beobachtete beleidigt das gesellige Treiben.

Gundi verließ die Gaststube, nicht nur, weil an Fragen, wie sie es von Pressekonferenzen gewohnt war, nicht zu denken war. Sie musste diese unerwartete Wendung erst einmal sacken lassen. Die Neuigkeit hatte auch sie vollkommen überrascht. Der Schädel, den sie gefunden hatte, war kein Beweisstück in einem ungeklärten Verbrechen, sondern eine historische Sensation. Der Weimerhof war kein Tatort, sondern eine archäologische Fundstätte. Saxndi! Da hatte sie sich sauber verspekuliert. Nicht nur, dass weder Zenker noch der Bräu Mörder waren, auch ihre Mutmaßungen über lange zurückliegende Gräueltaten im Dorf waren ein Hirngespinst. Der ganze vermeintlich ungelöste Mordfall hatte sich in Luft aufgelöst. Ihre neue journalistische Enthüllungsgeschichte war ein Wunschtraum. Was blieb, war Zenker, der die Dorfbewohner über seine Vergangenheit und vermutlich auch über seine Absichten belog. Er hatte sich offenbar nicht nur den Weimerhof gesichert, sondern er spielte auch eine Rolle bei den Ausgrabungen. Vielleicht konnte sie wenigstens eine kleine Meldung schreiben über den historischen Fund. Sie seufzte und zückte ihr Handy, um sich den Namen des Experten zu notieren, den sie interviewen wollte. Dr. Husterl, wenn sie sich richtig erinnerte, vom Landesamt für Denkmalpflege.

Als sie ihr Handy wieder in die Tasche steckte, bemerkte sie aus dem Augenwinkel eine Person auf der leer gefegten Dorfstraße. Ein Jugendlicher mit Rucksack hielt mitten auf der Straße ein handgemaltes Schild hoch. »Zukunft statt Vergangenheit«, stand darauf. Hinter ihr öffnete sich die Tür des Greimerbräu und Tonio und Evelyn kamen heraus. Sie wirkten besorgt.

»Hintersbrunn ist das neue Neandertal«, rief ihnen Gundi zu. »Was haltet ihr von dieser Sensation?«

»Ich bin nicht überzeugt«, antwortete Tonio. »Du hast ihn doch unter dem Türstock gefunden, richtig? Ein so alter Schädel soll einfach so daliegen?«

In diesem Moment ergossen sich die Hintersbrunner Bürger schwatzend aus dem Wirtshaus, und die beiden alten Lehrer trotteten kopfschüttelnd davon. Der Demonstrant auf der Straße fing an, in seine Trillerpfeife zu blasen, und wie auf Kommando strömten die Menschen auf ihn zu. Bürgermeister Bernleitner und der Landrat drängten an Gundi vorbei. »Ein Chaot ist ja immer dabei«, hörte Gundi den Kreispolitiker sagen.

Der kleine Mann von der lokalen Presse überholte den Tross und fing an, in alle Richtungen zu fotografieren. Erst den Protestler, dann die Reaktion auf den Gesichtern der Politiker.

»Das hier hat nichts mit meiner Anwesenheit hier zu tun«, wehrte der Landrat den Fotografen ab und drehte sich auf den Fersen in die andere Richtung.

»Kein Kommentar«, sagte auch Bernleitner und folgte dem Politiker. Durch die Menge sah Gundi, dass die beiden sich auf ein paar vor dem Greimerbräu geparkte Autos zubewegten.

»Klimakleber! Mia haben einen Klimakleber!«, rief jemand.

Gundi fuhr herum. Der Jugendliche hatte sein Schild auf den Bürgersteig gelegt und sich auf die Straße gesetzt. Er fingerte kurz mit einer Tube herum und klebte seine linke Hand auf der Fahrbahn fest. Zwei Männer, die sich gerade noch mit Freibier und Würstl gestärkt hatten, bauten sich mit verschränkten Armen vor dem Sitzenden auf. »Hast du Rotzleffe nix anders zum Tun?«, fragte einer von ihnen.

»Links und rechts hinter d'Waschl«, bekräftigte der andere. Ein paar Dorfbewohner lachten, andere blickten verärgert.

»Müsst ihr jungen Deppen jetzt alles nachmachen, was aus der Stadt kommt?«, fragte eine weibliche Stimme. »Wenn ich das deinem Vater sag, Maxl, dann setzt's aber was.«

Erstaunt registrierte Gundi, dass sich alle Anwesenden kannten.

»Ihr wisst ganz genau, dass mia von der Letzten Generation im Recht sind«, konterte der Festgeklebte trotzig.

Gundi klinkte sich aus und ging auf Liesi zu, die mit etwas Abstand die Szenerie beobachtete. »Es gibt die Letzte Generation in Hintersbrunn?«, fragte sie die Ladenbesitzerin ungläubig.

Liesi nickte stolz. »Wo is'n der Flo?«, rief sie wie zum Beweis ihrer persönlichen Bekanntschaft mit der Protestbewegung von Hintersbrunn dem Demonstranten zu. »Und der Lucas?«

Der Angeklebte zuckte, so gut es in seiner Situation ging, mit den Schultern. »Der Lucas hat nicht dürfen. Kennst ja seine Mama. Und der Flo hat den Bus verpasst.«

Die beiden resoluten Männer drehten sich kopfschüttelnd ab.

»Lasst den Spinner doch pappen«, hörte Gundi. So schnell, wie sie gekommen war, legte sich die Aufregung auch wieder. Die Dorfbewohner, die sich das Spektakel aus der Nähe hatten anschauen wollen, machten sich einer nach dem anderen auf den Nachhauseweg. Die Autos vor dem Greimerbräu waren verschwunden. Der kleine Pressemann knipste dem Demonstranten ins Gesicht.

»Es ist wirklich eine Katastrophe bei uns mit den Bussen«, erklärte Liesi der staunenden Gundi. »Wenn du den Schulbus am Nachmittag nicht erwischst, dann gehörst hier der Katz.«

Der Fotograf packte seine Kamera ein. Nach einer Weile blieben nur Liesi und Gundi zurück. Nandl, im Haus direkt am Geschehen, ließ die Rollläden herunter.

»Magst ein Gracherl, Maxl?«, fragte Liesi den Jugendlichen, und der nickte erfreut. Sie eilte die paar Schritte zu ihrem Laden, und Gundi fand sich auf der menschenleeren Straße plötzlich allein mit dem Klimaaktivisten.

»Letzte Generation also«, fragte sie nach einer Weile des Schweigens.

»Mhm«, antwortete Maxl.

In diesem Augenblick kam tatsächlich ein Auto die Dorfstraße entlang. An der Biege beim Bäckerhaus bemerkte der Fahrer die Blockade und ging vom Gas. Langsam rollte er auf Maxl zu und blieb kurz vor dem Hindernis auf der Straße stehen. Autofahrer und Demonstrant schauten sich minutenlang an. Dann steuerte der Fahrer seinen Wagen langsam auf die Gegenfahrbahn und bewegte ihn im Schritttempo am Protestgeschehenen vorbei. Hinter dem Greimerbräu trat er erneut aufs Gas und entschwand Richtung Felden. Die Stille kehrte zurück. Gundi suchte die Augen des Jungen.

»Blöd, dass deine Freunde nicht kommen konnten, oder?«

»Mhm«, antwortete der.

Am späten Nachmittag war alles vorbei. Liesi hatte zusammen mit der Limonade auch eine Flasche Sonnenblumenöl mitgebracht, mit deren Inhalt sich der Jugendliche nach anfänglichem Widerstand vom Asphalt befreien ließ.

»Der Typ von der Zeitung hat dich ganz oft fotografiert«, hatte sie versucht, ihn zu trösten, bevor er sein Schild einpackte und mit einem »Pfh!« heimging.

Jetzt saß Gundi auf dem Bankerl vor dem sonntäglich geschlossenen Dorfladen und nutzte die wiederhergestellte Ruhe zum Nachdenken. Was sie von der neuen Entwicklung halten sollte, war ihr noch nicht gänzlich klar. Sie verstand nicht, welche Rolle Zenker darin spielte. Er war ein Mann, der seine Vergangenheit verschleierte und zahlreiche Verbindungen zur rechtsextremen Szene unterhielt. Wusste er vielleicht von den Morden an den Menschen, die sich im Stadel versteckt hielten? Aber was hatte ein bajuwarischer Schädel mit all dem zu tun? Liesi kam mit einer Schinkenplatte zurück, die sie mit Gurken und Radieserl verziert und in deren Mitte sie eine Schale mit orangefarbener Tunke platziert hatte. Sie schenkte Prosecco ein.

»Der Xaver sagt, so ein gutes Chutney kriegt man in ganz Landshut nirgends«, pries sie ihr Essen an.

»Wer ist denn der Xaver?«

»Der Archäologe.«

»Der fesche Kerl in Lederhosen? Dr. Husterl?«

Liesi kicherte wie ein Schulmädchen. »Seitdem die im Weimerhof graben, kommt er jeden Tag vorbei. Nur wegen meinem Schinken.«

»Und deinem Chutney.« Gundi klatschte einen großen Löffel davon aufs Schinkenbrot und biss hinein.

»Wirklich saugut«, murmelte sie mit vollen Backen. Sie schluckte hinunter und wischte sich mit dem Handrücken den Mund ab. »Und, haben die inzwischen mehr gefunden? Ich mein, außer dem Schädel, den ja genau genommen ich gefunden hab?«

»Der Xaver sagt, dass wir damit zum Weltkulturerbe gehören. Kannst du dir das vorstellen? Hintersbrunn ein Weltkulturerbe!«

»Und was hat der Zenker mit all dem zu tun?«

»Der wird auf dem Hof ein Heimatmuseum einrichten.« Die Ladenbesitzerin war ganz offensichtlich froh, ihr Insiderwissen endlich preisgeben zu dürfen.

»Also habt ihr ihm euer Bürgerzentrum kampflos überlassen?«

Liesi kicherte. »Aber nicht kostenlos.«

»Die Mariele ist nicht so begeistert vom Zenker, und ich glaub auch, dass man sich mit so einem eher nicht einlassen sollte.«

»Die Mariele ist von nix wirklich begeistert.«

»Und was sagen der Tonio und die Evelyn?«

»So richtig warm sind die mit unserem Kulturverein eh nie geworden.«

»Die hatten doch schon Gelder aufgetrieben!«

»Vom Zenker wird das ganze Dorf viel mehr profitieren, Gundi«, verteidigte Liesi die offenkundige Sinneswandlung im Ort. »Warum sollen wir sein Geld nicht nehmen?«

Ein Knattern unterbrach das Gespräch, und Gundi beobachtete ein grünes Gefährt, das langsam den Hügel aus Richtung Scheideggerholz herunterkam. Der Unimog mit einem Anhänger voller Totholz blieb auf der Straße vor dem Dorfladen stehen, und aus dem Führerhaus sprang ein dicklicher Gnom, der über beide Backen grinste. Franz sah aus, als hätte er den ganzen aufregenden Sonntag im Wald verbracht. Menschenaufläufe waren nichts für ihn. Seine Arbeitshose starrte vor Dreck.

»Ja, was m-machst'n du schon wieder da, du o-oide Schäsn?«, begrüßte er Gundi.

»Hawe d'Ehre, Noagerlzuzler«, konterte die erfreut. »Hau di hera, samma mehra!«

Liesi stand auf, um für Franz ein Bier zu holen, während er mit den Händen seine schmutzige Hose abklopfte.

»Hast du den Dreck heute gesucht und gefunden, Franz?«, fragte Gundi belustigt, und Franz lachte über den gelungenen Witz.

»D-des ist noch gar nichts!«, antwortete er und hielt im Klopfen inne.

»D-Damals, wie ich im Heidacher Moos eingesunken bin … Des war ein Batz!«

Gundi erinnerte sich. »Du hast mir die Geschichte nie fertig erzählt.«

»Weißt«, sagte er und quetschte sich auf die Bank neben Gundi. »Erst hab ich nur m-meinen Stecken h-hineingehalten. Aber dann bin ich n-neugierig worden und bin s-selber hineingestiegen in den L-Letten.«

»Und was ist dann passiert?«

»Eingesunken bin ich. B-Bis da her.« Franz deutete eine Höhe oberhalb der Knie an.

»Du bist ein Spinner, Franz. Und wie bist dann wieder herausgekommen?«

»Z-Zuerst hab ich mit den H-Haxen gestrampelt. Aber da bin ich a-allerweil noch tiefer hinein.«

»Und dann?«

»Dann hab ich mich lieber s-staad gehalten.«

»Aber was hast denn dann g'macht?«

»›Hilfe‹, hab ich geschrien. ›H-Hiiiilfe!‹«

»Und?«

»K-Keiner hat mich g'hört.«

»Kein Wunder, in der gottverlassenen Gegend. Wer ist auch so saudumm und geht …« Gundi brach erschrocken über das Wort ab.

Liesi kam mit dem Bier, und Franz trank die Flasche in einem Zug leer. Er atmete erleichtert aus, deutete einen Rülpser an, wobei er sich mit der Faust gegen die Brust schlug, und sah über Gundi hinweg Richtung Liesi.

»M-Morgen könnt ich mit deim P-P-Parkplatz anfangen, Liesi. S-soll ich?«

Liesi schoss die Schamesröte ins Gesicht.

KAPITEL 8

Franz wurde wie jeden Tag von der Sonne geweckt. Gleich als er die Augen aufschlug, fiel ihm ein, dass er glücklich war. Er sprang aus seinem Bett im Obergeschoss des »renofierten« alten Bäckerhauses von Hintersbrunn, öffnete das Fenster zur Straße und sog tief die kühle Morgenluft ein. Es war keine Wolke am Himmel. Wie ebenfalls jeden Tag gehörte sein erster Blick dem Dorfladen gegenüber, dessen Schindeln in der warmen Herbstsonne rot glänzten. In der Ferne krähte ein Hahn. In Unterwäsche und laut das Liebeslied pfeifend, das ihm seine Mutter als Kind immer vorgesungen hatte, ging er zum Spülbecken in der Küche, spritzte sich kaltes Wasser ins Gesicht und trocknete seine Hände in den Haaren. Dann schlüpfte er in seine Arbeitshosen und ging nach unten an den Rand der Dorfstraße. Er sah sorgfältig in beide Richtungen der Fahrbahn, ob ein Auto kam, und überquerte die Straße.

»Erst rechts, dann links, dann geradeaus, so kommst du sicher gut nach Haus«, murmelte er gut gelaunt und ohne zu ahnen, dass er sich die Eselsbrücke für Kinder im Straßenverkehr genau falsch herum gemerkt hatte. Aber er hatte Glück. Es kam gerade kein Auto.

Die kleine Glocke über der Tür im Dorfladen kündigte sein Eintreten an. Der Verkaufstresen war verwaist. Kunden waren um diese Zeit selten, und Liesi war hinten im Laden damit beschäftigt, die heutige Auslage herzurichten, das wusste Franz. Fröhlich pfeifend ging er zwischen den zwei Regalen nach links zur Ecke, in der Getränkekisten aufgestapelt waren und wo sich auch ein hoher gläserner Kühlschrank befand. Aus dem fingerte er das Nährbier, das dort auf ihn wartete. Franz liebte sein neues Nährbier.

»Das ist viel gescheiter«, hatte Liesi gesagt, als sie ihm vor noch gar nicht allzu langer Zeit erklärte, dass ein Bier zum Frühstück nicht gesund sei. Franz erinnerte sich daran, wie sehr er zuerst lachen musste, weil er schon sein ganzes Leben ein Bier zum Frühstück getrunken und trotzdem noch nie einen Katarrh gehabt hatte. Seit die Liesi sich aber jedes Mal freute, wenn er ein Nährbier nahm, mochte er vor dem Mittagessen nichts anderes mehr. Pfeifend latschte er nach vorn zum Tresen, wo ein Flaschenöffner an einer Schnur befestigt war.

»Ich hab die Wurschtsemmeln gleich fertig«, schallte es von hinten, und Franz schüttelte den Kopf. Heute würde er keine Wurstsemmeln mitnehmen, denn er würde den ganzen Tag hinter Liesis Haus arbeiten. Ihren neuen Parkplatz pflastern. Und da brauchte er ja nur hineinzugehen, wenn ihm der Sinn nach Wurstsemmeln stand. Er freute sich auf die Arbeit, weil er damit Liesi eine Freude machte. »Wenn ich einen Parkplatz hab, dann brauchen die Leute nicht mehr alles auf dem Buckel heimschleppen«, hatte sie gesagt, als sie Franz von der Zusage des Bernleitner Girgl erzählte. Vielleicht würde auch er in Zukunft mit seinem Unimog dort parken, wenn er sich sein Nährbier holte. Überhaupt war er froh, dass alles wieder einmal gut ausgegangen war. Vor allem, dass er nicht mehr auf diesen fürchterlichen Weimerhof musste.

»Aus dem Weimerhof wird jetzt ein Museum«, hatte die Liesi gesagt. Wo sie den Bayern-Schädel ausstellen werden. Und um das brauche er sich nicht zu kümmern, hatte Liesi gesagt, das würden jetzt die machen, deren komischen Namen Franz vergessen hatte. Ihm war ein Felsbrocken vom Herzen gefallen. Sollten die Fremden mit dem komischen Namen sich mit dem Hackl-Toni herumschlagen.

Franz schaute in Richtung des Durchgangs, aus dem Liesi jede Sekunde auftauchen musste, und sein Pfeifen brach mitten im Lied ab. Denn Liesi kam nicht allein durch den Bogen. Hinter ihr schlenderte ein groß gewachsener Mann mit einem gut gelaunten Grinsen auf dem Gesicht, und Franz hielt in seiner Bewegung mit dem Bieröffner inne. Liesi stellte eine Platte mit aufgeschichteten Wurst- und Käsesemmeln auf den Tresen und zwinkerte Franz zu. Der fremde Mann beachtete den wie festgewachsenen Franz nicht.

»Pfiat di, Xaver«, flüsterte Liesi und machte ein Gesicht wie ein kleines Mädchen, dem man gerade gesagt hat, man habe ein Geschenk für sie. Sie öffnete die Ladentür, deren Glöckchen in Franz' Ohren auf einmal ganz schrill klangen. Der Mann beugte sich hinab und küsste Liesi auf den Mund, während er mit seiner Hand eine ihrer Pobacken drückte. Liesi wand sich kichernd. Dann verschwand der Fremde durch die Tür, und es klingelte wieder.

Liesi warf Franz einen Blick zu. »Was schaust'n a so?«

»N-Nix«, sagte er nur und schüttelte den Kopf. Allerdings war seine gute Laune plötzlich verflogen.

Das Bürgermeisteramt war nur vormittags besetzt, denn der Bürgermeister übte sein ehrenamtliches Amt vor dem eigentlichen Broterwerb aus. Schon am frühen Morgen hatten Gundi die Glocken der Hintersbrunner Pfarrkirche geweckt. Mit deren täglichem Geläut war sie so selbstverständlich aufgewachsen, dass sie es als Kind nicht mehr wahrgenommen hatte. Jetzt empfand sie das Getöse als ohrenbetäubend. Als es endlich verklungen war, wollte sie sich erst noch mal umdrehen und weiterschlafen, aber nun hörte sie auch das Schlagen der Turmuhr zu jeder Viertelstunde.

Sie hatte in Hintersbrunn übernachtet, um am Vormittag in der Gemeindeverwaltung aufzuschlagen. Und weil sie früh zu Bett gegangen war und nicht die halbe Nacht bei Mariele in der Gaststube abgehangen hatte, war sie ausgeschlafen. Sie stand auf und öffnete ihren Laptop, um sich wie jeden Morgen über die lokale Nachrichtenlage schlauzumachen. Nachdem sie keinen Mordfall mehr hatte, brauchte sie eine Story. Schnell hatte sie die Nachrichtenportale durchgescrollt. Sie fand eine Meldung über einen brennenden Müllberg in Heimstetten, einen Überfall in einem Supermarkt in Trudering und einen Streit an einer Tankstelle in Geretsried, der in eine Messerstecherei ausartete. Keine Verbrechen, die für eine investigative Journalistin interessant waren. Tonios Bedenken zum Schädelfund kamen ihr wieder in den Sinn. Handelte es sich bei der Sache möglicherweise um Betrug? Sie sah auf die Uhr am oberen Bildschirmrand. Für den Termin beim Bürgermeister war es noch zu früh, aber sie erinnerte sich an eine andere Tradition aus ihrer Kindheit: Franz' Morgenbier bei Liesi. In der Vorfreude darauf schlüpfte sie eilig in ihre Kleidung und machte sich auf den Weg.

Es würde ein sonniger Herbsttag werden, doch es war noch recht kühl um diese frühe Uhrzeit. Sie ignorierte das rote Männchen an der Fußgängerampel und marschierte quer über die Dorfstraße hinüber zu Liesis Laden. Sie blickte sich im Ladengeschäft um, aber Franz war nirgends zu sehen.

»Ich glaub, der hat was vergessen«, antwortete Liesi auf ihre Frage. »Ist auf einmal rausgerannt. Er ist sicher drüben im Haus. Der will heute nämlich hinter meinem Laden pflastern.«

Gundi sah sich um. Sie hatte noch nicht gefrühstückt. »Das ist jetzt schnell gegangen mit dem Weimerhof und dem Zenker«, knüpfte sie plaudernd an das gestrige Gespräch an. »Ich mein, dass der jetzt den Hof bekommt.«

»Die letzten Tage hat sich so viel verändert«, antwortete Liesi. »Der Xaver sagt, dass man mit dem alten Schädel aufklären kann, wo der Stamm der Bajuwaren wirklich herkommt.«

»Ich wusste gar nicht, dass die Stammesgeschichte der Bayern nicht geklärt ist.«

»Siehst!« Liesi wiegte den Kopf. »Stammen's von den Römern ab? Oder sind's doch Kelten? Versprengte Germanen oder böhmische Einwanderer? Der Xaver sagt, unser Schädel könnte das endlich aufklären.«

Gundi beäugte die Wurstsemmeln. »Ist es nicht eigenartig, dass so ein Fundstück fast offen dagelegen ist?«

Liesi zuckte mit den Schultern. »Vermutlich hat der Franz den Schädel hochgebaggert, ohne es zu merken.«

Gundi riss sich von dem appetitlichen Anblick los und ging nach hinten, um zwei Weißbierflaschen aus dem Kühlschrank zu holen. »Wisst ihr eigentlich, mit wem ihr euch da einlasst?«, rief sie fragend von hinten durch den Laden.

»Wie meinst das jetzt?«

»Der Zenker hat keine reine Weste, das mein ich.« Gundi stellte die Flaschen auf die Theke.

»Du klingst ja fast schon so fremdenfeindlich wie die Mariele«, antwortete Liesi. »Hast du dem Zenker nachspioniert?«

»Recherchiert«, verbesserte Gundi ihre einstige Schulfreundin. »Zenker ist nicht der, der er vorgibt zu sein. Möglicherweise ist er einfach ein Betrüger.«

»Ich find es sehr nobel von ihm, dass er auf seinem Grund und Boden ein Museum für die erste Hintersbrunnerin einrichtet.«

Gundi blies verächtlich Luft aus. »Na klar. So war das in Hintersbrunn schon immer. Wer zahlt, schafft an. Und jeder kriegt was ab.«

Liesi kräuselte die Stirn. »Du hast keine Ahnung, was wir hier für Probleme haben«, wehrte sie sich. »Ich verlier alle meine Kunden ans Brucker Einkaufszentrum. Rewe, dm, sogar einen OBI haben die. Bei mir kaufen die Leute nur noch ein, wenn sie dort was vergessen haben.«

»Und jetzt bekommst du von Zenkers Geld einen Parkplatz. Geld stinkt nicht, richtig?«, entfuhr es Gundi, und sie wusste zugleich, dass sie zu weit gegangen war. Allerdings stoppte Liesis Gesichtsausdruck eine Entschuldigung.

Die Kramerin presste ihr ohnehin faltiges Gesicht noch mehr zusammen und schob ihren Unterkiefer vor. »Du bist schon damals hochnäsig gewesen. Wie du aufs Gymnasium gekommen bist.«

»Was? Was hat denn das damit zu tun?«

»Du hast immer schon geglaubt, dass wir alle Deppen sind, weil wir zufrieden sind mit dem, was wir haben. Dir war das Dorf nie gut genug. Und die Dorfbewohner auch nicht.«

Gundi unterdrückte aufkeimenden Zorn. Die höhere Schule war nicht ihre Entscheidung gewesen. Und dass sich ihre und Liesis Interessen in der Pubertät auseinanderdividiert hatten, war ebenso wenig ihre Schuld. Dieses Gespräch verlief anders, als sie beabsichtigt hatte, denn ursprünglich wollte sie mit Liesi gar nicht über Zenkers zweifelhaften Charakter sprechen. Sie warf ihr einen versöhnlichen Blick zu.

»Alles, was ich sage, ist, dass man sich anschauen muss, was so ein Investor wie der Zenker für eine Gesinnung hat …«

»Ach, darum geht's dir? Gesinnung! Was sind schon die Existenzsorgen von einem kleinen Dorfladen, wenn es um die großen Ideale geht, meinst du das?« Liesis graue Augen funkelten böse.

»Also, wenn man unter einem Ideal Unbestechlichkeit versteht, dann bin ich schuldig im Sinne der Anklage.«

Liesi schnaubte. »Du bist schon lange keine mehr von uns, Gundi. Und die ganzen Umerziehungsideen, die ihr in der Stadt für uns auf dem Land habt, die kannst du schön für dich behalten.«

Gundi schluckte und hob die Hände. »Liesi! Das habe ich wirklich nicht gemeint.«

Liesis Augen blieben hart.

»Ich fahr heut noch zurück nach München«, sagte Gundi nach einer gefühlten Ewigkeit. »Kann ich noch vier von deinen Wurschtsemmeln dazu haben?« Sie deutete auf die zwei Weißbierflaschen auf dem Tresen. »Ich will rüber zum Franz.«

»Das macht dann sechs Euro.«

Gundi legte das Geld auf die Theke, und Liesi packte wortlos die gewünschten Wurstsemmeln ein.

> *Und i hob dir in d'Äugerl g'schaut,*
> *die Äugerln war'n trüab.*
> *Und i hob dir ned sagn traut,*
> *dass i di so liab.*

Sie erkannte das Lied, das Franz vor sich hin summte. Das Lieblingslied seiner früh verstorbenen Mutter. Er saß hinten in seiner Werkstatt auf einem Hackstock und putzte gedankenverloren Schraubenzieher.

»Was treibst du denn da, du Dridschler?«, begrüßte sie ihn, aber Franz schaute nur kurz hoch und entgegnete nichts. Irgendetwas war passiert. Immer wenn Franz keine Erwiderungen auf ihre lustigen Schimpfnamen für ihn hatte, bedrückte ihn etwas. Hatte sich der Bräu wieder über ihn lustig gemacht?

»Magst a Wurschtsemmel?«, fragte sie, um ihn abzulenken.

Franz schob die Unterlippe vor wie ein kleines Kind, nickte aber. »Mei N-Nährbier hab ich bei der L-Liesi stehen lassen.«

Gundi hob die zwei Weißbiere hoch, die sie am Flaschenhals in einer Hand hielt, und grinste.

Franz lächelte mit zusammengepressten Lippen zurück.

»Prost, Schmarrnbruada«, rief sie ihm zu.

»Prost, Ziefern«, entgegnete er, und die beiden schlugen die Flaschen zusammen. Sie hatten es sich auf der Schubkarre in der Werkstatt bequem gemacht und genossen das kühle Bier eine ganze Weile lang schweigend. Als der erste Durst gestillt war, reichte sie Franz eine der Wurstsemmeln.

»Ist was passiert bei der Liesi?«, fragte sie ihn.

Franz schüttelte energisch den Kopf.

»Ich hab geglaubt, du fangst heute mit dem Parkplatz an bei ihr?«

»Is der a-ander wieder da?«

»Welcher andere?«

»D-der G-Gschwoischädel aus der Stadt.«

Gundi verstand. Franz' ewige unerfüllbare Liebe tat gerade wieder weh. »Ein Dipferlscheißer ist der, sonst nix«, winkte sie ab, ahnend, dass Liesi mit dem von ihr so oft zitierten Archäologen aus der Stadt etwas angefangen hatte.

Franz griff nach der zweiten belegten Semmel und kaute mit offenem Mund.

Sie schwiegen und mampften.

»Sag einmal, Franz, wie ging denn dieser Witz weiter?«

Franz' Miene hellte sich auf. »Was f-für ein Witz?«

»Na, der mit dem Bären und dem Kramerladen.«

Endlich lachte Franz wieder. »Kommt der Bär zum K-Kramerladen …«

»Hamm Sie 100 Leberwürscht?«, ergänzte Gundi den bekannten Teil des Witzes.

»›Naa‹, sagt die Kramerin und der B-Bär geht.«

Gundi ließ ihn weitererzählen.

»Am nächsten Tag kommt der B-Bär wieder und fragt: ›Hamm Sie 100 Leberwürscht?‹, ›Naa‹, s-sagt die Kramerin wieder und der B-Bär sch-schleicht sich. Am nächsten Tag kommt er wieder …«

»Und wie geht der Witz aus?«

»Der K-Kramerin wird die Sach zu blöd und sie b-besorgt 100 L-Leberwürscht.«

»Das ist der Witz?«

»Naa, du Hirndibi! Fragt also der B-Bär am nächsten Tag: ›H-Haben Sie 100 Leberwürscht‹, und die Kramerin sagt: ›Na l-l-logo, hab ich 100 Leberwürscht!‹«

»Und was sagt der Bär?«, fragte Gundi, Franz' auffordernden Blick befolgend.

Franz bekam vor lauter Lachen den nächsten Satz kaum heraus: »Dann nehm ich z-z-z-zwei!«

Das Gemeindeamt von Hintersbrunn war ein kastenförmiges Gebäude auf dem Kirchplatz, an dem der Putz von den Wänden bröckelte. Gundi hatte keinen Termin, aber der Parteienverkehr war nicht so dicht, dass man sie abgewiesen hätte. Nachdem die Gemeindesekretärin sie angekündigt hatte, ließ Girgl sofort bitten.

»Ich habe noch keine offizielle Pressemitteilung geschrieben«, sagte er großtuerisch, »aber du kannst mich zu unserem Sensationsfund natürlich alles fragen.«

Er deutete auf den Sessel vor seinem Schreibtisch. In seinem Amtszimmer sah es immer noch genauso aus, wie Gundi es in Erinnerung hatte: Luftaufnahme des Dorfes, Wimpel und Pokale von der Fußballmannschaft, Kruzifix an der Wand. Nach ihrem Schlagabtausch über Ampeln hatte Gundi befürchtet, Girgl könnte wenig zugänglich sein. Aber Bernleitner war ausgesucht gastfreundlich.

»Magst du einen Kaffee?«, fragte er bestens gelaunt, aber sie lehnte ab. Jetzt saß er hinter seinem Amtstisch und seine Hände zitterten in freudiger Erregung.

»Also, was willst du über unsere spektakuläre Ausgrabung wissen?«, forderte er sie erneut auf, und Gundi erkannte den Grund für seinen plötzlichen Sinneswandel. Hintersbrunn war neuerdings »die Wiege der Bajuwaren« und sie war eine Journalistin aus München. Er war scharf auf Öffentlichkeit. Umso mehr Grund, Girgl über seinen Neubürger Zenker zu informieren, bevor ihre Kollegen auch auf dessen zweifelhafte Verbindungen stießen.

»Ist das Alter des Fundes inzwischen bestätigt?«, begann sie harmlos.

»Ja. Laut Radiokarbontest ist der Schädel etwa 1.500 Jahr alt.«

»Und sonst wurde nichts gefunden? Weitere Knochen, Gräber, Grabbeigaben?«

Bernleitner schüttelte misstrauisch den Kopf.

»Finden die Anthropologen das nicht seltsam?«

»Dr. Husterl sagt, dass der Schädel von einer Frau stammt. Also kein Krieger ist. Dadurch ist eine ganz frühe Ansiedlung hier in Hinterbrunn wahrscheinlich.«

»Und jetzt plant ihr ein Heimatmuseum auf dem Weimerhof?«

Girgl lachte erleichtert auf. »Nicht auf dem ganzen Hof. Das ist ja ein riesiges Gelände. Nur ein Teil davon wird zum Museum. Es wird von privater Hand betrieben werden.«

Gundi spekulierte: »Lutz Zenker finanziert das also alles. Und erhält im Gegenzug den Zuschlag für den Weimerhof.«

»Du sagst des, als wie wenn private Investitionen ein Verbrechen wären. Es gibt jede Menge privater Museen in Bayern.«

»Ja, das stimmt. In den meisten gehen g'spinnerte Sammler ihrer Leidenschaft nach.«

»Wir haben einen ausgewiesenen Fachmann vor Ort. Das ist kein Spinner.«

»Dr. Husterl«, bestätigte Gundi.

»Er wird der neue Museumsdirektor.«

»Und den finanziert auch der Zenker?«

»Ohne Heimatmuseum hätten wir den Schädel gar nicht hierbehalten dürfen«, verteidigte sich Bernleitner und verbarg seine Hände auf dem Schoß hinter dem Schreibtisch. »Er hätte eigentlich in die Staatssammlung nach München überführt werden müssen. Das hat Dr. Husterl aber verhindern können, und der Lutz ist uns beigesprungen.«

»Der Lutz also. Beigesprungen? Deinem Traum von Touristenbussen? Wusstest du eigentlich, dass auf dem Weimerhof 1938 ein Pogrom stattgefunden hat? Wenn wir schon von der Dorfgeschichte sprechen.«

»Du mit deinem ewigen Wühlen im Dreck. Es muss auch mal wieder gut sein! Wir können auch stolz auf unsere Vergangenheit sein, wie unser Fund beweist. Und dass man als Gemeinde von so einer Ausgrabung auch was haben will, ist nicht verkehrt!«

Gundi hatte das heute so ähnlich schon mal gehört. Es wurde Zeit, dem naiven Bürgermeister reinen Wein einzuschenken. »Für deinen Traum vom historischen Dorf machst du Hintersbrunn von einem zwielichtigen Investor abhängig, Girgl.«

Bernleitner sah aus wie ertappt. Gundi hatte bei ihren letzten Worten die Ellbogen auf den Schreibtisch des Bürgermeisters gelehnt und spürte, wie er unter dem Tisch mit dem Fuß zu zappeln begann.

»Was heißt schon zwielichtig? Lutz Zenker ist ein vermögender Bürger, dem die Bedeutung von Hintersbrunn nicht egal ist. Er möchte sich auf Dauer hier als Landwirt niederlassen. Und durch seine Großzügigkeit …«

»Der Zenker ist nie ein Bauer gewesen, sondern ein verkrachter Schnapsfabrikant!«

Der Bürgermeister versuchte ein Lachen. »Nein. Da täuschst du dich. Unser Zenker stammt von sächsischen Gutsbesitzern ab, denen in der DDR ihr Grund und Boden geraubt wurde.«

»Das behauptet er. Vielleicht waren seine Vorfahren ja mal Bauern. Zenker selbst hat nie in einer LPG auf dem Land gearbeitet. Er war Berufssoldat bei der Nationalen Volksarmee.«

»Von der DDR?«

»Genau von der. Die mit dem Schießbefehl an der Grenze.«

Girgl schüttelte irritiert den Kopf.

»Gegenüber seiner eigenen Heimat war er übrigens nie so spendabel.« Gundi zog ein Blatt aus der Tasche und legte es auf den Tisch. »1998 schrieb er diesen Brief an die Finanzbehörden. Er hat ihn selbst ins Internet gestellt. Warst du schon mal auf seinem Kanal bei YouTube?«

Bernleitner würdigte das Papier keines Blickes. »Ich schnüffle meinen Bürgern nicht hinterher.«

»Ich klär dich trotzdem auf. Es ist ein Schreiben ans örtliche Finanzamt. Darin behauptet er, dass es seit 1990 keinen deutschen Staat mehr gebe, er deshalb kein Staatsbürger sei und daher auch keine Steuern zahlen müsse.«

Der Bürgermeister sah Gundi mit einem Gesichtsausdruck an, als ob er gerade einen sauren Drops lutschte. »Nur, weil sich jemand wegen der hohen Steuern in Deutschland aufregt ...«

»Das ist noch nicht alles, Girgl. Zenker hat auch zahlreiche Verbindungen ins rechtsextreme Milieu. Er hetzte auf Demos gegen ›rassisch minderwertige‹ Einwanderer.«

Bernleitner presste die Lippen aufeinander, und Gundi fuhr fort.

»Wie gesagt. In der DDR war er Soldat bei der Volkarmee. Ich vermute linientreu. Sicher ist, dass er nach der Wende nicht bei der Bundeswehr andocken konnte, wie viele andere Soldaten. Er stritt sich eine Weile erfolglos mit den Behörden und fand in den Jahren danach keine dauerhafte Anstellung mehr. Hielt sich mit wechselnden Jobs über Wasser. Zwischendurch hat er mal eine alte Schnapsfabrik in Thüringen gekauft. Ging aber pleite. Dann ist sein Vater gestorben, übrigens bis zur Wende tatsächlich ein Agrargenosse. Seitdem spinnt er die Legende vom enteigneten Bauernsohn. Kannst du alles auf Social Media nachlesen. Spätestens 1998 hat er sich radikalisiert. Im Internet findest du massenweise rassenideologische Videos von ihm. Er hält Vorträge über ätherischen Dünger, bietet sich als Berater für esoterischen Landbau an und gibt Interviews über die Bedeutung der Landwirtschaft zur Stärkung des deutschen Volkskörpers.«

Der Bürgermeister stand auf und ging zum Fenster. Wippend schaute er auf den flachen Zwiebelturm der Dorfkirche und sagte eine ganze Weile gar nichts.

»Aber der Schädel, der ist echt«, murmelte er schließlich mehr zu sich selbst. »Wir können uns doch so einen Fund, so eine Chance für das Dorf nicht entgehen lassen.«

Gundi stieß die Luft aus. »Du meinst, du willst dir die finanziellen Zuwendungen von Zenker nicht nehmen lassen.«

Bernleitner drehte sich um und sah Gundi feindselig an. »Willst du deine ganzen Unterstellungen veröffentlichen?«

Sie zögerte. Sie wusste tatsächlich noch nicht, was sie mit den Informationen über Zenker anfangen sollte. Interessierten sich ihre Leser für einen durchgeknallten Spinner auf dem Land? Solange er keine Verbrechen beging, konnte er bei Vollmond so viele Kuhhörner auf dem Acker ausbringen, wie er wollte. Er durfte auch Steuern hinterziehen und an die geheime Weltherrschaft der Flamingos glauben. Oder an das Schneewittchen. Und wenn er Hintersbrunn ein Heimatmuseum rund um einen historischen Fund spendieren wollte, juckte es keinen, ob er persönlich glaubte, dass der Bajuware dem Römer genetisch überlegen war. Es war nicht die Aussicht auf eine Reportage, die Gundi antrieb. Warum sie hier saß und den Bürgermeister zu warnen versuchte, hatte einen anderen Grund. Sie wollte einfach nicht, dass die Hintersbrunner Schaden nahmen. Und Zenker, darin war sie sich mit Mariele einig, führte nichts Gutes im Schilde.

»Eine Reportage werde ich erst schreiben, wenn ich Zenker mit meinen Recherchen konfrontiert habe«, lenkte sie deshalb ein. »Wegen einer Stellungnahme. Ich lasse natürlich beide Seiten zu Wort kommen.«

Noch während sie das sagte, fiel ihr Zenkers Gewehr wieder ein. Für eine Stellungnahme würde sie ihn konfrontieren müssen. Einen bewaffneten und offenbar auch gewaltbereiten Mann. Wollte sie das wirklich? Viele ihrer Kollegen wurden regelmäßig niedergebrüllt, wenn sie Protestierende aus dem rechten Lager zu Wort kommen lassen wollten. Sie wurden auf Demos körperlich angegriffen. Von Leuten, die auf Meinungsäußerung keinen Wert legten und lieber mit Trillerpfeifen in Mikrofone bliesen. Hatte nicht auch Zenker sie als »Lügenpresse« beschimpft?

Bernleitner griff nach dem hingeworfenen Strohhalm. »So wie ich das sehe, liegt alles, was du recherchiert hast, in Zenkers Vergangenheit. Es ist möglicherweise alles nur eine längst vergangene Jugendsünde gewesen.«

Sein nächster Satz klang fast wie eine Bitte: »Was, wenn der heutige Zenker das alles hinter sich lassen und einfach nur ein ruhiges Leben auf dem Land führen will?«

Das war eine gute Frage, fand Gundi. Was wollte Zenker wirklich mit dem Hintersbrunner Weimerhof?

KAPITEL 9

»Sitzt ein Mann vorm Fernseher und sagt zu seiner Alten: ›Geh, bring mir doch noch ein Bier, bevor es losgeht.‹« Alois Münchinger war in Feierstimmung, denn er erwartete Aufträge für seine kleine Schreinerei. Er fuhr fort: »Die Alte steht auf und holt eine Flasche aus dem Kühlschrank. Der Mann trinkt sie aus und sagt: ›Geh, bring mir doch noch ein Bier, bevor es losgeht.‹ Wieder bringt ihm die Alte sein Bier. Dann noch mal. Schließlich sagt sie: ›Willst du jetzt den ganzen Abend hier sitzen und Bier saufen?‹ Darauf er: ›Und schon geht's los …‹«

Alois lachte hysterisch. Witze über geknechtete Männer waren das Spezialgebiet des unfreiwilligen Junggesellen. »Scheiß Weiber, oder?«, sagte er zum Bräu und haute ihm mit dem Handrücken gegen die Schulter. Aber der Bräu hatte nicht zugehört. Auch Zenker lachte nicht.

Die »Freunde des Diogenes« hatten sich zu ihrer vielleicht letzten Sitzung getroffen, da ihr Vereinszweck früher als erwartet erfüllt worden war. Zwar etwas anders, als von Zenker geplant, das Ergebnis aber war das Gleiche. Man war sich einig darüber, auf diesen Erfolg anstoßen zu müssen.

»Auf dich, Dingo«, sagte Alois, nachdem er sich die Lachtränen aus den Augen gewischt hatte. Er hob sein Glas und schaute in die Runde wie ein Hund in einen offenen Kühlschrank. »Auf den neuen Besitzer vom Weimerhof!«

»Ich heiße zwar Lutz, aber darauf trinke ich auch«, antwortete Zenker und prostete Alois zu. Sein Coup hatte ihn mehr gekostet als geplant, und das dämpfte seine Stimmung.

Auch der Bräu hob sein Glas, war aber mit den Gedanken woanders.

Alois gab sich der Feierlaune hin. »So ein Glück mit dem Bajuwaren-Schädel. Ohne den hättest du dich bis zum jüngsten Gericht mit dem Kulturverein streiten können«, sagte er zu Zenker. Dann richtete er das Wort wieder an den Bräu: »Gell, Bräu, da kannst du ein Liedl davon singen, wie schön man sich mit der Mariele streiten kann.«

»Halts Maul, du Depp«, antwortete der Bräu.

»Nur Glück allein war es nicht«, knurrte Zenker.

Alois war entschlossen, sich die gute Laune nicht verderben zu lassen. Mochten die beiden Grantler noch so muffig sein. Es hatte sich gelohnt, sich dem zugezogenen Sachsen anzuschließen. Die Renovierungsarbeiten auf dem Weimerhof waren so umfangreich, dass dabei genug für seinen kleinen Schreinereibetrieb abfallen würde. Endlich stand er auf der richtigen Seite des Lebens.

»Dass sich der depperte alte Schädel als eine solche Sensation herausstellt, nennst du kein Glück? Dass der Husterl aufgetaucht ist mit seiner Ahnenforschung! Besser hätt's doch gar nicht laufen können!«

»Na ja, das schon«, gab Zenker zu. Er hatte tatsächlich Glück gehabt, nachdem diese Journalistin die Polizei eingeschaltet hatte. Dass die Scheiß-Bullen die Zusammenhänge nicht erkannt hatten. Und dass der hinzugezogene Denkmalpfleger alles andere als ein Paragrafenreiter war. Allerdings hatten sich durch Husterl seine Ausgaben deutlich erhöht. Er beschloss, die Kameraden früher als geplant zusammenzutrommeln.

»Wann soll denn die Renovierung losgehen?«, fragte Alois erwartungsvoll. »Ich habe mir gedacht, ich könnte schon mal mit den Fenstern anfangen. Da kann man noch einiges restaurieren.«

»Als Erstes brauchen wir dieses Museum«, brummte Zenker.

»Das könnte ich auch, ich mein, ich kann alle Holzarbeiten …«

»Das zieht mir ein Stahlbauer aus'm Osten hoch.«

»Und das alte Wohnhaus? Die schönen alten Türen? Die Dachbalken?«

»Das wollt ich dich schon lange einmal fragen«, grätschte der Bräu dazwischen. »Wie willst du das alles eigentlich finanzieren? Hast du Geld auf der hohen Kante?«

Zenker starrte den Bräu an und spürte eine sehr alte Wut aufsteigen. Auf all die Wessis, die nach der Wende wie die Haifische im Osten eingefallen waren.

Alois sprang seinem zukünftigen Auftraggeber sofort zur Seite. »Ihn schau an! Was geht's dich an, wo der Dingo sein Geld herhat?«

»Alles, was ich habe, steht mir zu«, antwortete Zenker. »Nach allem, was meiner Familie geraubt wurde, seid ihr mir was schuldig.«

»Wir dir?«, fragte der Bräu und winkte ab. Er sah kurz auf Alois und beschloss, dass von dem Loser keine Gefahr ausging. »Aber dann passt es ja«, fuhr er fort. »Ich will dir nämlich ein Angebot machen.«

»Ein Angebot?«, schnaubte Zenker.

Alois war irritiert. In welche Richtung sich der Geldfluss zwischen den »Freunden des Diogenes« bewegen würde, hatte er bislang nie angezweifelt. »Weswegen sollen ausgerechnet wir dir was schuldig sein, Zenker?«

»Weil euch im Westen nach dem Krieg alles in den Arsch geblasen wurde«, erboste sich Zenker. »Von den Amis und den Juden. Und dann haben ihre Marionetten in der sogenannten BRD auch den Osten unter sich aufgeteilt.«

Der Bräu lachte laut auf. »Wie redest denn du? Bist du vielleicht ein verkappter Nazi, Zenker?« Er bekam Lust zu streiten. Einem ordentlichen Wirtshausdisput hatte der Gastwirt in dritter Generation schon immer etwas abgewinnen können. Nur nicht den Gefechten mit seiner Frau. Er durchschaute ihre Regeln nicht.

»Weiß schon«, grollte Zenker. »Man darf ja heutzutage die Wahrheit nicht mehr sagen, ohne in diese Ecke gestellt zu werden. Die Nationalsozialisten waren auf alle Fälle nicht schuld, dass es uns heute so schlecht geht.«

»Geht's dir so schlecht bei uns?«, amüsierte sich der Bräu, und Zenker wollte gerade zu einer donnernden Gegenrede anheben, als die Tür des Gastraums aufging.

Die drei Männer verstummten wie ausgeschaltet. Mit bedächtigen Bewegungen betrat der alte Moshammer die Gaststube. Umständlich schlüpfte er aus seinem Wams und hängte es hinter der Tür an einen Haken. Er schlurfte zu seinem üblichen Platz und setzte sich, scheinbar ohne die drei stillen Männer zu bemerken. In diesem Moment kam Mariele hinter der Theke aus der Wirtshausküche hervor. Mit Blick auf die schweigenden Männer am Tisch ihres Gatten nahm sie ein Glas aus dem Regal und zapfte eine schöne frische Halbe, die sie dem alten Mann am Kachelofen vor die Nase stellte. Auf dem Rückweg baute sie sich vor ihrem Mann auf.

»Tust wieder schwurbeln?«

»Leck mich, Mariele.«

»Und du, Zenker? Du glaubst, du hast jetzt Oberwasser, oder? Hältst dich schon für den Sieger, gell? Aber Obacht:

Beim Weimerhof ist der letzte Kas noch ned bissen. Wir haben nämlich eine Reporterin aus München hier. Eine von uns. Und du, Alois, brauchst gar nicht so blöd zu grinsen.«

Damit rauschte sie ab, und Zenker starrte ihr verwirrt nach.

»Was hat die denn gemeint mit dem letzten Käse?«

»Dass noch nicht aus-disch-katiert ist«, klärte ihn Alois auf. »›Das letzte Wort ist noch nicht gesprochen‹ auf gut Hochdeutsch.«

»Das weiß ich, du Pfeife!«

Alois presste beleidigt die Lippen aufeinander.

»Die ist neulich bei mir zu Hause aufgetaucht, diese Journalistin. Kennt ihr die näher? Was will die?«, insistierte Zenker.

»Die wird dir halt was anhängen wollen«, rächte sich Alois.

»Schmarrn. Die ist nur bei unserem Gmoadepp zu Besuch«, wiegelte der Bräu ab. Seine Gattin hatte ihm die Lust auf einen gepflegten Streit unter Männern verhagelt. »Zurück zum Geschäft, Zenker.«

»Was willst du denn für ein Geschäft machen?«, protestierte Alois, den das Gefühl beschlich, ins Hintertreffen zu geraten. »Der Dingo braucht gescheite Handwerker und keine Kriaglwascher.«

Der Bräu ignorierte ihn. »Es gibt ein altes Wegerecht von meinem Vater«, sagte er zu Zenker. »Von damals, als auf unserer Wiesn hinterm Weimerhof noch das Schlachthaus gestanden ist. Mein Wegerecht durch dein Grundstück ist nie gelöscht worden.«

»Und? Was heißt das jetzt?«, fragte Zenker.

»Der Weimerhof gehört dir noch nicht ganz. Ich tät dir mein Wegerecht aber verkaufen.«

»Jetzt reicht es mir aber mit euch Blutsaugern!«, fuhr Zenker hoch. Seine angestaute Wut über die Entwicklung der Dinge entlud sich. Nicht genug, dass der Bürgermeister auf Anzahlung bestand. Nicht genug, dass er Husterl schmieren musste. Jetzt wollte ihn auch noch der Wirt ausnehmen. Es wurde Zeit, dass er aufräumte in diesem beschissenen Dorf.

»Jetzt reg dich nicht gleich so auf, du Preissnschädl«, beschwichtigte der Bräu. »Geht doch nur um ein Handschlaggeschäft. 2.000 Euro und wir sind quitt.«

Zenker sah ihn mit schmalen Augen an. Dann ergriff er die ausgestreckte Hand des Wirts und schüttelte sie über dem Biertisch.

»Und wegen des Dachstuhls«, brachte Alois sich ein. »Darüber sollten wir auch noch reden, Dingo.«

Im selben Moment trat Gundi aus dem Gemeindeamt auf den Kirchplatz. Hinter einer kleinen Biege befand sich der Greimerbräu, in dem ihr kleiner Koffer auf sie wartete. Vor ihr, hinter einer Mauer, erkannte sie den Stadel des Weimerhofs, rechts ging es zur Kirche und zum Friedhof. Sie steuerte auf das Gasthaus zu, als ihr Nandl entgegenkam, in der Hand einen Eimer mit allerlei Gartengeräten. Sie war auf dem Weg zum Friedhof. Nandl wohnte direkt neben Gundis Elternhaus und war schon alt und verwitwet gewesen, als Gundi noch ein Kind war. Heute wusste sie, dass Nandl eine junge Witwe gewesen sein musste, sie kam ihr damals nur alt vor. Nach dem Tod der Mutter hatte Gundis Vater alle häuslichen Pflichten wie Wäschewaschen oder Fensterputzen an die Nachbarin übergeben, und die hatte von dem Moment an die Bäckerstochter mit Argusaugen beobachtet.

Gundi erinnerte sich nur zu gut: »Wie schaust'n heute wieder aus?«, »Friss ned so viel!«, »Schrei ned allerweil so!«, »Haxn zusammen!« Vermutlich hatte die Nachbarin angenommen, aus ihren hauswirtschaftlichen Aufgaben auch einen Erziehungsauftrag ableiten zu können. Vielleicht hatte sie sich eine späte Ehe und damit Versorgung erhofft. Aber der mürrische Bäckermeister von Hintersbrunn hatte keinen Blick für seine äußerlich wenig attraktive Putzfrau gehabt.

»Treibt's dich jetzt gar nicht mehr heim?«, begrüßte Nandl sie, und wie damals fühlte Gundi sich sofort wieder infrage gestellt.

»Ich hab noch was zu erledigen gehabt.«

Nandl lachte schiefmäulig und entblößte dabei eine Zahnlücke. »Schreibst was über Hintersbrunn jetzt?«

»Du meinst über den bayerischen Schädel?«

»Naa. Über den Hambbara, der wo jetzt anschafft.«

»Du meinst den Zenker? Was weißt du denn über den?«

»Ich weiß gar nix. Und g'sagt hab ich auch nichts.«

Gundi machte eine Kopfbewegung hinüber zum Weimerhof. »Der macht ein Museum auf, und alle haben was davon.«

Nandl blinzelte. »Ein großer Ruach verdient an den Haufen kleiner.«

Damit beendete sie das Gespräch und trottete in Richtung Kirche. Gundi sah ihr nach. Die alte Frau hatte die Situation in Hintersbrunn treffend beschrieben. Während sie Nandl nachsah, fiel ihr ein, dass sie das Grab ihres Vaters besuchen könnte, bevor sie Hintersbrunn endgültig den Rücken kehren würde. Immerhin lag auch ihre Mutter dort begraben. Gundi war neun Jahre alt gewesen, als sie gestorben war, und sie wusste damals nichts über die näheren Umstände. Dass es Krebs war, hatte sie später gehört, und dass es schnell gegangen sei. Als Kind hatte sie die Grabstätte gemieden. Zu erbarmungslos stand die Wahrheit eingemeißelt auf dem Grabstein. Ihr Vater hatte sie nicht zu Trauerarbeit angehalten, wie das heutige Väter vielleicht tun würden. Er schwieg sich über den Tod der Mutter aus. Vermutlich war das seine Art, mit dem frühen Dahinscheiden seiner Frau fertigzuwerden, wie Schweigen überhaupt zur Trauma-Bewältigung seiner Generation gehörte. Auch bei ihr hatte dieser Verdrängungsmechanismus bald seine Wirkung entfaltet und sie fragte nicht nach. Eine ihrer letzten Erinnerungen an ihre Mutter war Altötting. Der Ort, in dem der Wunderglaube zu Hause war. Ihre Mutter hatte Kerzen angezündet bei der Schwarzen Madonna und Gundi aufgefordert, für die Mama zu beten. Gundi hatte damals nicht verstanden, warum. Da es ein heiliger Ort war, war sie angemessen beeindruckt gewesen, und sie hatte inbrünstig alle Gebete aufgesagt, die sie kannte: »Lieber Jesus mach mich fromm, dass ich in den Himmel komm. Heilige Maria Mutter Gottes, bitte für uns Sünder. Komm, Herr Jesus, sei unser Gast und segne, was du uns bescheret hast. Amen.«

Danach war sie mit der Mutter in die Stiftskirche gegangen, wo die Mama den »Tod« anstarrte, der Gundi eine Heidenangst einjagte. Der »Tod vo Eding« war eine gruselige Skelettfigur, die auf einer meterhohen Standuhr in einer Ecke der Kirche zum Takt der Uhr seine Sense schwang. »Mit jedem Schwung der Sense stirbt irgendwo ein Mensch«, hatte die Mutter der kleinen Tochter erklärt. Sie musste gewusst haben, dass sie unheilbar krank war. Hatte sie dort einen letzten Versuch gemacht, mit dem Boandlkramer zu handeln?

Gundi nahm einen tiefen Atemzug und entschied sich gegen einen Grabbesuch. Es war alles traurig genug, und nichts wurde besser, indem man zurückschaute und zu erklären versuchte, was nicht zu erklären war. Sie hatte den Bürgermeister über Zenker aufgeklärt. Es war nicht ihr Problem, wenn er ihre Warnungen in den Wind schlug. Sie hatte ihre eigenen Themen in München. Die teure Wohnung, in der niemand auf sie wartete, einen Beruf, der nichts einbrachte, und einen besten Freund, den sie um sein Liebesglück beneidete.

Vor dem Greimerbräu bog sie kurzerhand auf den Schulweg ein. Sie wollte sich bei Tonio noch für seine Recherchen zur Geschichte des Weimerhofs bedanken. Außerdem schadete es nicht, wenn sie auch die beiden Lehrer über den neuen Museumsbesitzer von Hintersbrunn in Kenntnis setzte.

Diesmal machte ihr Tonio sofort ein Weißbier auf, dem sie trotz der vor ihr liegenden Fahrt nach München nicht widerstehen konnte.

»Zenkers Erzählung vom Biobauern, der zurück zur Natur will, ist vorgeschoben«, fasste sie ihre Recherchen zusammen.

Tonio wiegte den Kopf. »Es gibt in der ökologischen Landwirtschaft eine Strömung, die ist nicht komplett ideologiefrei«, sagte er. »Manche der heutigen Bauern stehen den wissenschaftlichen Erkenntnissen der Agrarwirtschaft skeptisch gegenüber. Es ist eine Klammer, die Esoteriker und Rechte eint.«

»Ich halte ihn für gefährlich«, betonte Gundi. »Zenker ist einer, der glaubt, das Recht in seine eigenen Hände nehmen zu können. Und er hat eine Waffe!«

»Jagdgewehre gibt es hier in vielen Haushalten«, beschwichtigte Evelyn. »Der Bräu hat ein Revier von seinem Schwiegervater in Schwindach. Wahrscheinlich geht er mit seinem neuen Freund dort auf die Jagd.«

Gundi hatte das Gefühl, eine Alarmglocke zu sein, die niemand hört. War sie paranoid, was Zenker betraf? Sie nahm einen Schluck von ihrem Weißbier.

»Ich kann eigentlich kaum glauben, dass ihr eure Idee mit der Renovierung des Weimerhofs so schnell aufgegeben habt. Ihr wart doch schon so weit in den Planungen. Ihr hattet doch schon Gelder beisammen!«

Tonio und Evelyn tauschten einen langen Blick aus. Dann nickte sie, und er sprach. »Zur Wahrheit gehört auch, Gundi, dass der Hof zum damaligen Zeitpunkt das Beste war, was wir bekommen konnten. Ja, es ist richtig: Wir wünschen uns ein weltoffenes Hintersbrunn, mehr Kunst auf dem Land, eine Begegnungskultur. Das Bürgerzentrum hätte all das sein können.«

»Aber nur bis zu einem gewissen Punkt«, erklärte Evelyn. »Vielleicht hätten wir eine Ausstellung mit lokalen Aquarellmalern organisieren können. Einen Weihnachtsmarkt mit ländlicher Handwerkskunst. Du hast Marieles Pläne ja gehört. Das ist es, was die Leute hier wollen.«

»Wir haben unten in den Klassenzimmern einmal eine Leihbibliothek aufgezogen«, ergänzte Tonio seine Frau. »Da hatten wir alles, von Goethe bis Karl May. Aber die Leute fragten nach Kochbüchern und Gartenjournalen.«

Gundi verstand. »Und durch Zenkers Geld könnt ihr jetzt höhere Kunst nach Hintersbrunn holen.«

»Bach wird nicht in einer Bauernstube gespielt, und große Maler stellen nicht in einer umgebauten Scheune aus«, verteidigte sich Evelyn pikiert, obwohl Gundi keinen Angriff beabsichtigt hatte. Sie konnte die Kehrtwende der Lehrer sogar nachvollziehen. Manchmal musste man Kompromisse machen.

Es war klar, dass den beiden Lehrern dieses Gespräch unangenehm war. Gundi trank ihr Glas leer und verabschiedete sich. »Ich will heute noch nach München«, entschuldigte sie sich.

»Recherchierst du wieder einen spektakulären Kriminalfall?«

»Schön wär's.«

Während sie in ihrem Zimmer im ersten Stock beim Greimerbräu ihre Sachen packte, fiel Gundi auf, dass sie herumtrödelte. Der Abschied von Hintersbrunn fiel ihr erstaunlich schwer. Aber sie hatte ihre Schuldigkeit getan. Wenn sich alle in Hintersbrunn auf diesen Typen einlassen wollten, dann musste sie das akzeptieren.

20 Minuten später betrat sie mit ihrem kleinen Koffer in der Hand die Gaststube, um ihre Übernachtung zu bezahlen. Sie erschrak, als sie am Tisch in der Mitte ausgerechnet Zenker sitzen sah. Er trug einen breitkrempigen Hut und sah damit aus wie einer aus dieser weltabgewandten Glaubensgruppe aus den USA. Amische. Der Bräu saß breitbeinig am kurzen Tischende, gegenüber duckte sich Alois Münchinger hinter sein Bier. Zenker starrte Gundi feindselig an. Sie überlegte zu grüßen, entschied sich aber dagegen. Hinter ihr machte sich Mariele bemerkbar.

»Willst du wirklich nicht noch ein paar Tage bleiben?«, fragte sie leise, und Gundi sah, dass die Bräuin ihre Abreise ehrlich bedauerte. »Ich mach dir auch einen Sonderpreis«, flüsterte sie, die Augen auf ihren Gatten gerichtet.

Gundi schüttelte den Kopf. Nachdem sie gezahlt hatte, ging sie mit hocherhobenem Kopf an den grimmigen Männern vorbei Richtung Kachelofen und klopfte dort zweimal auf den Tisch. »Pfiat di, Moshammer«, sagte sie lauter als beabsichtigt.

Der alte Mann blickte auf. »Wer gegen den Strom schwimmt, geht unter«, orakelte er und sah sie mit bemerkenswert lebendigen Augen an.

Gundi hatte das Gefühl, dass er ihr noch mehr sagen wollte. Deshalb beugte sie sich hinunter zu ihm und flüsterte so deutlich wie möglich: »Stimmt was nicht, Moshammer?«

»Der zieht den Deife an, der Hof. Und der Girgl steht immer da, wo das Geld ist. Fahr heim, Bäcker-Gundi. Du kommst gegen die nicht an.«

Gundi starrte den alten Mann, den sie für geistig verwirrt gehalten hatte, sprachlos an. Er bekam offenbar mehr mit, als alle glaubten.

Erneut klopfte sie zweimal auf den Tisch, drehte sich Richtung Tür und spürte, wie die Blicke der drei schweigsamen Männer am Stammtisch ihren Weg verfolgten. Als sie draußen war, atmete sie hörbar auf. Mariele kam ihr hinterher.

»Ich hab das ernst gemeint mit dem Bleiben, Gundi. Du kannst auch umsonst übernachten, der Bast kriegt das sowieso nicht mit.«

»Warum? Ich hab nichts mehr zu erledigen in Hintersbrunn.«

Mariele setzte ein verschwörerisches Gesicht auf. »Ich hör doch, was die ausbaldowern. Die haben Angst vor dir. Dass du was herausfinden könntest.«

»Was sollte ich denn herausfinden?«

»Der Bast darf kein Oberwasser kriegen, Gundi. Der Zenker muss weg.«

»Solange der nichts Ungesetzliches tut …«

»Das ist es ja gerade. Dem kann man doch was anhängen.« Marieles Blick flatterte. »Kindesmisshandlung zum Beispiel. Ich bin mir sicher, dass der seine Kinder haut, so verhuscht, wie die sind. Oder Pornos. Der dreht bestimmt Kinderpornos für seine komischen Besucher. Lauter Männer, ist das nicht verdächtig? Wer weiß, vielleicht hat er auch jemanden in seinem Keller eingesperrt. Findest du nicht, dass der Augen hat wie dieser Fritzl? Der Österreicher, der seine eigene Tochter vergewaltigt hat.«

Während Mariele redete, bewegte sich Gundi langsam in Richtung Auto. Ihr war klar, dass Mariele sie für ihren Zweck einspannen wollte. Und der war, ihrem Mann, dem Bräu, keine Luft zum Atmen zu lassen. Dafür war ihr keine Verdächtigung zu abwegig und keine Verleumdung zu infam.

Sie öffnete die Tür ihres Fiestas und stieg ein. »Ich muss wirklich los, Mariele«, sagte sie, und Mariele sah sie flehend an. Gundi zog die Tür zu und ließ den Anlasser an. Sie winkte Mariele durchs Autofenster zu und fuhr langsam an. Während sie an der roten Ampel wartete, beobachtete sie, wie Mariele mit hängenden Schultern zurück ins Gasthaus ging. Jetzt erst bemerkte sie, was sie gerade tat. Sie wartete auf grünes Licht an einem Fußgängerübergang, den keine Menschenseele benutzte.

»Diese Malefizbuam!«, entfuhr es ihr.

Bevor sie Richtung Bundesstraße abbog, machte sie einen letzten Stopp. Sie wollte sich auch von Franz verabschieden und fand ihn auf dem Hinterhof, wo er Pflastersteine auf die Ladefläche seines Unimogs lud.

»Geht's wieder mit der Liesi und ihrem neuen Gschpusi?«, fragte sie direkt.

»I-Ich hab Bärlauch brockt f-für die Liesi.«

»Damit hast ihr eine Freude gemacht, gell?«

»M-hm.«

»Weißt, Franz, Liebeleien kommen und gehen, aber Freundschaft bleibt.«

Franz hielt im Steine aufladen inne und legte den Kopf schief. Gundi bemerkte, dass sie in Wahrheit zu sich selber gesprochen hatte. Sie schüttelte sich innerlich und setzte ein lachendes Gesicht auf. »Ich muss dich unbedingt noch was fragen, bevor ich zurückfahr, Franz«, kündigte sie ihren Abschied an. »Wie ist das damals eigentlich ausgegangen mit dir im Heidacher Moos? Wie bist du denn aus dem Sumpfloch wieder herausgekommen?«

Franz legte den Stein, den er immer noch in den Händen hielt, beiseite. »W-Wie der Bräu g'sagt hat, dass ich g-gestohlen hab?«

»Genau. Wo du dann eingesunken bist. Wie bist du denn aus dem Sumpfloch wieder herausgekommen?«

Franz machte ein Gesicht wie ein Pfarrer auf der Kanzel. »A-a-auf einmal ist mir was eingefallen.«

»Was ist dir denn eingefallen?«

»W-wer a-anderen eine G-grube grabt, f-fällt selbst hinein, ist mir eingefallen.«

»Das versteh ich nicht. Du hast doch keine Grube gegraben? Ich meine, das Sumpfloch, das hat doch keiner gegraben!«

Franz presste die Lippen zusammen und dachte über eine Erklärung nach. Dann hatte er sie beisammen und betonte jedes Wort einzeln: »Wer anderne wehtut, dem wird s-selber wehtan.«

Gundi sah ihn fragend an.

»Da h-hab ich an den Bräu denken müssen.«

Sie lächelte. Dass der Wirt mit seinen Bosheiten Franz zwar erschüttern, aber nicht zerstören konnte, erfüllte sie mit unbändiger Freude.

»U-und dann ist mir eingefallen, wie ich einmal gesehen hab, wie ein Bisamratz beim Bach hochkraxelt. Hinten beim Meierhofer, wo des Ufer so steil ist.« Franz atmete schwer in der Erinnerung. »Wie ich da den R-Randstreifen gesteckt hab. Wegen dem G-Gewässerschutz, des ist wichtig, w-w-weil …«

»Franz!« Gundi schüttelte den Kopf, und Franz verstand die Geste.

»A-auf alle Fälle hab ich das genau gesehen!«

»Also hast du es so gemacht wie ein Ratz …?«

Franz wackelte mit seinem beachtlichen Hinterteil und ruderte mit seinen Armen wie beim Brustschwimmen. »Wie ein g'stinkerter Oachebär-Ratz!« Er musste sich setzen, weil ihm vor lauter Lachen die Luft wegblieb.

Zum Abschied versprach ihm Gundi, sich den Parkplatz hinter Liesis Laden anzuschauen, sobald er fertig sein würde. Sie bot ihm an, ihn bei dieser Gelegenheit nach München mitzunehmen und ihm die großen Biergärten zu zeigen, die er nur vom Hörensagen kannte. Gleichzeitig ahnte sie, dass beides nicht geschehen würde. Ein bitteres Gefühl breitete sich in ihrer Magengegend aus. Es sagte ihr, dass dies ein Abschied für immer war.

»Dieser Zenker, Franz, dem musst du aus dem Weg gehen«, warnte sie ihn, auch um sich Gewissheit zu verschaffen, dass sie Franz zurücklassen durfte. »Und es ist auch besser, wenn du für das Heimatmuseum keine Arbeiten machst.« Sie sah ihn eindringlich an. »Versprichst du mir das? Das sind keine guten Leute da.«

Franz presste die Lippen aufeinander und nickte ernst.

»Und wenn der bei dir hier auftaucht, dann tauchst du unter!«

Langsam bewegten sich Franz' Mundwinkel nach oben. »Wie der Oachebär!«

Gundi nahm Franz fest in den Arm, was ihm furchtbar peinlich war. Er wusste nicht, wohin mit seinen Händen. Nach der Umarmung hielt sie ihn an den Schultern fest und begann, sein Lied zu singen.

»Denn i liab di so fest wie …?« Sie hob die Augenbrauen und verstummte.

»… der Baum seine Äst«, stimmte Franz ein.

»Wie …«

»… der Himme seine Stern«, grölte er.

»Grad so hob i di gern.«

Die letzte Zeile sangen sie gemeinsam. Ziemlich falsch, aber mit überfließenden Herzen.

KAPITEL 10

Während der ganzen Heimfahrt war sie mit den Gedanken in Hintersbrunn geblieben und hatte beim Betreten ihrer Wohnung in München kaum mehr eine Erinnerung an die anderthalb Stunden auf der Autobahn.

Sie war vor genau einer Woche erstmals zurück in ihr Heimatdorf gefahren, weil ihr herzensguter Kindheitsfreund Hilfe brauchte. Und ehrlicherweise auch, weil sie ein bisschen vor ihren eigenen Problemen davonlaufen wollte. Sie hatte sich zunächst amüsiert über den provinziellen Kulturverein und den lächerlichen Bürgermeister mit seiner bescheuerten Verkehrsampel. Und sie hatte aufklären können, was Franz Angst machte. Dann hatte sie sich hineinziehen lassen in Marieles Eheprobleme, in den Streit um den Weimerhof mit diesem rechten Waffennarr Zenker, und sie hatte einen menschlichen Schädel gefunden. Der stellte sich nicht als Spur zu einem neuen Fall für sie heraus, sondern war einfach nur ein historisches Fundstück. Im Grunde hatte sich nichts verändert im Dorf. Es war beengt wie eh und je, in den Köpfen und in den Herzen. Es gab dort keine Gemeinschaft, jeder dachte nur an sich und seinen eigenen Vorteil. Was Nandl über den »Ruach« gesagt hatte, traf zu: Ein großer Gierhals profitiert von den vielen kleinen Habgierigen. Jeder hatte nur seinen eigenen Vorteil im Auge: Der Bürgermeister sein Heimatmuseum, die Lehrer ihre Hochkultur, die Liesi ihren Parkplatz. Mariele ging es nur darum, ihrem Mann eins auszuwischen.

Sie schleuderte ihren Koffer aufs Bett ihrer Zweiraumwohnung. Dann holte sie sich ein Weißbier aus dem Kühlschrank, ließ sich auf die Couch plumpsen und schaltete den Fernseher ein.

»Mein Heim ist mein Kastel«, zitierte sie mit Blick auf ihre beengten Wohnverhältnisse bewusst falsch und versuchte, einen Anflug von Einsamkeit zu unterdrücken. Sie war wieder zurück in ihrem alten Leben, in dem es mehr als genug Baustellen gab. Vom Abendprogramm bekam sie wenig mit. Immer wieder schweiften ihre Gedanken zu Zenker. Diesem bewaffneten Lügner und rechtsradikalen Esoteriker, dem die Hintersbrunner vertrauten. Beim zweiten Weißbier schalt sie sich, dass sie so wenig Verständnis für die Dorfbewohner aufbrachte. Und dass sie mit ihrer selbstsüchtigen Absicht, eine gewinnbringende Enthüllungsgeschichte über Morde auf dem Land zu schreiben, auch nicht besser war. Kurz bevor sie vor der Talkshow einschlief, beschloss sie, einen großen Haken hinter Hintersbrunn zu machen.

Am nächsten Morgen saß sie früh am Schreibtisch, um wie gewohnt aus der Nachrichtenlage einen möglichen Ansatz für eine Reportage zu filtern. Es brauchte ja nicht gleich ein Riesencoup zu sein. Anders als erwartet, sprang sie die aktuelle Nachrichtenlage diesmal förmlich an. Die vergangene Nacht hatte es in sich gehabt: Bei einer Großrazzia gegen ein Reichsbürger-Netzwerk waren in den frühen Morgenstunden in Kassel, Mannheim, Jena und weiteren Orten gleichzeitig Einsatzkräfte angerückt. In mehreren Bundesländern durchsuchten sie Wohnungen, Häuser und Büroräume und nahmen 23 Personen fest. Sofort war Zenker zurück in ihrem Kopf.

Auf einer Pressekonferenz um 10 Uhr, die sie online live mitverfolgte, warf der Generalbundesanwalt den Beschuldigten vor, »einer terroristischen Vereinigung anzugehören«, die es sich zum Ziel gesetzt hatte, »durch den Einsatz militärischer Mittel und Gewalt die bestehende staatliche Ordnung in Deutschland zu überwinden.« Nach einer halben Stunde Recherche hatte Gundi die Einsatzgebiete der Spezialkräfte zusammengetragen. Niederbayern war nicht dabei. Sie scrollte sich durch die Berichte der verschiedenen Medien auf der Suche nach Zenkers Namen, aber die Ermittlungsbehörden hüllten sich in Schweigen über die festgenommenen Personen oder solche, die im Umkreis des terroristischen Netzwerks verortet wurden. Einzig, dass sie offenbar aus allen Schichten und Berufen kamen, ließen sie verlauten. Drei davon seien aktive Bundeswehrangehörige. Gegen Mittag erklärte eine Sprecherin der Bundesanwaltschaft, dass mehrere Waffenlager ausgehoben worden und die Pläne der bundesweit agierenden Gruppen »für einen gewaltsamen Systemwechsel auf allen Ebenen« schon sehr weit gediehen gewesen seien. Bis zum Nachmittag hatten sich fast alle Parteien zum »Anti-Terror-Einsatz gegen Reichsbürger« geäußert, und Gundi erfuhr, dass man der Szene deutschlandweit etwa 20.000 Anhänger zuordnete. Es ging auf den Abend zu, als sie auch die lokalen Portale durchforstete. Unter einem Bericht des Münchner Tagblatts las sie einen bekannten Namen: André Kraffzik. Ihr einstiger Volontär, der sie schon einmal bei Recherchen zu einem Kriminalfall in der rechten Szene unterstützt hatte. Sofort wählte sie seine Nummer, und er ging ran.

Sie kam augenblicklich zur Sache. »Servus, André, Gundi. Sag einmal, hast du Informationen zu den Hintermännern und Aktiven in der Reichsbürgerszene?«

»Kommt ganz darauf an«, antwortete er. »Ich weiß eine ganze Menge über die Szene, weil ich denen schon seit einer Weile hinterherrecherchiere. Aber du meinst sicher die Gruppierung, die heute verhaftet wurde. Das waren ein paar der Rädelsführer. Es folgen sicherlich noch weitere Verhaftungen in den nächsten Tagen und Wochen.«

»Kennst du Namen?«

»Ein paar. Die Namen der Verhafteten und welche, die unter Beobachtung des Verfassungsschutzes stehen.«

André nahm es mit dem Pressekodex sehr genau, das wusste Gundi. Er würde nie fahrlässig Namen von Verdächtigen ausplaudern. Das hatte er von ihr gelernt, obwohl ihr die journalistischen Gäule anlässlich einer brandheißen Nachricht immer viel eher durchgegangen waren als ihrem begabten Volontär. Gundi war schon in Andrés erstem Volo-Jahr klar gewesen, dass ihr Schüler ein viel besserer Journalist werden würde als sie. Sie lächelte nicht ohne Mutterstolz.

»Gibt es die Szene auch hier bei uns in Bayern?«, fragte sie weiter.

»Auch hier in München. Aber sie ist weit verzweigt und überhaupt nicht homogen. Reichsbürger ist eine Art Sammelbegriff. Manche wollen ›den Kini‹ wiederhaben, andere leugnen den Holocaust. Sie richten sich gegen den Staat und seine Organe. In München hat vor ein paar Monaten einer von ihnen zwei Polizisten angeschossen. Sie ergehen sich in jahrelangen Rechtsstreitigkeiten mit Ämtern, weil sie weder Steuern noch Bußgelder zahlen. Ein paar begnügen sich auch mit dem Hissen der Reichsflagge im Schrebergarten. Aber alle eint, dass sie die Bundesrepublik nicht als legitimen und souveränen Staat anerkennen.

Sie träumen vom Kaiserreich oder wollen die Grenzen von 1937 wiederhaben – warte mal eben ...«

»Willst du hier noch länger stehen und meinem Gespräch zuhören?«, ranzte André jemanden an, der anscheinend in seiner Tür stand.

»Ich brauch deine Zeile, verdammt. Und zwar jetzt!«, hörte Gundi im Hintergrund. Sie sah auf die Uhr. Wenn der Drucktermin nahte, wurde der Ton in den Redaktionen rau.

»Da bin ich wieder«, meldete sich André zurück am Telefon.

»Du hast Abgabe. Verdammt, André, warum sagst du nichts?«

»Ich werd doch meine alte Lehrmeisterin nicht abwimmeln. Außerdem freu ich mich immer, wenn du anrufst.«

»Das ›alt‹ hab ich jetzt überhört.« Zum Glück sah André nicht, wie gerührt Gundi in Wahrheit war. Mit steigendem Lebensalter baut man immer näher am Wasser. Auch so eine verzichtbare Erfahrung des Älterwerdens.

»Ich habe gelesen, dass man von ungefähr 20.000 Anhängern in der Reichsbürgerbewegung ausgeht«, kam sie zum Thema zurück.

»Das halte ich für stark untertrieben. Eben weil sich darunter so viele unterschiedliche Strömungen finden. Rechtsextreme, Königstreue, Antisemiten, Esoteriker ...«

»Ist dir der Name Lutz Zenker schon mal untergekommen?«

»Nicht dass ich es aus dem Stegreif wüsste. Aber ich könnte mal in meinen Unterlagen danach suchen. Nur nicht jetzt.«

»Natürlich, André, ich hab keine Eile.«

Eine kurze Pause entstand.

»Manchmal beneide ich dich darum, dass du die Mühle hinter dir gelassen hast«, sagte André mit einem fast unhörbaren Seufzer.

»Bloß nicht! Auf dieser Seite der Front herrscht Hunger und Existenzangst.«

»Das glaub ich dir nicht.«

André war ungefähr 15 Jahre jünger als Gundi und ein ebenso leidenschaftlicher Reporter wie sie. Sie nahm sich vor, ihn bei Gelegenheit daran zu erinnern, dass es noch andere Dinge im Leben gab als den Beruf. Freunde. Familie. André sollte nicht so enden wie sie.

»Kann ich dich demnächst auf ein Bier einladen?«, fragte Gundi zum Abschied.

»Immer!«

Gundi legte auf und fuhr ihren Computer herunter. André hatte recht. Sie genoss ihre Unabhängigkeit als freie Reporterin viel zu wenig. Folgerichtig schlüpfte sie in ihre Jacke und verließ die Wohnung. Es war Zeit für ein Feierabendbier mit ihrem besten Freund.

Wie so oft marschierte sie zu Fuß über den Gasteig und die Maximiliansanlagen Richtung Friedensengel, in dessen Rücken Ferdls »Monarch« lag. Die einzige körperliche Betätigung, zu der sie sich aufraffen konnte. Was angesichts ihrer Ernährungsgewohnheiten und ihres Bierkonsums langsam zum Problem wurde. Ihre Jeans hatten auch schon mal lockerer gesessen.

»Vielleicht sollte ich anfangen zu rauchen«, witzelte sie in sich hinein. Obwohl sie keine gewinnbringende Geschichte vorzuweisen hatte, freute sie sich darauf, Ferdl vom Ausgang ihrer »Mördergeschichte« zu erzählen, worin sich keiner ihrer Verdächtigen – weder der Bräu noch Zenker – als die Täter herausstellten, die auf einem verlassenen Bauernhof in ihrem Heimatkaff eine Leiche verscharrt hatten. Außerdem wollte sie seine Meinung zum »Reichsbürger von Hintersbrunn« hören.

Beschwingt lief sie vorbei an der Rezeption, an der alle ihr Gesicht kannten, und trabte die Treppe hinunter zur Kellerbar. Ferdl war schon da, wie sie am Lichtschein erkannte. Dann sah sie ihn. Ferdl war nicht allein. Neben ihm saß Kone. Auf ihrem Barhocker. Ferdl begrüßte sie, als wenn nichts wäre. Missmutig schlenderte sie um den Tresen herum und nahm sich eine Flasche Weißbier aus der Kühltheke. Sie öffnete sie, ließ den Kronkorken zu Boden fallen und trank einen langsamen ersten Schluck aus der Flasche. Dann setzte sie sich auf den anderen Hocker an der ungewohnten Seite von Ferdl und starrte ihren Rivalen an. Was machte der hier?

»Kone ist vorbeigekommen, weil er dir einen Fall vorschlagen will«, antwortete Ferdl auf die ungestellte Frage. »Einen Vermisstenfall, um genau zu sein. Das könnte vielleicht was für eine Reportage sein.«

In Gundi pfiff der Dampfkochtopf. Sie nahm einen weiteren langsamen Schluck von ihrem Bier, um sich zu beruhigen. Zunächst war sie froh gewesen, als Ferdl sich auf einem Fest in seinem Hotel in den berühmten Konrad Baier verliebt hatte und der seine Zuneigung erwiderte. Anders als sie sehnte sich Ferdl schon lange nach dem Mann fürs Leben. Während seiner zahlreichen Romanzen hatte sie mitgefiebert und war da, wenn sie dem Alltag nicht standhielten. Aber Ferdl war in all der Zeit immer für ein gemeinsames Feierabendbier zu haben gewesen. Sie hatte auch Ferdls verliebte Berichte von den ersten Dates mit Kone mit freundschaftlicher Neugier verfolgt.

Dann hatten sich die Treffen intensiviert. Und Ferdl wurde schweigsamer.

»Und wie ist er im Bett?«, hatte sie ihn nach einer Weile gefragt, und Ferdl hatte nur vielsagend gelächelt. In den letzten Wochen war er oft bei Kone gewesen, wenn Gundi durstig nach Weißbier und Gespräch unangekündigt im Hotel aufgetaucht war.

»Es klingt jetzt vielleicht ein wenig eigennützig …«, begann Kone, und Gundi unterdrückte ein ironisches »Ach was«.

Wann stand Kone nicht im Mittelpunkt aller Interessen? Sie erinnerte sich an ihr letztes Date zu dritt, das beinahe im Streit geendet hätte. Sie waren auf einer Ausstellung von Kones Bildersammlung gewesen. Seine satirischen Illustrationen bringe er in nur wenigen Minuten zu Papier, hatte Ferdl ehrfurchtsvoll erzählt. Er konnte offenbar gut davon leben, wie seine Altbauwohnung im Herzen von Schwabing verriet. Zur Ausstellungseröffnung hatte er einen kleinen Bildband veröffentlicht, den ihm die Leute aus den Händen rissen. Er war das Gegenteil von Gundi, die oft tagelang an einer Reportage herumdokterte und dafür nur Zeilenhonorar bekam. Nach der Vernissage waren sie vietnamesisch essen gewesen, und Kone hatte problemlos mit Stäbchen hantiert. Kone ging alles leicht von der Hand. Gundi bekam vom Essen mit Stäbchen einen Krampf in den Fingern. Das Treffen endete im Streit. Leicht betrunken warf sie dem Karikaturisten vor, von richtiger Mucke nichts zu verstehen, weil er Phil Collins gut fand. Sie hatte selbst CDs von ihm im Regal stehen, aber es war zu verführerisch, dem kulturellen Überflieger Mainstream-Geschmack zu attestieren.

»Gundi übertreibt gerne, wenn sie einen im Tee hat«, hatte Ferdl damals beschwichtigt. Was ihr den Rest gab. Nie hätte sie erwartet, dass ihr bester Freund sie peinlich finden könnte.

»Ich muss dazusagen, dass es sich um eine persönliche Angelegenheit handelt«, fuhr Kone fort, seinen Fall vorzutragen. »Du weißt ja, dass meine Familie im Licht der Öffentlichkeit steht …«

Gundi hörte nicht mehr zu. Sie stellte sich vor, dass in Kones Kindheit schon am Frühstückstisch von Malerei gesprochen wurde und von klassischer Musik. Ein erfolgreiches Leben war für einen wie ihn von vornherein eine ausgemachte Sache. In ihren Augen war er einer von denen, die von klein auf Rückenwind genossen. Gundis Vater, der Bäckermeister aus Hintersbrunn, hatte nicht viel von der Förderung seiner Tochter gehalten. Sie hatte folgsam und fleißig zu sein. Seine Vorstellung vom guten Leben waren ein ausgeglichenes Konto und ein Bier vor dem Fernseher gewesen. Ihre ungünstige Startposition war Gundi zum ersten Mal aufgefallen, als sie auf das Betreiben ihrer Grundschullehrerin hin aufs Gymnasium in der Kreisstadt wechselte. Sie konnte mit den Stadtkindern nicht mithalten. Die hatten Bücher zu Hause. Die hatten Freizeit und Hobbys, bekamen Klavierunterricht oder Tennisstunden, während sie Semmeln austrug. Einmal berichtete sie daheim von Klassenkameraden, die eine Band gründeten, um »weltberühmt zu werden«.

»Wer Visionen hat, sollte zum Arzt gehen«, sagte ihr Vater dazu. Menschen keine Größe zuzutrauen, war typisch für einen Duckmäuser wie ihn. Für ihn war die Sache klar: Entweder man arbeitete oder man verplemperte seine Zeit. Schulausflüge, Tanzstunden, Musik hören oder lesen waren für ihn »Gammelei«. Die anderen Kinder auf dem Gymnasium fuhren mit ihren Eltern ins Ausland. Sie konnte nicht einmal richtig Hochdeutsch. Als Gundi kurz vor dem Abitur die Schule abbrach, hatte sich dieser bittere Gedanke, wegen ihrer Herkunft benachteiligt zu sein, in Rebellion verwandelt. Seither grollte sie gegen Menschen, denen Möglichkeiten in die Wiege gelegt worden waren, von deren Existenz sie nicht einmal eine Ahnung hatte. Bildungsbürger wie Kone.

»Wo einer herkommt, bestimmt, wo er hinkommt«, hatte sie einmal zu Ferdl gesagt, als beim Tagblatt ein junger Kollege mit familiären Verbindungen zum Chef an ihr vorbei die Karriereleiter hochfiel. Ferdl stammte aus ebenso kleinen Verhältnissen wie Gundi. Aber für ihn war die Begegnung mit der kulturellen Avantgarde wegen deren Aufgeschlossenheit in Sachen sexueller Orientierung wie ein Befreiungsschlag.

»Du kannst andere nicht für deine Herkunft verantwortlich machen«, hatte er Gundis Bitterkeit kommentiert. Inzwischen fühlte sie sich nirgends mehr richtig dazugehörig. Weder in ihrem Heimatdorf noch in München.

»… und deswegen dachte ich, dass du dem vielleicht nachgehen möchtest?«, hörte sie Kone gönnerhaft fragen.

Gundi nahm einen tiefen Atemzug. »Habt ihr heute schon Nachrichten gehört?«, fragte sie und bemühte sich zu verbergen, dass sie keine Ahnung hatte, welchen Fall ihr Kone gerade vorgestellt hatte. Alles, was sie wusste, war, dass sie nicht für Kone arbeiten wollte. Auf keinen Fall!

Die beiden schüttelten die Köpfe.

»Ich bin an dieser Reichsbürger-Geschichte dran.«

»Die Verschwörer, die in der Nacht verhaftet worden sind?«, fragte Kone.

»Deren Hintermänner, um genau zu sein. Wir wissen, dass die Verhaftungen nur die Spitze des Eisbergs sind«, log sie und erschrak über sich selbst. »Momentan hab ich also keine Zeit für deine, äh, Sache«, ergänzte sie und hoffte, dass sich Kone und Ferdls mitleidige Jobvermittlungsbemühungen damit erledigt hätten.

»Gundi, das ist ja großartig«, jubilierte Ferdl, und sie sah ihm an, dass er sich aufrichtig freute. »Aber wer ist ›wir‹?«

Gundi schluckte. »Ich arbeite mit ein paar Journalisten zusammen.«

Ferdls Augen wurden schmal. Er öffnete den Mund und suchte offenbar nach den richtigen Worten. Gundi hatte plötzlich das dringende Bedürfnis, woanders zu sein. Sie konnte nicht fassen, dass sie sich lieber in eine Lügengeschichte verstrickte, als sich mit Kones Fall zu befassen. Um davon abzulenken, hob sie ihre halbvolle Bierflasche und trank sie in einem Zug leer. Ihr Mund war ohnehin so trocken geworden wie Marieles Rinderbraten.

»Ich wollt eigentlich nur Hallo sagen, hab wenig Zeit«, entschuldigte sie sich anschließend fadenscheinig bei Ferdl. Mit einem »Ich ruf dich an« auf den Lippen eilte sie zum Ausgang und konnte Ferdls skeptischen Blick im Rücken spüren, bis sie außer seiner Sichtweite war. Es war alles so kompliziert geworden, seit Kone da war.

KAPITEL 11

»A gescheider Kirta dauert bis Irta, es ko se a schicka bis Migga«, lautete ein altbayrisches Sprichwort. Was so viel heißen sollte wie »open end« auf Bairisch: Wer am Kirchweihsonntag nicht genug gefressen und gesoffen hat, kann noch zwei bis drei Tage dranhängen. Gundi war in der Nähe des Zeitungshauses mit André verabredet. Ihr einstiger Vorzeige-Volontär war genetisch ein waschechter Preuße, geboren in Berlin. Allerdings war er schon in München zur Schule gegangen und galt gewissermaßen als eingemeindet. Wie alle, die der bayerischen Mundart nicht mächtig waren, glaubte er, Bairisch gut zu verstehen, und Gundi hatte ihn während ihrer gemeinsamen Zeit beim Tagblatt immer wieder gerne vom Gegenteil überzeugt. Besonders beim gemeinsamen Mittagessen. Ribbal, Böfflamott, Gracherl – für André gab es von der gebürtigen Niederbayerin viel zu lernen. In dieser Tradition hatten sie sich heute zum Kirtaessen verabredet. Ganserlbraten, Erdäpfeknödel und Blaukraut. Sie war zu früh dran, und in dem wettergeschützten Hinterhof des ausgewählten Traditionsgasthofs in der Innenstadt war der Teufel los. Gundi holte sich erst mal eine Maß und setzte sich in die Nähe der Essensausgabe, um auf André zu warten. Vor der Theke hatte sich eine Schlange gebildet. Sie geriet in Bewegung, als vier beschürzte Männer große Edelstahlbleche herbeitrugen und sie am Ausgabetisch abstellten. Berge von knusprig gebratenen Geflügelteilen lagen darauf. Die wartenden Menschen begannen ihren Vorderleuten auf die Fersen zu treten, aber die resolute Dirndlträgerin hinter dem Tresen ignorierte die Anstehenden. Mit fester Stimme rief sie in den Biergarten hinein: »Antn! D'Antn san fertig!«

Eine Dame, die Erste in der Reihe, fragte: »Haben Sie auch Gans?«

»Gans hawe no koane, jetzad gibt's Antn«, antwortete die Serviererin und wandte sich auch an die Wartenden hinter der Frau: »Antn! D'Antn san fertig!«

»Hätte ich Gans vorbestellen müssen?«

»A Antn konnst ham.«

»Und Gans?«

»Ennnteee! Enten gibt's.«

»Nein, danke«, sagte die Dame und lächelte erleichtert. »Ich hätte gerne Gans.«

Fünf Minuten später war die Biergartenwelt wieder in Ordnung. Die beschürzten Männer lieferten die mit etwas Verspätung fertig gewordenen Gänseteile aus der Küche. Gundi und der inzwischen eingetroffene Ex-Kollege reihten sich ebenfalls in die Schlange ein. André hatte sie schon als Volontär überragt, was bei ihrer stattlichen Größe etwas heißen wollte. Aber aus dem zaundürren Biaschal von vor wenigen Jahren war inzwischen definitiv ein gestandener Mann geworden.

Gundi bemerkte einen neuen, entschlossenen Zug um seinen Mund.

»An welcher Story über die Reichbürger arbeitest du gerade?«, fragte André, während er sich über die ersten Bissen der fetten Köstlichkeit hermachte.

»Ob das eine Story wird, weiß ich noch nicht«, antwortete Gundi. »Ich bin einem begegnet. Lutz Zenker, nach dem ich dich gefragt habe. Ich weiß aber noch nicht einmal, ob ich den als kriminell einordnen kann.«

»Der ist auf alle Fälle aktiv in diesem Milieu. Auf den entsprechenden Foren«, bestätigte André. Seine Recherchen zu Lutz Zenker hatten Informationen hervorgebracht, die auch Gundi schon zusammengetragen hatte: Soldat bei der Volksarmee, Konkurs nach Übernahme einer Schnapsbrennerei sowie zahlreiche Videos und Pamphlete auf Social-Media-Plattformen über einen in seiner Ideologie nicht existierenden deutschen Staat und anthroposophische Landwirtschaft.

»Was weißt du über ihn?«, fragte André.

Verheiratet mit einer Frau, die sich vermutlich unterordnet. Mehrere Kinder, sie ist Hausfrau. Er will was darstellen, hat sich eine Art Burg gebaut. Und er hat eine Waffe in seinem Haus. Er kann damit umgehen, und er benutzt sie höchstwahrscheinlich auch.«

»Wo bist du ihm begegnet?«

»In meinem Heimatdorf. Er hat sich dort vor ein paar Jahren niedergelassen und will sich auf Biegen und Brechen einen alten Bauernhof unter den Nagel reißen.«

André legte Messer und Gabel beiseite. »In Niederbayern auf dem Land?«

»Ja, warum schaust du denn so alarmiert?«

»Das Dorf, von dem du immer gesagt hast, dass es im Sterben liegt, weil es keine Infrastruktur gibt?«

Gundi nickte. Ihr ehemaliger Auszubildender kannte Hintersbrunn aus ihren Erzählungen. »Was ist daran so bemerkenswert?«

André griff nach der Serviette, um sich den Mund abzuwischen. »Es ist eher typisch. Rechtsextreme, die sich auf dem Land einnisten. Das Phänomen begann im ehemaligen Osten, breitet sich aber aus. Die sterbenden Dörfer sind ideale Rückzugsorte für den rechten Rand. Äußerlich fallen diese Leute nicht mehr als Nazis auf. Glatzen und Springerstiefel waren gestern. Sie siedeln sich in leer stehenden Gebäuden oder in stillgelegten Bauernhöfen an und treffen sich dort ungestört mit ihren national gesinnten Freunden. Sie gründen Bruderschaften oder völkische Kampfgemeinschaften, führen Wehrsportübungen durch, feiern völkische Feste oder veranstalten Konzerte mit rechtsextremen Bands.«

Gundi dachte an Mariele. Die Gastwirtin hatte Männergruppen erwähnt, die bei den Zenkers zu Besuch kamen.

»Es wäre aber falsch, sich das als Angriff auf friedliche Dörfer vorzustellen«, erklärte André weiter. »In Regionen, wo der Bus nur einmal am Tag fährt, wo der nächste Arzt 50 Kilometer weit weg ist und wo es für junge Leute keine Perspektiven gibt, finden die Rechten einen idealen Nährboden. Weil die Menschen sich abgehängt fühlen.«

»Das heißt, die Rechten sind dort willkommen?«

André rieb sich über seinen Dreitagebart. »Die Vereinnahmung der ländlichen Gemeinden beginnt schleichend. Sobald Rechtsextreme sich in den Dörfern angesiedelt haben, bringen sie sich ein. Die Kameradschaften engagieren sich im Dorfleben. Sie eröffnen zum Beispiel die örtliche Gastwirtschaft neu oder treten in die Freiwillige Feuerwehr ein. Sie gestalten den Alltag mit, werden als gute Nachbarn angesehen.«

»Das ist an sich nichts Schlechtes. Man muss ihre politischen Ansichten ja nicht teilen«, warf Gundi ein. »So gesehen sind die Rechtsradikalen die Retter der sterbenden Dörfer.«

Der Kollege lachte dunkel auf. Er schob sich ein Stück Kartoffelknödel in den Mund. »Wie gesagt, es passiert Schritt für Schritt.« André schluckte hinunter. »Ihre Ideen fallen in den Dörfern auf fruchtbare Böden. Wer sich ausgegrenzt fühlt, grenzt oft auch selbst aus. Aber in den mit Rechten durchsetzten Ortschaften bleibt es nicht bei Ressentiments. Die Bruderschaften höhlen die Gemeinschaft aus. Sie kaufen mehr Grundstücke und holen Gesinnungsgenossen ins Dorf. Wer sich ihnen entgegenstellt, wird mundtot gemacht, gemobbt oder vergrault. Nach und nach drücken die Rechten dem Dorf ihren Stempel auf. Sie bekämpfen die demokratischen Strukturen. Kommunale Bürgermeister und andere Mandatsträger treten unter ihrem Druck, manchmal auch nach Drohungen, zurück. Anlass ist oft die Aufnahme von Flüchtlingen. Oder die Debatte darüber. Manchmal reicht es schon aus, wenn einer zur Besonnenheit aufruft oder sich für die Seenotrettung im Mittelmeer ausspricht. Sie werden von den rechten Zugezogenen terrorisiert und bedroht, ihr Hab und Gut wird beschädigt, sie werden gewaltsam attackiert. Die kommunalen Bürgermeister üben ihr Amt ja in den meisten Fällen ehrenamtlich aus. Man kann verstehen, dass man dafür die Sicherheit seiner Familie nicht riskiert.«

»In jedem Dorf gibt es aber auch Bürger, denen ein tolerantes Miteinander wichtig ist, die Flüchtlinge aufnehmen oder Andersdenkende akzeptieren und die Demokratie verteidigen.« Gundi musste an Tonio und Evelyn denken. »Warum wehren die sich nicht? Warum gibt es keinen Widerstand in diesen Orten?«

André überlegte. »Die meisten sind keine Nazis oder Rassisten. Nur wenige haben grundsätzlich etwas gegen Ausländer. Oder Homosexuelle. Eine Tatsache spielt vermutlich dabei eine große Rolle: Es gibt in diesen kleinen Gemeinden keine Anonymität. Hast du das nicht auch oft beklagt?«

Gundi nickte. »Also bleibt auch ihr Widerstand nicht anonym«, schlussfolgerte sie. »Machst du den Mund auf gegen die Nazis im Dorf, hast du es selbst mit Drohungen, Verleumdungen und Gewalt zu tun.«

»Da steht man dann schnell allein da.«

An den Essensausgaben war inzwischen Ruhe eingekehrt, und an den Biertischen sah man zufriedene Gesichter vor leeren Tellern. Der strahlende Herbsttag passte so gar nicht zu der düsteren Zukunft, die sich in Gundis Fantasie für ihr Heimatdorf abzeichnete.

»Auszogne?«, fragte sie, und André grinste.

»Ich will ja nicht ausgebürgert werden.«

»Vieles von dem, was du sagst, könnte auch auf meinen Zenker in Hintersbrunn zutreffen«, nahm Gundi das Gespräch wieder auf, während sie sich den Zucker der traditionellen Nachspeise von den Wangen wischte.

»Er will in meinem Heimatdorf einen alten Bauernhof kaufen und überschüttet die Gemeinde dafür mit Geld. Vor Kurzem hat man dort einen archäologischen Fund gemacht, und jetzt will er dem Dorf ein Heimatmuseum spendieren.«

Dass sie es war, die den Schädel dort entdeckt hatte, verschwieg Gundi. Ihre Annahme, dass auf dem Weimerhof ein ungeklärter Mord stattgefunden haben könnte, kam ihr mit dem heutigen Wissen reichlich absurd vor.

»Aber ist das nicht alles ein wenig an den Haaren herbeigezogen? Übernahme der Dörfer auf dem Land durch rechte Truppen! Das klingt doch nach linker Verschwörungstheorie.« Gundi wollte auf keinen Fall wie Mariele haltlose Schlüsse ziehen. »In meinem Heimatdorf halten sie ihn für einen betuchten Aussteiger, der mit seinem Biolandbau zurück zur Natur will.«

»Auch das passt«, bekräftigte André. »Die National-sozialisten idealisierten das ländliche Leben und beton-ten die Wichtigkeit der Landwirtschaft als Grundlage zur Stärkung des deutschen Volkes. So haben sie vor 85 Jah-ren den Krieg begründet. Mit der Gewinnung von Lebens-raum für die überlegene deutsche Rasse.«

»Ein ziemlich kluger Geschichtslehrer hat mich kürzlich auch auf die ideologischen Gemeinsamkeiten zwischen Biobauern und rechtem Rand hingewiesen.«

»Vorsicht!«, mahnte André. »Zwischen ökologischem Anbau und der Gesundung der deutschen Rasse liegt ein weiter Weg.«

Die beiden machten eine kurze Denkpause.

»Ich weiß einfach nicht, was ich machen soll«, sagte Gundi schließlich mehr zu sich selbst als zu ihrem Kolle-gen. »Der Typ in meinem Kaff ist sicher ein rechtsnatio-naler Spinner, aber ist er auch gefährlich?«

Sie hatte einen Haken hinter Hintersbrunn setzen wol-len, erinnerte sie sich. Dennoch machte sie sich jetzt Sor-gen. Wenn André recht hatte, und Zenker und seine Kum-pane wirklich ihr Heimatdorf übernehmen wollten, dann würde es die Gemeinschaft dort sprengen. Und das hat-ten die Hintersbrunner wirklich nicht verdient.

»Das ist jetzt vielleicht blöd, weil ich ja dein Volontär war«, begann André vorsichtig. »Aber könntest du dir vorstellen, dich meinem Investigativ-Team anzuschlie-ßen? Ich habe auch andere Zeitungen im Boot. Harry Kramer von der Landshuter Zeitung ist dabei. Wir arbei-ten an einer großen Enthüllungsgeschichte über das Netz-werk der Reichsbürger. Ich könnte jemanden gebrauchen, der persönlich Zugang zu einem von denen hat. Hättest du Lust? Schauen, was du in Hintersbrunn über den örtlichen Reichsbürger und seine Connections rausfinden kannst?«

Gundi riss die Augen auf. Das hatte sie nicht erwartet. André, ihr ehemaliger Lehrling, bot ihr einen Job an. Sie fand überhaupt nichts Erniedrigendes daran, wie André anscheinend befürchtete. Im Gegenteil. Sie fühlte sich geehrt, dass er sie noch nicht zum alten Eisen zählte. Und die peinliche Lüge in der Kellerbar bei Ferdl stellte sich dadurch nachträglich sogar als Wahrheit heraus. Sie konnte ihr Glück kaum fassen.

Der beschwingte Heimweg führte Gundi am frühen Abend über das Gärtnerplatzviertel, wo in den Cafés und Bars die Familien ihre Plätze gerade mit den Nachtschwärmern tauschten. Sie war in Hochstimmung und sog die Stadtluft ein, die nach Cappuccino und Pizza roch. Nach dem traditionellen Gansessen hatte sie den Nachmittag mit André in der Redaktion verbracht und sich auf den aktuellen Stand seiner Recherchen bringen lassen. Wie er schon ausgeführt hatte, waren die sogenannten Reichsbürger keine klar umrissene Organisation. Es gab Einzelkämpfer, größere und kleinere Gruppierungen sowie eine Vielzahl von Kleinstgruppierungen. Es gab das »Fürstentum Germania«, die »Interim Partei Deutschland«, die »Republik Freies Deutschland« und unzählige andere. Manche Gruppen kooperierten miteinander, andere konkurrierten. Sie deshalb als harmlose Querulanten oder bloße Spinner zu belächeln, verbot sich allein wegen der offensichtlichen Gewaltbereitschaft, die alle Splittergruppen gemeinsam hatten. Einig waren sich alle Gruppen auch in Folgendem: Sie sprachen nicht mit der Presse.

Sie blieb an einer Fußgängerampel stehen. Wie hier im Viertel inzwischen höchstrichterlich erlaubt, zeigte die Ampel ein rotfarbenes gleichgeschlechtliches Pärchen. Neben ihr am Überweg stand eine ältere Dame, die einen altmodischen Trachtenhut trug, wie man ihn nur noch selten sah. Während Gundi unauffällig die beachtliche Pfauenfeder-Brosche am Filzhut der Frau beäugte, sprang die Ampel auf Grün und zeigte das lesbische Paar Hand in Hand laufen. Die Hutträgerin sah Gundi an. Dann zeigte sie kopfschüttelnd auf das Ampelmotiv. »Jetzt dürf ma da wieder nur zu zweit nübergehen!«, kommentierte sie schelmisch. Dann sah sie sich übertrieben verstohlen nach etwaigen Zeugen um und überquerte die Straße. Gundi blieb für eine Sekunde stehen und sah ihr verdutzt nach. Dann lachte sie laut los.

KAPITEL 12

Wie beim letzten Mal hielt Gundi auf dem Hügel kurz an und schaute hinunter auf ihr Heimatdorf. Das Dorf, in dem schon ihre Großeltern groß geworden waren und das ihr trotz ihrer Abwesenheit noch immer so bekannt vorkam wie eine alte Haushose. Es nieselte, und sie blickte durch die verschwommene Windschutzscheibe, die durch die Wischer im Intervallmodus nur in Abständen einen klaren Blick zuließ. Ein Schatten schien über dem Dorf zu liegen. Oder waren das nur die Regenwolken? Trotz des vertrauten Anblicks spürte sie wieder dieses bedrückende Gefühl in der Brust. Diesmal entstammte es allerdings nicht den Erinnerungen an ihre traurige Kindheit. Es war, als ob das Dorf ihr auflauerte.

Sie hatte sich ausgiebig auf ihren Einsatz vorbereitet und war entschlossen, an Lutz Zenker heranzukommen. Und zwar unvoreingenommen, ermahnte sie sich zum hundertsten Mal, seit sie in München losgefahren war, den Kofferraum voll mit Unterlagen. Eine Mischung aus Aufregung und Zweifel begleitete sie. Sie war sich darüber bewusst, dass Zenker gefährlich war. Und sie ganz allein. 100 Kilometer entfernt von ihrer vertrauten Umgebung, von ihren Freunden und notfalls von Hilfe. Sie fühlte sich wie ein Undercover-Cop in einem amerikanischen Krimi.

Etwas hatte sich tatsächlich verändert an der Dorfsilhouette, fiel ihr auf den zweiten Blick auf: Ein Baukran machte dem himmelwärts strebenden Kirchturm Konkurrenz. Dürr und riesenhaft ragte er über dem Weimerhof auf. Sie ließ das Seitenfenster zur Hälfte herunter und genoss für einen Moment die angenehm frische Luft. Ein paar feine Tropfen kühlten ihre Stirn. Die Stille war heute nicht so alles verschlingend. Der Regen, der zart auf die Wiese neben die Landstraße rieselte, verursachte ein kaum wahrnehmbares Geräusch. Sie atmete ein weiteres Mal tief ein und drehte den Anlasser.

Den Anblick, der sich ihr an diesem Vormittag im Greimerbräu bot, hatte sie nicht erwartet. Hinter der Theke in der menschenleeren Gaststube standen Mariele und ihr Mann, der Bräu, einträchtig nebeneinander und polierten Gläser.

»Ja, was machst denn du schon wieder da?«, begrüßte Mariele sie und verunsicherte Gundi damit sofort. Hätte sie sich ankündigen müssen? Oder nahm ihr Mariele übel, dass sie trotz ihrer Bitten, hierzubleiben, zurück nach München gefahren war? Ein Blick in Marieles Gesicht verriet ihr, dass nichts davon der Fall war. Die Wirtin legte ihr Geschirrtuch auf dem Tresen ab und lächelte sie freundlich an. Anders als der Bräu, der sie mit heruntergefallenem Kinn und in der Bewegung erstarrt grußlos fixierte. Gundi stellte ihren Koffer und ihre zwei Reisetaschen ab.

»Schaut ja so aus, als ob du es diesmal länger aushältst bei uns«, kommentierte Mariele das Gepäck.

»Ich mach eine Reportage über Hintersbrunn«, flunkerte Gundi. »Das Dorf, in dem das Volk der Bayern ihren Ursprung hatte. Das interessiert nicht nur die Einheimischen. Das interessiert ganz Deutschland.«

Der Bräu hatte seine Stirn inzwischen in tiefe Falten gelegt, polierte aber weiter Gläser. Mariele kam hinter dem Tresen hervor, warf ihre Schürze hinter sich und packte den Koffer und eine der beiden Reisetaschen.

»Ich hab die Zimmer inzwischen fertig«, plauderte sie und ging voraus. »Wennst magst, kannst unsere ›Suite‹ haben.«

»Ihr habt eine Suite?«

»Das größte Zimmer halt. Mit einer Couch und einer Kochnische.«

Die Gastgeberin hüpfte trotz des schweren Gepäcks die Treppe im Gang vor der Gaststube hoch und führte Gundi in einen Raum am Ende des Flurs, der sogar einen kleinen Balkon hatte. Ein offener Durchgang führte zu einer Küche, und es gab ein kleines Badezimmer.

»Ist bei euch jetzt der Reichtum ausgebrochen?«, scherzte Gundi, und Mariele wandte sich bescheiden lächelnd ab, um die Balkontür zu öffnen und frische Landluft hereinzulassen.

Gundi mochte das Zimmer sofort. Ein bemalter Bauernschrank stand in der Ecke, ein modernes Boxspringbett daneben an der Wand, und vor der Couch, die nach Ikea aussah, lag ein lustiges Kuhfell. »Ich werde einen Tisch zum Arbeiten brauchen, Mariele, einen Schreibtisch, geht das?«

»Natürlich«, antwortete die Gastgeberin stolz. »Ich lass den Bast gleich einen bringen.«

»Geht es wieder besser mit euch zwei?«, fragte Gundi neugierig, ließ sich auf der Bettkante nieder und deutete auf die Couch. »Setz dich her.«

»Uns geht's alle besser, seit der Lutz Zenker den Weimerhof übernommen hat«, antwortete Mariele und strich die rustikale Decke über der Sofalehne glatt.

»Du hast dich also auch mit ihm abgefunden?« Gundi konnte die Kehrtwendung von Mariele nicht ganz nachvollziehen. Vor Kurzem hatte die Gastwirtin dem zuagroasten Sachsen noch Kindesmissbrauch unterstellt. Was um Himmels willen war hier passiert?

»Mit dem Geld von Herrn Zenker kriegen wir bessere Straßen und vielleicht sogar ein Hallenbad. Wenn das Museum steht, werden Touristen kommen. Die Zimmer sind schon fertig, und die Wirtsstube wird als Nächstes modernisiert ...«

»Und was ist mit deinen Träumen von einem Café im Weimerhof und Veranstaltungen?«

»Mach ich jetzt alles hier. Ich werde in der Gaststube ein Bistro einrichten, und der Saal oben kommt auch noch dran.«

»Ich hab geglaubt, das geht alles nicht, wegen dem Geld und weil der Bast sich querstellt?«

Mariele beugte sich verschwörerisch vor. »Die Wiesn hinterm Weimerhof, die hat uns gehört.«

Gundi hielt den Atem an.

»Ich hab sie dem Herrn Zenker verkauft.« Mariele grinste verschmitzt.

»Und das hat bewirkt, dass ihr euch wieder besser versteht, der Bast und du?«

»Der Lalle wollte zuerst ein Geschäft an mir vorbei machen. Wollt sich mit ein paar Tausender zufriedengeben für die Zufahrt. Ich war halt schon immer die bessere Geschäftsfrau.«

Gundi verstand. Ein Nebengeschäft mit dem finanzkräftigen Zenker. Was sie noch nicht verstand, war die plötzliche Eintracht der Eheleute. »Und jetzt ist der Bast plötzlich von deinen Plänen begeistert?«

»Naa. Wir lassen uns scheiden. Sobald alles hier fertig ist, darf er zu seine Hula-Madln fahrn.«

Am Nachmittag ließ der Regen endlich nach, und Gundi hatte ihre Sachen ausgepackt. Sie plante, so lange zu bleiben, wie es dauerte, um mehr über die Hintermänner und Absichten von Zenker herauszufinden. Bis sie Namen hatte und seine Verbindungen in die Reichsbürgerszene kannte. Mit André hatte sie vereinbart, dass er sich sofort an die Behörden wenden würde, sollte sie geplanten Anschlägen auf die Spur kommen. Gerade als sie sich zu ihrer Begrüßungstour durch Hintersbrunn aufmachen wollte, stand der Bräu vor ihrer Zimmertür. Er brachte einen kleinen Schreibtisch für sie.

»Für die Stadtschreiberin«, sagte er abfällig. Eine Sekunde lang war sie versucht, ihm die Leviten zu lesen, wegen Franz und seines Hackl-Toni-Spuks. Es ärgerte sie, dass der boshafte Bast Greimer als Gewinner aus dieser Sache hervorgegangen war. Erst hintertrieb er die Pläne seiner Frau, um hinter ihrem Rücken abzukassieren, und jetzt profitierte er sogar noch mehr durch ihre Geschäftstüchtigkeit. Und wurde obendrein seine Ehefesseln los. Die Welt war einfach ungerecht. Doch Gundi hielt den Mund. Sie war bei ihrem Vorhaben hier im Dorf auf sich allein gestellt, nachdem auch Mariele übergelaufen war, und brauchte keine neuen Fronten. Was sie dagegen brauchte, waren Lebensmittel, um nicht jeden Abend auf Marieles limitierte Kochkünste angewiesen zu sein.

Ihr erster Gang führte sie zu Franz. Erst vor seinem Haus bemerkte sie, was ihr beim Vorbeifahren im Regen nicht aufgefallen war: Franz hatte einen Teil der Front des alten Bäckerhauses dunkelblau überpinselt. Sie betrat den ehemaligen Verkaufsraum der Bäckerei, aber Franz war nicht da. Auch hinten in der Werkstatt fand sie ihn nicht, der Unimog war verschwunden. Vielleicht war er ja drüben bei der Liesi, da wollte sie sowieso hin.

»Ja, was machst denn du schon wieder da?«, begrüßte auch Liesi sie. Im Gegensatz zu Mariele machte Liesi allerdings kein freundliches Gesicht, und Gundi beschlich das Gefühl, nicht willkommen zu sein. »Was darf's denn sein?«, fragte die Ladenbesitzerin förmlich.

Gundi erinnerte sich an ihren letzten Besuch. Damals hatte ihre alte Schulfreundin ihr vorgeworfen, hochnäsig zu sein. Sie hoffte, dass diese Diskussion nicht erneut aufflammte.

»Ich brauch ein paar Lebensmittel, weil ich eine Weile hierbleiben werde, in Hintersbrunn«, antwortete sie und bemühte sich um einen versöhnlichen Ton. »Ich mach eine Reportage über die erste Bajuwarin und die Geschichte des Dorfes«, log sie so beiläufig wie möglich, während sie die Auslage begutachtete. Sie wollte den Streit begraben. Und sicherstellen, dass Liesi ihre nächste Leberkässemmel nicht heimlich bespuckte. Wenn man mit jemandem aufgewachsen war, wusste man vieles.

Als sie aufblickte, stand Dr. Husterl in seiner ganzen Schönheit neben Liesi. Er war offenbar aus dem Gang zu Liesis Wohnräumen aufgetaucht, als hätte er sich kurz zuvor dort verborgen.

»Alle Fragen zum Fund und zum Museum gerne an mich«, verkündete er und lächelte einladend, wenn auch ein bisschen wichtigtuerisch.

»Oh!«, entfuhr es Gundi überrascht. »Ich würde mich freuen, wenn Sie Zeit für ein Interview haben.«

»Der Xaver ist der neue Museumsdirektor«, erklärte Liesi und warf Gundi einen triumphierenden Blick zu.

»Zu Ihrer Verfügung«, ergänzte er und deutete eine Verbeugung an. »Vielleicht mögen Sie auch über die anstehende Grundsteinlegung für unser Heimatmuseum schreiben?«

»So weit seid ihr schon?«

»Ist nicht alles so verschnarcht, wie du glaubst, bei uns auf dem Land«, antwortete Liesi spitz.

»Das habe ich nie gesagt, Liesi.«

Liesi blinzelte ertappt.

»Am Wochenende legen der Landrat Thomas Brosamer und ich den Grundstein für unser neues Haus der bajuwarischen Frühbesiedlung«, meldete sich Dr. Husterl wieder zu Wort. »Die Presse ist herzlich eingeladen.«

Gundi hob die Augenbrauen. »Und ich dachte, Lutz Zenker ist der große Zampano in Sachen Museum.«

»Stifter, Finanzier und Förderer«, berichtigte Husterl. »Herr Zenker ist wirklich sehr großzügig.« Ein überheblicher Zug erschien auf seinen Lippen. »Aber er hat keinen wissenschaftlichen Sachverstand.«

Gundi musterte den Fachmann aus Landshut. Was versprach er sich hier im Ort? Machte Husterl mit Zenker gemeinsame Sache? Oder war es das warme Bett bei der sicher sehr sinnlichen Liesi? Was der Kramerin an ihm gefiel, war sonnenklar: Husterl hatte etwas von einem Latin Lover. Und er stellte etwas dar. Das hatte Liesi immer schon angezogen. Gundi konnte ihn nicht leiden. Aber vielleicht war sie durch Franz' Liebesleid in ihrer Beurteilung voreingenommen. Sie hielt den gebildeten und gut aussehenden Landkreis-Archäologen, der nun Museumsdirektor werden sollte, für einen Laffen.

Nachdem sie Liesis Sortiment begutachtet hatte, bestellte sie Aufschnitt von der Salami und vom Emmentaler. Aus dem Regal griff sie eine Packung Eiernudeln.

»Vielleicht mein Bärlauch-Pesto dazu?«, fragte Liesi und stellte ein Einmachglas mit grünem Inhalt auf den Tresen, das mit einem rot-weißen Stofftüchlein bedeckt war. »Naturrein aus niederbayerischen Wäldern«, fügte sie hinzu und klang wie ein Werbespot im Radio.

»Schmeckt einfach lecker!«, bekräftigte der Laffe. Gundi nickte und dachte an Franz, der Liesi mit Kräutern, Beeren und Pilzen versorgte, die er in der Gegend fand. Die dunkelgrüne Soße sah wirklich appetitlich aus.

»Weißt du, wo der Franz ist?«, fragte sie.

Liesi schüttelte den Kopf. »Seit er meinen Parkplatz fertig gemacht hat, hab ich ihn kaum mehr gesehen. Aber der Franz verschwindet gern mal für ein paar Tage, wenn ihm was über die Leber gelaufen ist.«

Gundi wusste das. Das war schon so gewesen, als Franz noch Ministrant war. Wenn ihm der Spott zusetzte, oder wenn er sich über etwas klar werden musste, dann zog er sich in die Wälder rund um Hintersbrunn zurück. Im Wald fühlte er sich sicher. Gundi glaubte, dass er auf Hochsitzen campierte oder sich vielleicht irgendwo einen Unterschlupf gebaut hatte. Aber immer war er nach zwei Tagen zurück, bestens gelaunt, und machte da weiter, wo er aufgehört hatte. Sie nahm an, dass er sich bei seinen Bäumen im Wald mit der Anwesenheit von Husterl anzufreunden versuchte. Vielleicht sollte sie sich an ihrem Freund ein Beispiel nehmen, schoss ihr in den Kopf. Und sich in Bezug auf Kone einmal zum Nachdenken zurückziehen.

»Magst ihn anschauen, meinen Parkplatz?«, fragte Liesi und klang etwas versöhnlicher.

»Ein andermal, Liesi«, antwortete Gundi erleichtert. »Heut muss ich noch was arbeiten. Dein Pesto nehm ich aber gerne.«

Beim Verlassen des Ladens fiel Gundis Blick erneut auf die grob überstrichene Front gegenüber, und sie drehte sich noch einmal um.

»Warum hat denn der Franz seine Hausfront dunkel übermalt?«

Liesi, die ihr gerade noch nachgelächelt hatte, machte unvermittelt ein Gesicht, als hätte sie in eine Zitrone gebissen. »Ein paar Lausbuben haben ›Spastis nach Dachau‹ auf die Wand gesprüht.«

Gundi nickte und trat ins Freie. Sie hoffte, dass Franz nicht wieder in den Sumpf gegangen war.

Nachdem sie ihre Einkäufe in ihrem Luxusdomizil über der Gaststätte verstaut hatte, machte sie sich auf den Weg zu den Lehrern. Insgeheim wünschte sie sich, dass wenigstens diese beiden nicht auch schon von Zenkers Geldsegen profitierten.

Zu ihrer Überraschung bat man sie zu Tisch. Es gab Huhn in Rotwein mit Weißbrot, und Evelyn erzählte vom Urlaub in Frankreich. Tonio kredenzte seinen mitgebrachten Burgunder und dozierte ausgesprochen unterhaltsam über die wechselhafte Geschichte des Landstrichs, gespickt mit jeder Menge lustiger Anekdoten über die historischen Grabenkämpfe der Winzer. Gundi wurde bewusst, was für ein guter Lehrer er gewesen sein musste. Sie langte kräftig zu, und zum ersten Mal, seit sie heute die Gemeindegrenze passiert hatte, fühlte sie sich in Hintersbrunn willkommen. Nach dem Essen luden die Gastgeber auf die Couch zum Joint, den Gundi auch diesmal ablehnte. Stattdessen kam sie auf den Grund ihres Besuchs zu sprechen.

»Was haltet ihr von der neuen Entwicklung hier in Hintersbrunn?«

»Du meinst die Wiege der Bajuwaren?«, fragte Tonio mit schiefem Grinsen zurück und nahm einen tiefen Lungenzug.

»Ich meine Husterl. Und Zenker. Man hat einen historischen Schädel gefunden und ist sich sofort klar, dass er von der ersten Bayerin stammen muss. Und – schwupps – gibt's ein Heimatmuseum samt Museumsdirektor und Suiten beim Greimerbräu. Finanziert von einem Einwohner, den vor drei Jahren noch niemand kannte.«

Tonio blies langsam Rauch aus. »Hat vermutlich was mit Wichtigtuerei zu tun.«

Gundi wandte sich an Evelyn, die ihre eigene Tüte rauchte. »Wie genau ist das denn abgelaufen, nachdem die Polizei da war?«

»Zwei Tage nach dieser Nacht rückten Fachleute vom Landesamt an. Es sprach sich herum, dass es sich um einen historischen Fund handeln musste. Plötzlich war dieser Dr. Husterl da. Er nannte sich Landesarchäologe und tat furchtbar wichtig. Girgl Bernleitner hat Purzelbäume geschlagen. Den Rest kennst du. Als sie auf der Bürgerversammlung die Wiege der Bajuwaren ausriefen, warst du ja dabei.«

Tonio setzte ein Clownsgesicht auf. »Olé, olé, der erste Bayer war ein Hintersbrunner! Dabei ist das Isotopen-Gutachten noch gar nicht fertig.«

Evelyn bekam einen Lachanfall.

Gundi machte große Augen. »Heißt das, das ist alles noch gar nicht sicher?«

»Der Husterl ist auf alle Fälle kein Experte für frühes Mittelalter«, wusste Tonio und zuckte mit den Schultern.

»Also habt ihr Zweifel an der ganzen Sache?«

Tonio legte seinen Joint beiseite. »Fragst du dich nicht auch, wie ein Schädel aus dem 5. Jahrhundert unter dem Türstock eines Hauses liegen kann, das erst im 17. Jahrhundert erbaut wurde?«

Gundi musterte die beiden. Die Lehrer waren bekifft, aber sie hatte nicht den Eindruck, dass sie nicht mehr klar im Kopf waren. Vielleicht ein bisschen zu gelassen für alarmierende Nachrichten. Sie nahm einen großen Schluck Rotwein, bevor sie ihre Recherchen offenlegte.

»Tonio, hast du nicht gesagt, dass es in der Ökologie-Bewegung rechte Tendenzen gibt?«

»Ideologische Schnittmengen«, verbesserte Evelyn.

Tonio nickte und sah Gundi fragend an.

»Der Zenker ist so einer. Ein Rechter. Ein Reichsbürger. Alles andere ist Lüge.«

»Du meinst, so einer wie die, die neulich bei dieser deutschlandweiten Razzia verhaftet worden sind?«

Gundi nickte. »Ich habe den Verdacht, dass der Zenker die Vorhut einer Übernahme des Dorfes durch Rechtsextremisten ist.«

Die beiden ehemaligen Lehrer waren auf einen Schlag nüchtern.

KAPITEL 13

Wieder riss sie das frühmorgendliche Glockengeläut aus dem Schlaf. Sie schickte ein stilles Halleluja an Mariele, als sie entdeckte, dass die Wirtin die kleine Küche im Zimmer mit einer Kaffeemaschine und Kaffeepads ausgestattet hatte.

Heute war der Tag, vor dem sie Bammel hatte. Während ihrer Vorbereitungen in München hatte Gundi zwei E-Mails an Zenker geschickt und um einen Interviewtermin gebeten. Aber sie hatte keine Antwort bekommen. Deshalb wollte sie ihn heute direkt konfrontieren. Sie hatte lange Zeit wach gelegen in der ersten Nacht in ihrer »Suite« beim Greimerbräu und hatte danach schlecht geschlafen. Nach dem Abendessen bei Tonio und Evelyn hatte sie sich bis spät in einer neuen Recherche von André vergraben. Seine Unterlagen dokumentierten das kürzliche Schicksal eines Dorfes in Sachsen-Anhalt. Dort hatten sich völkische Siedler niedergelassen und nach und nach Grundstücke und kleine Geschäfte aufgekauft. Sie hatten einen Verein zur »wesensgerechten Lebensführung« gegründet, Julfeste und Sonnwendfeiern veranstaltet und zelebrierten heidnisch-germanische Bräuche. Von den Dorfbewohnern waren sie zunächst als gute Nachbarn angesehen worden, weil sie sich zu Brauchtum und Tradition bekannten. Es kamen immer mehr Gesinnungsgenossen in den Ort und ein Schulungszentrum für rechtsgerichtete Gruppen entstand. Dann forderten die vermeintlich engagierten Neu-

bürger vom Gemeinderat eine Verordnung zur »gleich-
gearteten Gattenwahl« und hebelten den Bürgermeister
aus dem Amt. Bewohner, die sich jetzt gegen sie stellten,
wurden verleumdet und bedroht. Gundi fand, dass man
durchaus Parallelen ziehen konnte zu Lutz Zenker, dem
Heimatmuseum und dem Bajuwarenkult. Wenn das Dorf
in Sachsen-Anhalt ein Muster war, dann stand es schlecht
um ihr Hintersbrunn.

Bevor sie Zenkers »Neuschwanstein« einen Besuch abstat-
tete, lief sie an der Ampel, die heute ausgeschaltet war, vorbei zu ihrem Elternhaus. Sie wollte nachschauen, ob Franz
wieder da war, aber nach wie vor fehlte jede Spur von ihm.
Musste sie sich Sorgen machen? Sie überquerte die Straße
und sah hinter Liesis Kramerladen auf dem neuen Parkplatz nach. Vielleicht verrichtete er dort letzte Arbeiten.
Es stand nur ein einsamer BMW darauf. Mit Hamburger
Kennzeichen.

Sie ging zurück zur Straße und betrat den Laden.

»... dass die an der Regierung für jeden dahergelaufenen
Neger mehr übrig haben als wie für uns«, hörte sie erschrocken, bevor das Glöckchen über der Ladentür das Gespräch
unterbrach. Alois Münchinger, der verkrachte Dorfschreiner, stand vor der Theke und schimpfte. Gundi mochte ihn
nicht besonders. Er war schon als Bub einer gewesen, der
immer auf der Seite der Angeber stand. Der sich im Wind-
schatten derer, die den Ton angaben, Vorteile versprach. Sie
nickte zur Begrüßung und wandte sich den Regalen zu.

»Wir hier auf dem Land werden vergessen«, schimpfte
Alois weiter. »Die wollen uns ausbluten lassen. Die großen Konzerne übernehmen alles. Und wir kleinen Handwerker und Betriebe können schauen, wo wir bleiben.«

»In Haunzenberg soll jetzt auch ein Netto kommen«, antwortete Liesi.

Alois schnaubte. »Was soll denn da ich erst sagen? Wenn hier einem die Schranktür kaputtgeht, dann fährt er zu Ikea und kauft sich einen neuen Schrank.«

»Und das Problem soll die bayerische Staatsregierung lösen?«, mischte sich Gundi ein, und Alois fuhr herum.

»Natürlich, die Stadterin wieder«, fauchte er. »Immer gscheid daherreden.«

»Immer nur gegen die treten, die noch weniger haben, bringt auch nicht wirklich viel.«

»Was soll denn des jetzt bedeuten?«

»Deine *Neger*«, antwortete Gundi und setzte das rassistische Schimpfwort in der Luft in Gänsefüßchen, »von denen du glaubst, dass sie dir was wegnehmen.«

Alois wandte sich an Liesi, um sich Bestätigung abzuholen. »Was hab ich gesagt? Man darf heutzutage einfach nichts mehr sagen!«

Mit diesen Worten packte er seine eingepackten belegten Semmeln und rauschte ab, die strafenden Augen auf Gundi gerichtet. Das Glöckchen bimmelte. Gundi sah Liesi fragend an.

»Bei mir im Laden darf man alles sagen«, antwortete sie auf die ungestellte Frage. »Der Alois ist bestimmt kein Rassist.«

Gundi seufzte. Eigentlich wollte sie sich ja nur erkundigen, ob Liesi etwas von Franz gehört hatte. Hatte Liesi nicht.

Als sie zurück zu ihrem Auto ging, das sie unter der Linde vor dem Greimerbräu geparkt hatte, bemerkte sie, dass die Ampel gar nicht einfach nur ausgeschaltet war. Sie war beschädigt. Mehrere der Leuchten und deren Abdeckungen waren zerstört. Sie blieb stehen und begutachtete den Defekt. Jemand musste mit einem Stein oder einer Stange auf die Signalanlage eingedroschen haben. Lange hielt sie sich nicht auf. Sie wollte Zenker zu Hause erwischen, bevor er sich auf seine Baustelle begab, wo er ihr im Beisein der Arbeiter ihre Fragen sicher nicht beantworten würde. Als sie ihre Autotür öffnete, blickte sie auf das Schulhaus und musste laut lachen. Die Lehrer hatten eine Regenbogenfahne gehisst.

Langsam fuhr sie den kurzen Weg auf der Landstraße und bog an der bekannten Stelle in Zenkers Zufahrt ein. Von Weitem sah sie, dass vor dem Haus mehrere Autos parkten. Sie ging vom Gas und rollte noch ein paar Meter, bevor sie vor dem Fuhrpark zum Stehen kam. André hatte ihr eine Kamera mitgegeben, und sie fotografierte von ihrem Sitz aus die Wagen. Auf den Nummernschildern befand sich auffallend oft die 88. Ein Code aus der rechten Szene. Der achte Buchstabe des Alphabets war das H, 88 stand für HH, Heil Hitler. Auch die 18 gab es häufig: AH. Adolf Hitler. Ihre Hände schwitzten. Wie aus dem Hinterhalt befielen sie Zweifel. Worauf hatte sie sich nur eingelassen? Plötzlich fühlte sie sich der Aufgabe, die sie hier hatte, nicht mehr gewachsen. Sie hätte Verstärkung mitnehmen sollen. Für einen Moment schloss sie die Augen und versuchte, ihren Atem zu beruhigen. Dann steckte sie die Kamera zurück in ihre Tasche auf dem Beifahrersitz, griff nach dem Aufnahmegerät, holte noch einmal tief Luft und stieg aus. Es war still auf dem Gelände, kein Rascheln der Blätter in den Bäumen, die am Wegrand standen, kein Vogelgezwitscher. Die meisten Rollläden der Hausfront waren heruntergelassen. Mit etwas zu weichen Knien betrat sie den Kiesweg, der zur Treppe am Eingang des Anwesens führte, und hatte sofort das Gefühl, weit hörbaren Lärm zu verursachen. Jede Sekunde erwartete sie Zenker an der Tür mit seinem Gewehr. Ungeschützt, wie sie war, konnte er sie hier einfach abknallen wie einen Hasen auf freiem Feld. Aber nichts geschah. An den Löwenköpfen vorbei erreichte sie am Ende der Stufen unbeschadet die Haustür. Sie atmete auf. Nun musste sie nur noch die Klingel betätigen, ohne weitere angstvolle Gedanken zuzulassen. Sie hörte die Glocke im Inneren des Hauses und lauschte auf Geräusche. Es blieb still. Hatte sie sich geirrt, und Zenker war nicht da? Urplötzlich wurde die Enttäuschung über diese Möglichkeit stärker als ihre Angst. Entschlossen drückte sie erneut auf den Klingelknopf. Dann noch mal und noch mal. Sie hörte Schritte. Ein zerknautschtes Gesicht tauchte im Türspalt auf, und sie hätte den Hausbesitzer beinahe nicht erkannt.

»Ja?«, fragte er müde, und Gundi wehte eine Bierfahne ins Gesicht. Offenbar hatte man gestern gefeiert, was die vielen Autos vor dem Haus erklärte. Die Gäste lagen vermutlich noch in ihren Betten, und den Hausherrn hatte sie aus dem Schlaf gerissen. Gundi nutzte das Überraschungsmoment sofort.

»Herr Zenker, stehen Sie auf dem Boden unseres Rechtsstaates?« Sie hielt ihm ihr Mikrofon unter die Nase.

»Was?«, stammelte er und wurde langsam wach. »Was wollen Sie?«

»Auf Ihrem YouTube-Kanal erkennen Sie die Bundesrepublik Deutschland nicht an und bezeichnen sich als Bürger des Deutschen Reichs. Zahlen Sie Steuern, Herr Zenker?«

Zenker wischte sich mit seiner beachtlich großen Hand

den Schlaf aus dem Gesicht, und eine Zornesfalte erschien auf der Stirn. »Was machen Sie auf meinem Grund und Boden?«

»Planen Sie, in Hintersbrunn einen unabhängigen Staat zu gründen? Oder eine völkische Siedlung?«

»Wer ist das?«, vernahm Gundi eine Stimme im Hausinneren. Eine Gestalt tauchte aus dem Dunkel auf. Zenker drehte sich zu ihr um. »Die dreckige Schnüfflerin, von der ich euch erzählt habe.«

Zenkers Gast drückte sich am Hausherrn vorbei und baute sich vor Gundi auf. Er trug einen oberlehrerhaften Klobrillenbart und ein schwarzes T-Shirt mit dem Schriftzug »Mehr Spaß im Osten«. Darunter meinte Gundi, das Bild einer Straßenschlacht auszumachen.

Der bullige Mann begann unvermittelt, sie anzuschreien. »Was machst du hier, du Ratte?«, brüllte er und spuckte ihr dabei kleine Tröpfchen ins Gesicht. Er machte einen weiteren Schritt auf Gundi zu, und sie wich zurück. »Hau ab! Hau ab! Hau ab!«, bellte er.

In diesem Moment bemerkte Gundi einen dritten Mann, der offenbar aus der Garageneinfahrt im Granit unterhalb der Treppe kam. Er trug ein Kapuzenshirt und einen Baseballschläger und ließ an seiner Zielsetzung keinen Zweifel aufkommen. Er klopfte mit dem Schläger in der einer Hand rhythmisch in die Fläche seiner anderen und bewegte sich langsam auf sie zu. Gundis Mund wurde trocken. Sie erkannte, dass die Männer sie in die Zange nehmen wollten. Sobald der Baseballschläger den Fuß der Treppe erreicht hätte, wäre sie eingekesselt.

Sie nahm ihren ganzen Mut zusammen. »Herr Zenker, möchten Sie ein Statement abgeben zu Ihrem Vorhaben in Hintersbrunn? Das Heimatmuseum?«

Zu ihrer Überraschung grinste Zenker und hob gebieterisch eine Hand. Der Mann mit dem Holzschläger blieb stehen. Hinter ihm tauchte in der Einfahrt zur Tiefgarage ein weiterer Schwarzgekleideter auf. Auch er hatte etwas Längliches in der Hand, aber Gundi hatte keine Zeit, es zu identifizieren. Zenkers Gesicht erschien zwei Zentimeter vor ihrem, und in seinen Augen lag blanker Hass. »Du widerliche kleine Zecke«, flüsterte er. »Wenn du noch mal hier auftauchst, knüpfe ich dich am nächsten Baum auf.«

Sie trat den Rückzug an. Diesmal stolperte sie nicht. Sie trat rückwärts eine Treppenstufe nach unten und drehte sich um. Obwohl ihr das Herz bis zum Hals schlug, schritt sie mit erhobenem Haupt langsam die Stufen hinunter. Gleichzeitig bewegten sich die beiden Männer aus der Garage auf sie zu. Sie würden sie auf dem Weg zum rettenden Auto abfangen, das war so gut wie sicher.

»Ich mach dich fertig, du Schmeißfliege! Du bist tot, hörst du mich?«, dröhnte Zenker hinter ihr. Da konnte sie nicht mehr und begann zu laufen. Im Augenwinkel sah sie, dass die beiden Männer mit den Knüppeln die Verfolgung aufnahmen. Sie rannte um ihr Leben. Sie würde das Auto nicht erreichen, das wusste sie. Vorher würde die Schlägertruppe sie eingeholt haben und zu Tode prügeln. Aber das Wunder geschah. Sie erreichte ihren Wagen, riss die Tür auf, sprang hinein und verriegelte ihn von innen. Hatten sie sie absichtlich entkommen lassen? Durch die Frontscheibe starrte sie mit weit aufgerissenen Augen in hämisch grinsende Gesichter. Sie atmete schwer. Einer von den Verfolgern begann, das Auto zu umkreisen. Dabei trommelte er mit seinem Baseballschläger auf das Dach. Gundi verfolgte seinen Weg über den Rückspiegel. Bumm! Ein dumpfer Schlag ließ sie zusammenzucken. Der andere Mann hatte mit der Faust auf ihre Motorhaube geschlagen, lag jetzt halb darauf und stieß mit verzerrtem Gesicht einen markerschütternden Kampfschrei aus. Panik erfasste sie. Sie konnte nicht mehr klar denken, drehte den Anlasser, legte den Rückwärtsgang ein und trat das Gaspedal durch. Es war ihr egal, ob sie einen der beiden Angreifer überfahren würde. Als sie mit heulendem Motor am Ende der Zufahrt angekommen war, stoppte sie. Sie hatte niemanden überfahren. Die beiden Männer waren stehen geblieben und feixten. Einer von ihnen deutete mit der bloßen Hand einen Schuss auf sie an. Der andere stand nur breitbeinig da, stützte sich mit beiden Händen auf seinen Holzschläger und lachte laut. Gundi schaltete in den Vorwärtsgang und flüchtete. Sie sah nur nach vorn und raste mit einem Affenzahn auf das rettende Hintersbrunn zu.

Erst als sie die Tür ihres Zimmers im Obergeschoss des Greimerbräu hinter sich zusperrte, fühlte sie sich wieder einigermaßen sicher. Sie setzte sich auf ihr Bett und begann am ganzen Körper zu zittern. Noch nie hatte sie so eine schreckliche Angst verspürt. Die Todesangst, die ihr diese Kerle eingejagt hatten, saß ihr in allen Knochen. Sie hatte wirklich geglaubt, totgeprügelt zu werden. Wie hatte sie nur so dumm sein können, sich allein auf Zenkers Hoheitsgebiet zu wagen? Ein Impuls sagte ihr, sich einfach ins Auto zu setzen und zurück nach München zu fahren. Wo sie in Sicherheit war. André würde es hoffentlich verstehen. Sie war einfach nicht mutig genug für so einen Job. Die restlichen Stunden des Tages verbrachte sie mit hochgezogenen Beinen auf dem gemachten Bett ihres Zimmers. Sie verspürte weder Hunger noch Durst.

Sie weinte vor Erschöpfung, aus Erleichterung und aus Scham. Irgendwann schlief sie ein.

In der Nacht wurde sie von einem Geräusch geweckt. War da jemand im Hof? Im Dunkeln schlich sie zur offenen Balkontür, duckte sich und bewegte sich in der Hocke ins Freie. Vorsichtig spähte sie über die Balustrade in den Hinterhof. Im Camper des Bräu brannte Licht. Heckte Bast mit Zenker etwas gegen sie aus? Plötzlich fühlte sie sich auch in ihrer »Suite« nicht mehr sicher. Zurück vom Balkon schloss sie die Glastür und schob den Schreibtisch davor. Den Stuhl ihres Arbeitsplatzes klemmte sie sicherheitshalber unter die ohnehin verschlossene Zimmertür. Dann setzte sie sich aufs Bett und starrte in die Dunkelheit.

KAPITEL 14

Sie musste doch noch mal eingeschlafen sein. Gundi erwachte wie gerädert, und der neue Tag blendete durch das Fenster. Stöhnend drehte sie sich gegen die Wand und versuchte, wieder wegzudösen, doch nur Sekunden später waren die gestrigen Ereignisse wieder präsent. Sie öffnete die Augen. Mit dem Blick zur Decke ließ sie ihren Besuch bei Zenker Revue passieren. Sie hatte wirklich geglaubt, dass ihr letztes Stündlein geschlagen hätte. Und dann die Panikattacke in der Nacht. Beim Blick auf die mit Tisch und Stuhl verrammelten Türen kam sie sich ziemlich jämmerlich vor. Endlich richtete sie sich auf.

Sie hatte in ihren Klamotten geschlafen. Wie in Trance stand sie auf, streifte die durchschwitzten Kleider vom Leib und stellte sich eine Ewigkeit lang unter die heiße Dusche. Danach ging es ihr besser. Während sie ihre Haare trocknete, nahm sie sich vor, sich zusammenzureißen. Zenker und seine Männer mochten brutale Kerle sein, aber sie waren nicht unbesiegbar. Kurz überlegte sie, zur Polizei zu gehen und den Vorfall anzuzeigen, verwarf den Gedanken aber sofort wieder. Sie hatte für die Drohungen der Männer keine Zeugen. Außerdem war sie nicht deswegen hier. Sie hatte einen Auftrag. Jetzt, frisch geduscht und im Licht des neuen Tages, war sie froh, gestern nicht bei André angerufen und einen Rückzieher gemacht zu haben. Sie wollte ihren Job erledigen: Die Wahrheit über Zenker und seine Genossen herausfinden, seine finsteren Absichten offenlegen und ihm das Handwerk legen. Sie hatte am eigenen Leib gespürt, wie es sich anfühlte, das Opfer von Drohungen, Gewalt und Hass zu sein. Man fühlte sich nicht nur wehrlos, sondern man schämte sich auch noch dafür. Das durfte nicht passieren in ihrem Dorf. Dafür war sie zurückgekommen nach Hintersbrunn. Sie war hier, um ihr Heimatdorf vor Zenker zu retten.

Ein mächtiges Gurgeln machte sich in ihrem Bauch bemerkbar. Gestern hatte sie den ganzen Tag nichts gegessen, und der Hunger überfiel sie wie ein Raubtier. Sie zog sich an und stieg die Treppe hinunter. Kurz vor der Tür zur Gaststube hielt sie beim Gedanken an kesselfrische Weißwürste inne. Mindestens drei Stück und ein Bier dazu, wie es sich gehörte. Aber sie überlegte es sich anders. Sie musste sich in den Griff bekommen und würde sich jetzt und heute wirklich ein gesundes Frühstück holen.

Die Glocke über der Ladentür bimmelte, um auf Kundschaft aufmerksam zu machen, aber Liesi stand ohnehin hinter ihrer Theke. Sie verzierte einen flachen Korb voller Steinpilze mit Büscheln von Petersilie.

»Ist der Franz wieder da?«, fragte Gundi beim Anblick der appetitlichen Schwammerl.

»Die hat er mir grad gebracht«, antwortete Liesi reserviert.

Zumindest das blieb, wie es immer war in Hintersbrunn: Franz hatte im Wald neuen Mut gefasst und Beute mitgebracht.

Gundi stand eine ganze Weile unschlüssig vor der Gemüseauslage und bewunderte die schönen Farben der Paprikaschoten. Es gab rote, grüne und gelbe. Sie schmeckten super mit Hüttenkäse. Und bestimmt hatte Liesi auch irgendwo eine Packung Müsli im Regal stehen. Zu diesem Zeitpunkt hatte ihre Nase es aber längst an den Bauch gemeldet: Warmer Leberkäs befand sich im Raum. Die Entscheidung war gefallen, noch bevor sich Gundi ihrer bewusst wurde. Sie drehte sich zur Theke. In der Warmhaltevorrichtung hinter Liesi, neben einem Korb mit Semmeln, sah sie ihn. Einen großen Laib braun gekrustelten Leberkäs.

»Möchtest du eine Leberkassemmel?«, hörte sie. So musste sich Odysseus gefühlt haben, als er dem Gesang der Sirenen lauschte. Gundi nickte verzückt.

»Hast du gesehen, was mit unserer Ampel passiert ist?«, fragte Liesi, während sie das dampfende Glück nach vorne auf das Schneidebrett holte.

Auf dem Weg hierher war Gundi aufgefallen, dass die kaputte Lichtanlage mit einem rot-weißen Band umspannt war, und sie erinnerte sich: Die Leuchten waren demoliert worden.

»Ja. Sie ist beschädigt worden.«

»Jemand hat sie mit Absicht kaputt gemacht.«

»Weiß man, wer?«

»Du bist gut. Glaubst du, da hängt jemand sein Adressschild hin?« Liesi griff nach der Alufolie.

»Du brauchst sie nicht einpacken, ich ess sie gleich hier.« Gundi biss in die fingerdick belegte Semmel und mampfte mit geschlossenen Augen, während sich Liesi wortlos ihrer Auslage widmete. Eine ganze Weile herrschte geschäftiges Schweigen.

Nach dem dritten Bissen marschierte Gundi nach hinten zum Kühlschrank und griff sich eine Flasche Weißbier. Wieder vorne beim Tresen legte sie ihre angebissene Semmel ab, öffnete die Flasche mit dem dort hängenden Öffner und nahm einen großen Schluck. Liesis kritischen

Blick bemerkte sie nicht, während sie sich ganz dem Leberkäs und dem Weißbier hingab.

»Ich habe keine Ahnung, warum jemand so was macht«, nahm Liesi ihre vorherigen Gedanken wieder auf.

»Was?«

»Eine Verkehrsampel mit Absicht kaputt machen. Wer macht denn so was?«

Gundi zuckte mit den Schultern. Sie schluckte und wischte sich die Finger an der kleinen Serviette ab, die ihr Liesi zusammen mit der Semmel in die Hand gedrückt hatte.

»Ich wollt dich noch was fragen, Liesi.«

»Ja?«

»Der Husterl. Ist der da?«

Liesi spitzte die Lippen. »Der ist bei seiner Ausgrabung. Im Weimerhof vorn.«

»Gestern hab ich gesehen, dass der ein Hamburger Kennzeichen am Auto hat.«

»Schleichst du hier heimlich umeinander?«

»Ich hab nur den Franz gesucht. Auf deinem neuen Parkplatz.«

»Das ist ein Firmenwagen.«

»Vom Landratsamt? Aus Landshut?«

»Der Xaver ist nicht mehr beim Landratsamt. Der wird doch unser Museumsdirektor.«

Gundi zählte eins und eins zusammen. »Und bezahlen tut ihn der Zenker, oder? Unter anderem mit einem fetten BMW.«

Liesi bekam kleine Augen. »Ich wüsste nicht, was dich das angeht.«

»Der Zenker hat mir gestern seine Schläger auf den Hals gehetzt.«

»Was? Das glaub ich nicht.«

»Weißt du, was das für Leute sind, da oben beim Zenker? Die ganzen Männer?«

»Was sollen das für Leute sein? Das sind die Arbeiter. Fachkräfte, sagt der Xaver. Da vorn auf der Baustelle muss ja alles renoviert werden. Und aufgepasst werden, dass während der Umbauten nix kaputtgeht. Also von den Hinterlassenschaften im Boden, die man da noch finden könnt. Von den Bajuwaren.«

Liesi klang, als müsste sie einem störrischen Kind erklären, dass es nicht richtig sei, andere zu schubsen.

»Und die wohnen alle beim Zenker?«

»Vorerst. Die haben aber schon rumgefragt, wo man was mieten könnt. Der Schadlerhof draußen hinterm Holz steht zum Beispiel schon lang leer, und die Nandl hat auch ein großes Haus für sich allein. Vielleicht kann auch jemand ins Parterre vom alten Schulhaus ziehen …« Liesi verstummte und sah Gundi skeptisch an. »Ich weiß schon, dass du glaubst, dass niemand aufs Land ziehen möchte. Diesen Leuten gefällt es hier. Bei uns in Hintersbrunn geht es jetzt aufwärts.«

»Tonio und Evelyn vermieten bestimmt nicht an diese Bande.«

»Weißt du jetzt auch noch besser, wer bei uns was vermietet?«

»Merkst du wirklich nicht, dass das Nazis sind?«

Liesi schüttelte den Kopf. »Das reimst du dir doch zusammen.«

»Ob dein Husterl dazugehört oder nur profitiert, so wie der Bräu und die Mariele, weiß ich noch nicht, Liesi. Aber pass bloß auf dich auf. Ihr habt wirklich größere Probleme in Hintersbrunn als eine kaputte Ampel.«

Liesi verschränkte die Arme. »Also jetzt glaub ich's

langsam auch: Du bist gegen alles, was wir hier in Hintersbrunn machen.« Sie presste den Mund zusammen und sah Gundi ärgerlich an.

Die hätte sich gerne eine weitere Leberkässemmel bestellt, ließ es aber bleiben. Stattdessen schlenderte sie mit der Weißbierflasche in der Hand zur Ladentür. Es bimmelte, und Gundi drehte sich noch einmal um. »HH steht in rechten Kreisen übrigens nicht für Hamburg«, stellte sie in den Raum. »Sondern für Heil Hitler.«

Die Leberkässemmel hatte ihren Kohldampf nur unwesentlich gestillt. Statt nach Franz zu sehen, beschloss Gundi auszuloten, was der Mittagstisch beim Greimer zu bieten hatte. Denn sie brauchte einen Plan, und leerer Bauch studierte nicht gern. Sie durfte nicht weiter so impulsiv vorgehen. An Zenker heranzukommen, konnte sie sich abschminken. Husterl war zugänglicher. Er hatte sie zur Grundsteinlegung eingeladen. Mit ihm sollte sie als Erstes ein Interview führen. Möglicherweise gab es auf Marieles Speisekarte ja Alternativen zu ihrem Schuhsohlen-Braten.

Die Männer im Gastraum verteilten sich auf mehrere Tische. Sie waren in Gespräche vertieft oder konzentrierten sich auf ihr Essen. Sie bemerkten Gundi nicht, die wie angewurzelt in der Tür zum Gastraum stehen blieb, weil sie so viele Mittagsgäste nicht erwartet hatte. Aber natürlich aßen die Arbeiter der Ausgrabung hier zu Mittag, der Weimerhof war ja nur einen Steinwurf entfernt. Mit angehaltenem Atem suchte sie nach den Gesichtern des gestrigen Angriffs, fand sie aber nicht. Waren das vielleicht doch nur wissenschaftliche Grabungshelfer und keine rechten Schläger? Mit gesenktem Kopf schlich sie an den Tischen mit den Männern vorbei und erreichte Moshammer, der wie jeden Tag im Eck am Kachelofen saß.

»Hawe d'Ehre«, sagte sie im allgemeinen Lärm der Essenden. »Ist bei dir noch frei?«

Die Antwort brauchte sie nicht abzuwarten, Biertische auf dem Land waren Allgemeingut. Sie setzte sich und griff nach dem Blatt Papier, auf dem die heutigen Gerichte verzeichnet waren: Schweinsbraten, Würstel mit Sauerkraut, Rohrnudeln. Sie sah auf, um nach Mariele Ausschau zu halten, und erstarrte. In ihrem Blickfeld befand sich ein Tisch, der ihr an der Tür stehend verborgen geblieben war. Girgl Bernleitner saß vor einem Glas Bier, vis-à-vis Dr. Husterl mit einer Cola. Die beiden beugten sich über den Tisch und unterhielten sich angeregt. Am Kopfende des Tisches, ihr genau gegenüber, saß Zenker. Er sah sie mit stechenden Augen an.

»Frühstück oder Mittagessen?«, hörte sie neben ihrem Ohr und zuckte zusammen. Schräg hinter ihr stand Mariele mit einer Rohrnudel für Moshammer. Sie stellte den Teller vor dem alten Mann ab. Er begann sofort zu essen.

Gundi bemerkte, dass die Frage ihr gegolten hatte. »Schlaft sich gut in der frischen Landluft, was?«, schob die Bräuin nach.

Dass Mariele offenbar genau darüber Bescheid wusste, wie lange sie schlief und wann sie in ihrem Zimmer war, gefiel Gundi nicht. Auch ihr Mann, der Bräu, kannte vermutlich zu jeder Zeit ihre Aufenthaltsorte im Dorf. Er saß – obwohl Gundi ihn der unheiligen Allianz am benachbarten Tisch zuordnete – überraschenderweise nicht bei Zenker, Husterl und Bernleitner.

»Ich nehm die Bratwürschtl. Mit Kraut. Und eine Semmel. Mit viel Senf«, antwortete Gundi und ignorierte so gut es ging die Augen am Nebentisch. »Und ein Weißbier.«

Mariele verschwand, und Gundi richtete ihre Aufmerksamkeit auf Moshammer, der sein Hefegebäck in der cremigen Soße mit Messer und Löffel bearbeitete.

»An Guadn«, sagte sie, und er nickte. Kurz überlegte sie, ob sie nicht frech die Gelegenheit nutzen und Zenker vor den versammelten Arbeitern auf den gestrigen Vorfall ansprechen sollte. Vor aller Augen konnte er ihr ja nichts tun. Er musste ihr Rede und Antwort stehen. Allerdings erschienen in diesem Augenblick ihre Bratwürste, und sie beschloss, sich erst mal zu stärken.

Während sie aß, standen die ersten Grüppchen von Männern auf. Stühlerücken erfüllte den Raum. Auch Husterl schloss sich ihnen an. Zenker hatte sich währenddessen dem Bürgermeister zugewandt und redete eindringlich auf ihn ein. Nicht, ohne immer wieder mit dem Kopf auf sie zu deuten. Es half alles nichts. Sie legte ihr Besteck beiseite, stand auf und ging hinüber.

»Gestern hat es ja nicht so recht gepasst, Herr Zenker. Hätten Sie vielleicht jetzt Zeit für ein paar Fragen?« Gundi bemühte sich um eine versteinerte Miene.

Zenker und der Bürgermeister starrten sie an, als wäre sie ein Marsmensch. Offenbar hatten beide nicht mit ihrem Vorstoß gerechnet. Girgl zappelte unter dem Tisch so stark, dass sein Oberkörper vibrierte. Zenker stieß ihn mit dem Handrücken an, wie zur Aufforderung, aktiv zu werden.

»Für wen schreibst du deinen Bericht über unsere Sensation in Hintersbrunn gleich noch einmal?«, fragte der Bürgermeister folgsam.

»Für ein Journalistenteam in München«, antwortete sie wahrheitsgemäß. »Wir recherchieren die Netzwerke und Aktivitäten der Reichsbürger im ländlichen Bayern.«

»Also schreibst du nicht über unseren Fund und unser Museum?« Bernleitner klang weinerlich.

»Doch. Darüber auch. Und darüber, wie Rechtsradikale das Traditionsbewusstsein auf dem Land für ihre kriminellen Zwecke nutzen.«

In Zenkers Augen spiegelte sich unverhohlene Mordlust. Er verpasste dem Bürgermeister einen erneuten Stoß.

»Stimmt es, dass du zu diesen, äh, Aktivisten gehörst, Gundi?«, fragte Bernleitner weiter. »Die wo Bäume besetzen, Fassaden beschmieren und Sachen beschädigen?«

Gundi war für einen Moment sprachlos.

»Wie kommst du denn darauf?«

Bernleitner sah seinen Tischnachbarn an, wie um nach Bestätigung zu heischen. Ein klitzekleines böses Lächeln erschien auf Zenkers Lippen.

»Es gibt einen Zeugen«, fuhr Bernleitner fort, und seine Augen hüpften durch den Raum. Es war mucksmäuschenstill geworden in der Gaststube. Die verbliebenen Männer hatten sich alle stumm in Richtung ihres Gesprächs gedreht. Auch Mariele und der Bräu standen regungslos hinter der Theke und lauschten.

»Was für einen Zeugen?«, fragte Gundi und hatte das unbestimmte Gefühl, dass ihr die Kontrolle über dieses Gespräch gerade entglitt.

»Er kann bezeugen, dass du es warst, die unsere Ampel beschädigt hat.«

Gundi schnappte nach Luft. »Sagt *er* das?«, fauchte sie und deutete auf Zenker, den sie für den Erfinder dieser Verleumdung hielt. Sofort hasste sie sich dafür, die Fassung verloren zu haben. Sie war viel lauter geworden, als sie beabsichtigt hatte.

Zenker blickte in die Runde. »Wie immer besoffen«, sagte er. »Unser Bürgermeister hier kann bestätigen, dass diese angebliche Journalistin mit Neuerungen wie Verkehrsampeln auf dem Kriegsfuß steht. Aber sie trinkt auch gerne. Gestern hat mich die feine Dame zu Hause belästigt.«

Er grinste unverhohlen, die Männer begannen zu raunen, und Gundi wusste, dass sie verloren hatte.

Sie sah sich in der Gaststube um. Alle Augen waren auf sie gerichtet. Jedes weitere Wort würde wie das zwecklose Leugnen einer Tat wirken, die sie in den Köpfen der Anwesenden begangen hatte.

»Weißt du was, Bernleitner«, sagte sie ruhig, nachdem sie tief Luft geholt hatte. »Wenn dein Zeuge das auch vor der Polizei bestätigt, dann kannst du mich ja wegen Sachbeschädigung anzeigen. Bis dahin ist es üble Nachrede.«

Sie drehte sich ab, steuerte auf den Ausgang zu und konzentrierte sich darauf, jeden Blickkontakt zu vermeiden.

Oben in ihrem Zimmer rief sie Ferdl an. Um ihre Wut abzulassen, sich auszuheulen, sich Vorwürfe zu machen und seinen Trost zu hören. Schon wieder hatte sie sich von einer spontanen Eingebung leiten lassen und war wie ein geprügelter Hund abgezogen. Sie musste ihre Gedanken ordnen und sich einen Plan zurechtlegen. Am liebsten wäre sie sofort zu Ferdl nach München zurückgefahren, um sich persönlich mit ihm zu beraten. Aber das hätte nach Flucht ausgesehen und sich wie das Eingeständnis angefühlt, dass sie Zenker nicht gewachsen war. Sie hatte sich provozieren lassen und Zenker hatte ihr seine Waffen gezeigt. Sie musste den Kampf gegen ihn aufnehmen, aber sie hatte das Gefühl, alleine vor einem großen Berg zu stehen.

Und, und wenn ma a Mehlpapp nähm
und, und pappt den Schwoaf o,
dann, dann hätt ma a pappte Sau
und, und, und an Schwoaf dro.
Ja, ja und an Schwoaf dro.

KAPITEL 15

»Du kennst die Akteure noch gar nicht alle«, hatte Ferdl angemerkt, und er meinte damit Dr. Husterl. Welche Rolle der Archäologe in der ganzen Sache spielte, war ihr tatsächlich noch nicht klar. Sie bräuchte Mitstreiter im Dorf, riet ihr Ferdl außerdem. Verbündete.

»Du kannst es nicht mutterseelenallein mit diesen Leuten aufnehmen«, sagte er. »Ohne Rückhalt im Dorf wird es dir nicht gelingen, Zenker zu entlarven.« Da stehe dann Aussage gegen Aussage. Und sie müsse sich beeilen. Denn Zenker würde nicht aufhören, Lügen über sie zu verbreiten. Und dann befände sie sich über kurz oder lang auf verlorenem Posten.

Sie hatte sich daraufhin mit André kurzgeschlossen, und der hatte ihr Unterstützung durch seinen Mann bei der Landshuter Zeitung zugesagt. Später hatte sie die bisherigen Ereignisse schriftlich zusammengefasst und sie gemeinsam mit den Fotos der Autos mit den verräterischen Kennzeichen vor Zenkers Haus an André geschickt.

In den Vormittagsstunden des nächsten Tages trabte sie die Treppen hinunter und betrat die Gaststube. Bevor sie sich zu Husterl auf die Baustelle begab, wollte sie bei Franz vorbeischauen und nicht mit leeren Händen dastehen. Mariele räumte gerade Gläser ins Regal hinter der Theke.

»Gibst du mir zwei Weißbier zum Mitnehmen?«, fragte Gundi, und Mariele hielt in der Bewegung inne.

»Ich zahl sie auch«, fügte Gundi irritiert hinzu.

Mariele tat einen tiefen Seufzer und wandte sich dem großen Kühlschrank auf der Rückseite der Theke zu. Sie nahm zwei Flaschen heraus und stellte sie vor Gundi auf die Edelstahloberfläche.

»Du solltest wirklich nicht so viel trinken, Gundi«, erklärte sie ihre kummervolle Miene. »Das ist nicht gesund.«

Gundi entfuhr ein Lacher. Mehr aus Überraschung. Dann ging ihr ein Licht auf. Die Verleumdung von gestern. Das war schnell gegangen. Sie kniff die Augen zusammen. »Hältst du mich neuerdings auch für eine Alkoholikerin?«

»Also, Gundi, wirklich? Wir sehen doch, wie viel du trinkst. Für eine Frau jedenfalls. Und jetzt fängst du in der Früh schon an.«

»Weißbier trinkt man in Bayern zum Frühstück. Das müsstest du als Wirtin wissen ... Was heißt hier eigentlich ›wir‹?«

»Na alle. Ich, der Bast ...«

»... der Zenker«, ergänzte Gundi grimmig. Ferdl hatte recht gehabt. Lutz Zenker hatte längst damit begonnen, ihre Glaubwürdigkeit zu untergraben. Die Unterstellung mit der beschädigten Ampel war nur der Anfang. Anscheinend war gestern, nachdem sie den Mittagstisch verlassen hatte, über ihren Alkoholkonsum spekuliert worden. Sie packte die beiden Flaschen und stürmte zur Tür. »Schreib's mir auf die Rechnung«, blaffte sie im Hinausgehen.

Wutentbrannt stapfte sie die Dorfstraße hinunter und wusste dabei nicht, was sie am meisten ärgerte. Die Rufschädigung durch Zenker, die Scheinheiligkeit der Bräuin oder die unterschwellige Frauendiskriminierung. Auf Höhe der kaputten Verkehrsampel strafte sie das dumme

Ding mit einem vernichtenden Blick. Zenker fackelte nicht lange, das musste sie zugeben.

Sie fand Franz auf dem Hinterhof seiner Werkstatt, wo er seinen Unimog belud.

»Da bist du ja wieder, oide Scheißhausfliang«, begrüßte sie ihn. Ihre Wut war beim Anblick ihres Kindheitsfreundes verraucht.

»G-Gundi?«, rief Franz, als wäre sie von den Toten auferstanden. »Du bist wieder d-da?« Er hörte auf zu packen und sah sie mit offenem Mund an.

»Ich hab mir gedacht, ich schau noch mal nach dem Rechten in Hintersbrunn.« Sie hielt ihm die beiden Flaschen hin.

Franz nahm sie, holte einen Schraubenschlüssel aus der Gesäßtasche seines Blaumanns, öffnete damit beide Flaschen und gab ihr eine davon zurück. Dann setzte er sich auf einen Baumstumpf, der ihm hier auf dem Hof offenbar zur Rast diente, und nahm einen tiefen Schluck. Gundi ließ sich neben ihm nieder.

»Was ist denn das?« Gundi deutete auf die offene Ladefläche des Unimogs, auf die Franz Bretter, Stangen, Decken und etwas, das aussah wie eine gefaltete Plane, geladen hatte. »Fahrst in Urlaub?«

»I-i bleib a bisserl länger im Wald«, antwortete er und zog seine Stirn in Falten.

»Warst du da nicht grad? Ich hab bei der Liesi deine Schwammerl gesehen. Respekt, sag ich.«

»Ned wegen den Schwammerl.«

»Wegen dem neuen Tschamsdara von der Liesi? Des ist bald wieder vorbei, Franz. Des weißt du doch selber.«

Franz schüttelte den Kopf. Er schwieg eine Weile, um seine Gedanken zu ordnen.

Gundi ahnte plötzlich, was es wirklich war, denn die Unstetigkeit, die Liesis Liebesleben auszeichnete, war Franz ja seit Jahren gewohnt.

»Ist es wegen deinem verschandelten Haus?«

Franz nickte.

»Weißt du, wer das war?«

»D-Die Manner vom Weimerhof. Die F-Fremden, die d-dort arbeiten.«

»Haben die dir sonst noch was getan?«

»D-Die sagen H-Hindi zu mir. Und anderne Sachen.«

Gundi konnte sich vorstellen, was eine Bande von rechtsradikalen Schweinehunden einem wie Franz hinterherrief. Sie beugte sich vor und sah Franz eindringlich ins Gesicht. »Ich bin wieder hergekommen, weil ich gegen die ermittle.«

Franz' Gesicht hellte sich auf. »Wie der Columbo?«, fragte er.

Gundi nickte bedeutungsschwer. »Und wie geht's immer aus beim Columbo?«

»Der sperrt die Sauhund ein.«

»Ich bleib so lange bei euch im Dorf, bis die Dreckhamme verschwunden sind. Das verspreche ich dir.«

Sie lächelte ihn an und klopfte mit ihrer Flasche bei seiner an. »Hoch und heilig!«

Die beiden nahmen jeweils einen tiefen Schluck.

»Die Saupreißn, die kinäsischen«, sagte Franz.

Gundi konnte dem nur zustimmen. Die beiden schwiegen eine Weile und genossen ihr Bier.

Als Franz ausgetrunken hatte, stellte er seine Flasche behutsam auf den Boden und begann, seinen Unimog zu entladen. Plane, Bettzeug, eine Kiste mit Konserven und ein Träger Bier wanderten zurück in die Werkstatt.

»Was ist denn jetzt los?«, kommentierte Gundi seine Geschäftigkeit. »Fährst jetzt doch nicht fort?«

»Ich bleib a-auch da«, antwortete Franz entschlossen. »U-und pass auf dich auf!«

Evelyn empfing sie an der Tür im zweiten Stock des ehemaligen Schulhauses. Gundi hatte geahnt, dass es sich um eine schlechte Nachricht handelte, als Tonio auf dem Display ihres Handys erschien, während sie Franz beim Entladen zusah. »Wir haben vom Reichsbürger gehört«, hatte er nur gesagt, und sie hatte sich sofort auf den Weg gemacht.

»Gestern Abend hatten wir hier Telefonterror.« Tonio saß im Wohnzimmer auf der Couch und wirkte alarmiert. »Wir seien ein Rattenpack, das in der Vils ersäuft gehört. Der nächste Anrufer nannte uns linken Abschaum. Wir würden die ersten in den Gaskammern sein.«

»Wegen eurer Regenbogenfahne?«, vermutete Gundi.

Tonio zuckte mit den Schultern. »Wir glauben, ja.«

»Das Telefon hat immer wieder geklingelt, und wir sind dann einfach nicht mehr rangegangen«, berichtete Evelyn weiter. »Irgendwann haben wir den Stecker aus der Wand gezogen.«

»Wir müssen endlich den Telefonbucheintrag löschen lassen, Evelyn«, ergänzte Tonio.

Gundi dachte nach. Die Zenker-Bande hatte das Dorf also schon eingeteilt. In Freund und Feind. Es gab die, die von Zenker profitierten, andere wurden zu Feinden erklärt. Und bekämpft. Der Kampf hatte nicht erst begonnen. Zenker war schon mittendrin.

Sie forschte in den Augen des Ehepaars. Würden die Lehrer sich einschüchtern lassen? Gundi hätte sogar Verständnis dafür. Es war leicht, »Nazis raus« zu rufen, solange man nichts zu befürchten hatte. Die beiden waren über 60. Sie wollten nichts anderes, als ihren Ruhestand in ihrer früheren Wirkungsstätte zu genießen. Mit einem versteckten Plätzchen für ihre kleine Plantage. Ein bisschen mehr Kultur hätten sie sich gewünscht. Das war alles.

»Und was wollt ihr jetzt machen?«, fragte sie.

Tonio lächelte. »Wir schließen uns den sogenannten Chaoten an.«

»Jugendliche aus der Gegend hier«, erklärte Evelyn. »Manchmal ein bisschen verpeilt. Einen hast du neulich gesehen. Maxl. Der sich auf die Dorfstraße geklebt hat.«

»Der Flo ist aus Haunzenberg«, erklärte Tonio. »Ein sehr gescheiter Bub, der sich für die Erinnerungskultur im Ort einsetzt.«

Die beiden Jugendlichen waren die Köpfe der niederbayerischen Klimabewegung, erfuhr Gundi weiter. Ihre Mitglieder stammten aus den Dörfern der Umgebung. Von der Mehrheit wurden sie als die erwähnten Chaoten bezeichnet.

»Wir ziehen mit einem Protestmarsch zur Grundsteinlegung«, verkündete Tonio. »Wir werden auf jeden Fall laut sein.«

Eine halbe Stunde später betrat Gundi, bewehrt mit ihrem Presseequipment, die Baustelle des Weimerhofs. Seit ihrem letzten Besuch hier hatte sich viel verändert. Arbeiter bevölkerten den Innenhof. Baumaschinen standen herum und eine große Kabeltrommel sowie ein Stapel Rohre warteten auf ihre Verlegung. Der riesige Kran, der über dem alten Gemäuer aufragte, verlieh dem lang gestreckten Wohnhaus plötzlich den Anschein eines Spielzeughauses. Links von Gundi war vom ehemaligen Schweinestall nichts mehr zu erkennen. Hier wurde ein neuer Estrich gelegt. Von dem

Stadel, in dessen Neubau nach dem Zweiten Weltkrieg sich der Hackl-Toni erhängt hatte, waren nur noch die Stützpfeiler vorhanden. Sie ragten wie die abgenagten Rippen eines Riesen in die Luft. Zwei Männer standen an einer Betonmischmaschine, unterbrachen ihre Arbeit und starrten die Besucherin an. Sie ging auf das Wohnhaus zu, das von außen unverändert wirkte. Als sie durch den niedrigen Eingang trat, merkte sie, dass dem nicht so war. Es war taghell im Gemäuer, denn auf der Rückseite des Hauses war ein großer Teil des Dachstuhls entfernt worden. Man konnte die alte Flez noch erkennen, Bretter bedeckten den Boden. Sie folgte dem Gang bis ganz nach hinten, wo sie in der ehemaligen Küche den Schädel gefunden hatte. Dort stand Dr. Husterl und sprach gerade mit einem Mann. Gundi erschrak, als sie ihn erkannte. Es war der Typ mit dem Klobrillenbart, der ihr vor Kurzem »Ratte« ins Gesicht gespuckt hatte. Er plusterte sich bei ihrem Anblick erneut wutentbrannt auf. Husterl drehte sich um und erkannte sie. Der Bartträger kam mit vorgebeugtem Kopf auf sie zu, aber Husterl erreichte ihn, bevor er Gundi eins überbraten konnte, und hielt ihn am Ärmel fest.

»Ich habe Frau Starck gebeten, unsere Fortschritte hier zu begutachten«, sagte er.

Der ungehobelte Kerl stutzte, schnaubte und fügte sich. Nicht, ohne Gundi mit den Augen zu töten.

Husterl fasste seine Besucherin am Ellbogen und lenkte sie zurück in Richtung Ausgang. Er breitete seine Arme aus. »Wir werden hier eine offene Halle entstehen lassen. Herr Zenker wünscht seine Privaträume zugunsten eines Schulungszentrums klein zu halten«, begann er seine Führung. Er lenkte ihre Aufmerksamkeit auf die Räume links und rechts vom Gang. »Das alles sollen Seminarräume werden.«

Gundis Blick fiel in das kleine Zimmer mit dem Keller-loch. Auch hier war der Schutt beiseitegeräumt worden und eine brandneue stählerne Falltür bedeckte die Boden-öffnung. »Und das hier?«, fragte sie. »Soll das ein Luft-schutzbunker werden?«

Husterl lachte gekünstelt auf. »Ein Lager«, antwortete er.

»Sieht eher wie ein Tresor aus.« Gundi hob ihre Kamera und spürte von hinten einen schmerzhaften Schlag gegen ihren Oberarm.

»Keine Fotos!«, blaffte der Bärtige, der ihnen offen-bar gefolgt war.

Gundi rieb sich den Arm und sah empört auf Hus-terl, der sich aber dazu entschlossen hatte, den Vorfall zu ignorieren.

»Folgen Sie mir«, sagte er und trat voran durch die Tür-öffnung ins Freie. Gundi blickte über ihre Schulter zurück zu dem Mann, der sie gerade geschlagen hatte. Er stand mit vorgeschobenem Kinn da wie ein Racheengel aus der Hölle.

»Von meinem neuen Refugium ist noch nicht besonders viel zu sehen«, führte Dr. Husterl weiter aus und näherte sich dem ehemaligen Schweinestall. »Hier wird das neue Heimatmuseum entstehen. Sie kommen doch zur Grund-steinlegung?« Er lachte auf seine gespreizte Art und Gundi starrte den frisch gegossenen Boden des Museums an.

»Hier, in Niederbayern, wurden schon mehrfach Überreste von menschlicher Besiedelung gefunden, die 7.500 Jahre zurückreichen«, begann er seinen Vortrag. »Die Bewohner sind aller Wahrscheinlichkeit nach aus dem Gebiet des heutigen Ungarn eingewandert. Entlang der Donau, der Isar und der Vils …«

»Sind Sie Angestellter der Gemeinde oder von Lutz Zenker?«, unterbrach ihn Gundi.

Husterl war irritiert. »Was ... was spielt das für eine Rolle?«

»Ich will nur die Trägerschaft richtig benennen«, beruhigte sie ihn. »Ich habe gehört, dass Sie nicht mehr für die Stadt Landshut arbeiten ...«

»Als städtischer Angestellter ertrinkt man in Bürokratie«, rechtfertigte er sich. »Im Vergleich zur freien Wirtschaft ...«

»Das Hintersbrunner Heimatmuseum wird also als Privatmuseum betrieben?«

»Und ist dank eines finanzkräftigen Bürgers mit soliden Mitteln ausgestattet.«

Gundi nickte und besah sich interessiert weiter den Estrich.

»Sind die Untersuchungen an dem Schädel eigentlich schon abgeschlossen?«, wechselte sie das Thema.

Dr. Husterl kräuselte die Stirn und räusperte sich. »Im Großen und Ganzen, ja. Das Alter ist bestätigt.«

»Dann kann sich das mit der ersten Bajuwarin noch als Irrtum herausstellen?«

Dem Archäologen verschlug es für einen Moment die Sprache, aber er fasste sich sofort wieder. »Geborgene Knochen werden in der Archäologie daraufhin untersucht, ob sie eine historische Bedeutung haben«, begann er mit einem beleidigten Zug um den Mund zu dozieren. »Ob sie etwa von einem Schlachtfeld stammen. Das konnten wir hier ausschließen, es handelt sich um einen weiblichen Schädel. Dies wiederrum lässt den Schluss auf eine Siedlerin zu. Ob sie für eine bestimmte Kultur steht, spielt keine übergeordnete Rolle. Der Schädel ist aus dem 5. Jahrhundert und ein einmaliges Fundstück.«

»Und was ist mit der Wiege der Bajuwaren hier in Hintersbrunn?«

»Nach aktuellem Stand der Forschung sind unterschiedliche Bevölkerungsgruppen zu dem zusammengewachsen, was man im Nachhinein Bajuwaren nennt.«

»Es gibt also keinen zugewanderten Volksstamm der Bajuwaren.«

Husterl bekam einen schmalen Mund. »Vermutlich nicht.«

»Und keine erste Bajuwarin.«

»Das kann man so nicht sagen!« Jetzt war Husterl ganz klar verärgert.

»Sie haben auch keine weiteren Überreste gefunden, richtig? Grabbeigaben oder so was?«

Husterl machte eine Pause, in der er Gundi eindringlich ansah. »Nein.«

»Und was stellen Sie im Heimatmuseum sonst noch aus?«

Der Archäologe schaute sie jetzt ebenso böse an wie der Klobrillenbart. Das Interview verlief nicht nach seinem Geschmack. Dann zog er eine Schnute und zuckte mit den Schultern.

»Wir fangen klein an«, sagte er stachelig. »Weitere Ausstellungsgegenstände sind Sache der Gemeinde. Meinetwegen können die hier auch Gämseneier ausstellen.«

KAPITEL 16

Zur feierlichen Grundsteinlegung für das neue Heimatmuseum im Weimerhof hatte sich Hintersbrunn mächtig herausgeputzt. Franz hatte am Vortag des geplanten Dorffests zwischen den Häuserreihen der Hauptstraße weiß-blaue Wimpel gespannt und der Bräu hatte Biertische aufgestellt. Mariele hatte sich fast überschlagen mit ihrem Büfett, das ganze zwölf Meter maß. Die Ampel war repariert worden, im Zuge der Durchfahrtssperre anlässlich des heutigen Fests aber abgeschaltet worden. Die ganze Dorfstraße erinnerte an die Fernsehwerbung von Villarriba und Villabajo.

Nach dem Gespräch mit Dr. Husterl war Gundi einiges klarer geworden. Unter seiner Federführung entstand in ihrem Heimatdorf kein wissenschaftliches Zentrum für bayerische Frühgeschichte. Der Archäologe wusste insgeheim, dass der Fund das nicht hergab. Aber er schwieg. André hatte seinen Mitarbeiter aus der Landshuter Zeitung auf Husterl angesetzt, aber der konnte keine Verbindung des Wissenschaftlers zum rechtsextremen Milieu bestätigen. Dem ehemaligen Mitarbeiter der Stadt seien als Denkmalpfleger aber schon mehrmals eklatante Fehler unterlaufen. André vermutete, dass er deswegen rausgeschmissen worden war.

»Dr. Husterl ist aller Wahrscheinlichkeit nach keiner von unseren Reichsbürgern«, hatte André gesagt. »Er ist vermutlich eher ein Hochstapler. Einer, der in Hintersbrunn eine Goldgrube entdeckt hat.«

In Zenkers Erzählung von der Wiege der Bajuwaren, die die Dorfbewohner für Realität hielten, war er der willige Hauptdarsteller. Er hatte Bernleitners Drang nach Bedeutung erkannt und wollte von Zenkers Investition profitieren. Das Hintersbrunner Heimatmuseum würde nichts weiter sein als eine folkloristische Kuriositätensammlung.

Zenker hatte sich im Vorfeld der Grundsteinlegung ruhig verhalten. Seine Leute ließen sich kaum außerhalb der Baustelle blicken. Gundi hatte weiterhin versucht, mit Zenker ins Gespräch zu kommen. Zwar hatte sie ihn nicht mehr persönlich aufgesucht, aber sie hatte angerufen und E-Mails geschickt. Am Telefon blockte seine Frau ab, auf ihre Mails bekam Gundi keine Antwort. Liesi, als Dorfladeninhaberin eine unversiegbare Quelle der Information, erzählte von einem Gespräch mit Alois Münchinger. Er hatte offenbar ein gutes Geschäft mit den alten Hölzern des Weimerhofs gemacht und konstatiert, dass Zenker der nächste Bürgermeister von Hintersbrunn werden würde.

Jetzt machte Gundi erste Fotos von der kleinen Bühne, die auf dem Estrich des ehemaligen Schweinestalls aufgebaut worden war. Vor einer mit weißen Leintüchern verhängten provisorischen Wand befand sich ein kleiner gemauerter Sockel, in den Bernleitner besagten Stein symbolisch setzen sollte. Fahnen der örtlichen Vereine umrahmten das Ganze. Neben der Bühne stand Bürgermeister Bernleitner. Er trug eine Schärpe um den schmächtigen Körper und war mit Husterl ins Gespräch vertieft. Zenker hatte seinen Bauernführer-Hut auf und beobachtete, wie sich der Innenhof langsam mit Menschen füllte. Die Blaskapelle der Freiwilligen Feuerwehr Felden war zur Feier gebeten worden. Für einen würdigen Rahmen. Die Musiker in ihren Ausgehuniformen hantierten mit

Koffern und Instrumenten neben der Bühne. Den Landrat, den Husterl angekündigt hatte, entdeckte Gundi nicht.

Immer mehr Dorfbewohner kamen. Die Leute unterhielten sich leise, und Spannung lag in der Luft. Dann war es so weit. Husterl betrat als Erster die Bühne.

Er schlug zweimal gegen das Mikrofon und zeigte sich zufrieden mit den dumpfen Klopfzeichen, die aus den Lautsprechern am Bühnenrand zurückschallten.

»Ich darf Sie alle herzlich begrüßen!«, rief er in die Menge, und die Gespräche verstummten. Er nahm einen tiefen Atemzug.

»Ich freue mich sehr über Ihr zahlreiches Kommen. Das Wetter meint es auch gut mit uns. Die Grundsteinlegung ist ein uralter Brauch. Schon die Völker des Altertums pflegten ihn, um böse Geister zu vertreiben ...«

Gundi hörte nur halb zu. Ihr Blick ruhte auf Zenker, der bei diesen Worten den Hut abnahm, den Kopf senkte und andächtig lauschte. Sie zoomte ihn durch die Linse ihrer Kamera heran. Er schien tatsächlich ergriffen zu sein. Plötzlich hob er die gesenkten Lider und sah sie direkt an. Erschrocken wendete sie sich ab.

Husterl kam endlich zum Schluss seiner Ausführungen über die Geschichte der Grundsteinlegung. Mit theatralischer Miene trat er einen Schritt zurück. »Darf ich vorstellen«, sagte er und riss das Leintuch von der Wand. »Die Urmutter von Hintersbrunn!«

Ein großes Plakat zeigte einen Totenkopf. Ein dumpfes »Ohhh!« ging durch die Zuschauer. Gundi erkannte das fast zahnlose Grinsen sofort wieder. Sie drückte auf den Auslöser. Jetzt rief Husterl den Bürgermeister auf die Bühne, und Gundi schaltete ihr Handy auf Aufnahme. Am Mikrofon stehend wippte Bernleitner auf den Fußballen.

In diesem Moment ertönte ein schriller Pfiff. Wie bei einem schweren Foul auf dem Fußballplatz. Dann noch einer und noch einer. Ein Grüppchen junger Leute bog von der Dorfstraße Richtung Hofgelände ein. Sie hatten Trillerpfeifen und Trommeln dabei. »Wir sind nicht dumm, wir sind nicht stumm, Nazis raus aus Hintersbrunn!«, skandierten sie.

Gundi erkannte den Klimakleber von neulich in der ersten Reihe. Eine Handvoll seiner Mitstreiter schwenkten bunte Fahnen. Mitten unter ihnen ragte Tonio heraus. Er hielt eine Pappe mit dem Schriftzug »Nie wieder!« hoch.

Die Gruppe blieb am Eingang zum Hof stehen und ihr Gesang wurde leiser. Sie sahen sich irritiert an und rückten näher zusammen. Unbemerkt hatte sich aus der Versammlung im Hof ein halbes Dutzend Männer herausgeschält. Gundi erkannte Zenkers Schläger. Sie bauten sich vor den Demonstranten auf, die Beine breit, die Arme verschränkt. Die Trommeln verstummten.

»Die Vaterlandsverräter sind also auch da«, hallte es von der Bühne und Gundis Kopf fuhr herum. Zenker war auf die Bühne gestiegen und schnaubte ins Mikro.

Bernleitner hob die Arme. »Leute!«, rief er. »Leute! So geht das nicht!«

»Der Weimerhof gehört uns allen!«, rief eine jugendliche Stimme aus dem Pulk der Protestierenden. Ein Trommler schlug erneut auf sein Instrument ein.

Gundi hatte sich inzwischen in Richtung Protestbewegung gekämpft und fotografierte. Plötzlich spürte sie einen harten Stoß in ihrem Rücken. Sie stolperte einen Schritt nach vorn und hätte beinahe ihre Kamera fallen gelassen. Entrüstet drehte sie sich um und schaute in ein grinsendes Gesicht. Es gehörte dem zweiten ihrer kürzlichen Verfolger. Der auf ihrem Kofferraum gelegen und sie durch die Windschutzscheibe angebrüllt hatte. Instinktiv trat sie einen Schritt zurück. Gleichzeitig stieg heiße Wut in ihr auf. »Haben Sie mich gerade geschubst?«, fuhr sie ihn an, aber der Mann blickte mit starren Augen an ihr vorbei, als wäre nichts gewesen. Sie knipste ihn. Da holte er aus und schlug ihr die Kamera ins Gesicht. Ein stechender Schmerz durchfuhr sie und nahm ihr für eine Sekunde den Atem. Ihre Hand fuhr zu ihrer Nase. Automatisch drehte sie sich ab und trat zur Seite. Zum Glück blutete sie nicht. Als sie genügend Abstand zu dem Schläger gewonnen zu haben glaubte, schaute sie zurück, die Hand immer noch an der pochenden Nase. Er stand da wie zuvor: die Arme verschränkt, den Blick starr nach vorne gerichtet. Nur das Grinsen in seinem Gesicht verriet, dass er sich als Sieger fühlte.

»Wir leben in einer Demokratie!«, rief Bernleitner vom Podest aus den Demonstranten zu. Dem Bürgermeister stand die Sorge ins Gesicht geschrieben. »Wir haben hier eine Feier«, gemahnte er. »Lasst die Festredner aussprechen.«

Tatsächlich verstummte die Trommel. Gundi stellte fest, dass ihre Kamera keinen Schaden genommen hatte, und drängelte sich durch die inzwischen unruhige Menge zurück zur Bühne. Zenker pumpte sich auf der kleinen Empore für eine Rede auf. Er hatte seinen breitkrempigen schwarzen Hut wieder aufgesetzt und schob den Bürgermeister wie ein Kind, das sich zu den Erwachsenen verirrt hatte, zur Seite. Sein Blick schweifte gebieterisch über die Dorfbewohner, die mit geöffneten Mündern das Geschehen verfolgten.

»Wir haben lange genug geschwiegen«, knüpfte Zenker an die Aufforderung des Bürgermeisters an. »Und wir haben schon viel zu lang zugesehen!« Er machte eine bedeutungsvolle Pause. »Zugesehen, wie andere über unser Leben bestimmen. Uns diktieren, wie wir zu leben haben.

Die Hintersbrunner wollen sich nicht länger von diesen linksversifften Chaoten Vorschriften machen lassen!«

»Wir sind das Volk!«, rief eine Stimme unter den Zuhörern.

»Nazis raus!«, schrie einer der Jugendlichen.

»Ihr spinnt's doch!«, schallte ein anderer Dorfbewohner.

»Lasst ihn reden!«, forderte eine weitere Stimme.

Zenker hob den Kopf. »Hört mir zu, Hintersbrunner. Hört nicht auf die vermeintlichen Rechthaber! Lasst euch von der Presse nicht länger anlügen! Ab heute bestimmen wir selbst über unsere Zukunft.«

Er warf der fotografierenden Gundi einen hasserfüllten Blick zu und nahm einen tiefen Atemzug. »Hiermit erkläre ich Hintersbrunn zu einer freien und selbstbestimmten Gemeinde!«

Gundi blickte sich in der Menge um. In den vordersten Reihen machten ein paar Leute sorgenvolle Gesichter. Andere nickten sich zu. »Jawoll!«, rief einer von hinten.

Alle erwarteten gespannt die nächsten Ankündigungen. Nur Bernleitner sah auf der Bühne neben Zenker aus wie eine Maus, die gerade ins Angesicht einer Katze blickt. Mit entschlossener Geste griff Zenker nach dem symbolischen Stein für die Grundsteinlegung. Er nahm ihn in beide Hände und hielt ihn hoch über seinen Kopf. Bernleitners Mund klappte auf. »Auf diesem Grund und Boden befindet sich die Keimzelle des kämpferischen Volkes der Bajuwaren«, rief Zenker mit dröhnender Stimme. »Und hier keimt die Saat des neuen deutschen Reiches!«

Mit diesen Worten knallte er den Stein auf die vorgesehene Stelle im Mauersockel. Für einen Moment herrschte Todesstille. Dann brach Streit aus unter den Dorfbewohnern.

»Nie wieder Faschismus!«, brüllte einer, und Gundi erkannte Tonios Stimme. Der Trommler begann erneut zu schlagen. Zenkers Truppe ging langsam und breitbeinig auf die Demonstranten zu.

»Haut ab! Haut ab! Haut ab!«, brüllten sie den Jugendlichen entgegen. Einige Dorfbewohner stellten sich vor die Protestierenden und versuchten mit ausgebreiteten Armen zu schlichten. Ein paar hatten ihre Fäuste erhoben und schrien mit.

»Wir holen uns die Demokratie zurück!«, rief einer.

»Du Depp, du damischer!«, antwortete eine andere Stimme.

Am Rand der Versammlung wurde geschubst. Eine Rangelei brach aus. Alle schrien durcheinander und beschimpften sich gegenseitig. Unverrichteter Dinge packten die Musiker am Bühnenrand hektisch ihre Instrumente zusammen. Die Feier zur Grundsteinlegung des Heimatmuseums von Hintersbrunn ging in allgemeinem Tumult unter.

Gundi sah, dass Tonio am Eingang zum Weimerhof mit großen Gesten zum Rückzug blies. Die Jugendlichen wichen auf die Dorfstraße zurück und Zenkers Männer postierten sich am Tor Schulter an Schulter wie ein Bollwerk. Auch die Dorfbewohner bemerkten den Abgang der Störer und beruhigten sich. Einer nach dem anderen richtete seine Aufmerksamkeit wieder auf die Bühne. Dort rollte Dr. Husterl gerade sein Plakat zusammen. Bernleitner nestelte mit bedröppeltem Gesicht an seiner Schärpe herum. Zenker stand am vorderen Bühnenrand. Er hatte den Krawall still beobachtet. Ruhe kehrte ein. Der neue Herr von Hintersbrunn lächelte zufrieden. Erneut traf sein Blick Gundi. Mit steinernem Gesichtsausdruck fuhr er sich mit seinem Zeigefinger quer über den Hals. Damit drehte er sich ab und verließ das Podest. Husterl folgte ihm mit der Papierrolle unter dem Arm. Die Augen der

Versammlung ruhten nun auf dem Bürgermeister, der ganz allein auf der Bühne zurückgelassen worden war und aussah wie bestellt und nicht abgeholt. Er trat ans Mikrofon, wippte zweimal von der Ferse zum Fußballen, räusperte sich und beschränkte sich auf den letzten Satz seiner vorbereiteten Rede: »Das Büfett ist eröffnet.«

Die Jugendlichen hatten sich zu Tonio und Evelyn ins alte Schulhaus zurückgezogen, während auf der Dorfstraße keine richtige Feierstimmung aufkommen wollte. Gundi hatte sich von dem Schreck über den körperlichen Angriff erholt. Sie wollte sich davon nicht einschüchtern lassen und marschierte mit der Menge zur Dorfstraße, wo das Fest stattfinden sollte. Vielen schien aber die Lust auf geselliges Beisammensein vergangen zu sein. Sie gingen zurück in ihre Häuser. Einige ließen sich an Marieles Büfett etwas zu essen einpacken. Die meisten Tische auf der Straße blieben leer. Gundi befragte ein paar der Menschen, die immer noch unschlüssig herumstanden. Es gab nur wenige, die Zenkers Auftreten uneingeschränkt gut fanden. Aber auch für die Demonstranten hatte keiner Sympathien übrig. Die meisten zuckten mit den Schultern und bemerkten, dass man dazu nichts sagen wolle. Mariele stand hinter ihren angerichteten Platten und sah aus, als ob sie jeden Moment zu weinen beginnen würde. Ihr Mann, der Bräu am Ausschank, fixierte hauptsächlich seine Füße. An einem der Tische entdeckte Gundi Liesi zusammen mit Alois Münchinger. Franz war während der Feierlichkeiten nicht aufgetaucht. Gundi ließ sich vom Bräu ein Bier einschenken, das er ihr inklusive Verachtung im Blick vor die Nase knallte. Als ob sie schuld an der missglückten Veranstaltung wäre. Für die beiden Wirtsleute musste dieses Dorffest, das eine feierliche Einweihung hätte werden sollen und im Streit geendet hatte, ein Fiasko sein.

Mit ihrem Krug in der Hand steuerte Gundi auf den Tisch zu, an dem Liesi schweigend in ihrem Essen stocherte. Sie rutschte wortlos zur Seite, Alois stand auf und ging, ohne sie eines Blickes zu würdigen.

»Warst du auch unter den Zuschauern?«, begrüßte Gundi die mürrisch dreinblickende Ladenbesitzerin und setzte sich ihr gegenüber auf die Bank. »Ich hab dich gar nicht gesehen.«

Liesi schüttelte den Kopf.

»Da hast du aber was verpasst.«

Gundi sah Alois hinterher, der nach einem Abstecher am Ausschank auf einen Tisch am Ende der Dorfstraße zusteuerte. Dort ließ sich Zenker von einer Handvoll Männer feiern. Bernleitner war nicht dabei.

»Ich hab's schon gehört«, antwortete Liesi. »Du freust dich natürlich, dass so ein Rambazamba ist, oder?«

Gundi überging die Bemerkung. »Wo ist denn dein Husterl?«

»Ist nicht mehr mein Husterl.«

»Oh. Was ist denn passiert?«

»Gestritten haben wir.«

»Weswegen?«

»Fragst du das jetzt wirklich?«

»Ja, warum?«

»Du hast mich doch erst darauf gebracht. Mit dem HH-Kennzeichen.«

»Habt ihr euch deswegen getrennt?«

»Das geht so nicht, Gundi. Du kannst nicht ständig Verdächtigungen in den Raum stellen und dann glauben, dass nix passiert.«

»Das schiebst jetzt aber nicht mir in die Schuhe!«, entfuhr es Gundi. »Ich bin nicht schuld, dass eure Liebelei schon wieder vorbei ist.«

Sie blickte in das zerknirschte Gesicht ihrer einstigen Grundschulfreundin, und ihr Ärger verflog so schnell, wie er gekommen war. »Der Husterl ist ein Glücksritter, Liesi, der will nur profitieren von dem, was der Zenker vorhat im Dorf.«

»Und was hat er deiner Meinung nach vor?«

»Hintersbrunn zu einem Zentrum für Neonazis machen.«

»Ist das jetzt wieder eine von deinen Verdächtigungen?«

»Du hast ihn nicht gehört auf der Bühne. Aber ihr stellt euch ja alle blind und taub.«

Alois Münchinger setzte sich an den Tisch zu Zenker und seinen Kumpanen.

»Du hast mir doch von Alois erzählt«, fuhr Gundi fort. »Dass er Zenker für den zukünftigen Bürgermeister von Hintersbrunn hält.«

»Und?«

Gundi konnte nicht fassen, wie begriffsstutzig Liesi war. »Das hat Methode«, betonte sie etwas zu laut. »Woanders ist das schon passiert. Rechtsnationale siedeln sich in kleinen Dörfern an. In Meck-Pomm gibt es schon ein Dutzend solcher völkischen Ansiedlungen. Sie kaufen Handwerksbetriebe auf, holen ihre Leute nach. Und übernehmen ganz langsam die örtlichen Strukturen. Das kannst du doch für Hintersbrunn nicht wollen.«

Liesi sah sie skeptisch an. Dann nahm sie ihren leeren Teller und stand auf. »Jetzt muss ich dich doch fragen, Gundi.«

»Was?«

»Warst du das wirklich mit der Ampel?«

Gundi schnappte nach Luft. »Natürlich nicht! Wirst schon sehen, Liesi. Die wollen deinen Laden auch noch!«

Liesi nahm einen tiefen Atemzug. Dann drehte sie sich um und ließ Gundi allein sitzen.

Die sah ihr kopfschüttelnd nach, wie sie ihr Geschirr wortlos bei Mariele abgab und zurück zu ihrem Waldlerhaus mit dem Schaufenster trottete, das sie nicht nur zur Feier des Tages liebevoll geschmückt hatte. Gundi empfand Mitleid für sie. Ihre Freundin aus Kindertagen steckte ihre ganze Kraft in den kleinen Dorfladen, den sie von ihrer Mutter geerbt hatte. Aus dem vollgestopften Gemischtwarengeschäft, in dem es früher Waschpulver, Zigaretten und große Glasbehälter mit Süßkram gab, hatte sie ein feines Delikatessengeschäft gemacht. Der Laden war ihr Leben. Liesi ging alles gegen den Strich, was die Idylle im Dorf störte. Als Kind hatte sie keine Sorgen gekannt. Sie hatte nie Streit gesucht und war am glücklichsten, wenn sich alle liebhatten. Probleme wurden unter den Teppich gekehrt. Liesi war bis heute geübt darin. Sie hatte keine Ahnung, was auf sie zukam.

Laute Männerstimmen unterbrachen Gundis Gedanken. Zenker und seine Mannen hatten inzwischen drei Biertische belegt. Sie lachten laut und stießen klirrend miteinander an. Gundi beschloss, Zenker auf seine sonderbare Verkündung eines unabhängigen Hintersbrunns anzusprechen. Was sollte schon passieren, hier, mitten auf dem Dorfplatz? Sie musste es einfach probieren.

Sie trat an Zenkers Tisch, und die Männer verstummten.

»Herr Zenker, was haben Sie in Hintersbrunn vor? Was sind Ihre Pläne?«

Er antwortete nicht, blickte nicht einmal auf.

»Wollen Sie hier eine völkische Siedlung gründen?«

Zenker gab seinem Gegenüber eine lautlose Anweisung. Der riesige Kerl erhob sich unendlich langsam, trat auf Gundi zu und blieb viel zu nahe vor ihr stehen. Sie erwartete einen Schlag oder Gebrüll. Doch nichts davon geschah. Der Mann beugte sich zu ihr hinunter und flüsterte: »Ich weiß, wo du wohnst, du Schmeißfliege. Ich werde da sein in der Nacht. Wenn du es nicht erwartest. Und dann werde ich dich zerquetschen.«

KAPITEL 17

Als Gundi auf die Bundesstraße Richtung Landshut ein-
bog, fielen erste Regentropfen auf die Frontscheibe. Der
Tag hatte trüb begonnen, über Nacht hatte der Herbst in
Hintersbrunn Einzug gehalten. Heute wollte sie sich mit
dem Redakteur der Landshuter Zeitung treffen, den André
angekündigt hatte. Nach der Drohung auf dem gestrigen
Dorffest hatte sie sich sofort nach Zeugen umgesehen, aber
niemand schien den Vorfall mitbekommen zu haben. Die
paar Dorfbewohner, die noch anwesend gewesen waren,
waren ihren Blicken ausgewichen. Sie hatte sich deshalb
ins Schulhaus zurückgezogen, wo sich in Tonios und Evelyns Wohnzimmer ein paar der Demonstranten versammelt
hatten, um ihre Wunden zu lecken. Sie waren enttäuscht
und der Meinung, nichts erreicht zu haben. Danach hatte
Gundi in ihrem Zimmer beim Greimerbräu ihren Artikel
über die Grundsteinlegung verfasst. Sie berichtete darin
über das geplante Heimatmuseum und die bislang unbestä-
tigte Bedeutung des historischen Schädels. Sie schrieb auch
über die Protestbewegung um das Lehrerehepaar, die sich
gegen die rechtsnationale Gesinnung des Investors richtete.
Zenkers Rede zur Gründung eines neuen deutschen Reichs
zitierte sie wörtlich. Per E-Mail hatte sie ihm die Veröffentlichung des Zitats angekündigt und erneut um Stellungnahme gebeten. Wie erwartet, hatte er nicht geantwortet.

Als sie heute Morgen zum Frühstück in der Gaststube
erschienen war, hatte Mariele sie einsilbig empfangen. Die

Wirtin war bedrückt wegen des geplatzten Dorffestes, aber Gundi hatte keine Lust, sich ihr Lamentieren über ausgefallene Einnahmen anzuhören. Außerdem hatte sie Marieles gemeine Bemerkung über ihren vermeintlichen Alkoholkonsum noch nicht vergessen. Sie verzehrte die wortlos servierte Marmeladensemmel, obwohl sie süßes Frühstück hasste.

Auf der Dorfstraße zwischen der alten Bäckerei und Liesis Laden war sie noch einmal vom Gas gegangen und hatte in den Laden gespäht. Kurz hatte sie überlegt, mit Liesi ein klärendes Gespräch zu führen. Dann hatte sie den Gedanken verworfen. Ihr Termin hatte Vorrang.

Gundi zwang sich, sich auf die vor ihr liegende Arbeit zu konzentrieren. Sie hatte von der Veranstaltung in Hintersbrunn jede Menge Bilder gemacht, und Harry Kramer, der Redakteur der Landshuter Zeitung, hatte darauf bestanden, sie gemeinsam zu sichten. Außerdem wolle er die Lehrmeisterin seines Kumpels André persönlich treffen, hatte er am Telefon gesagt. Ihr war es sehr recht, das deprimierende Hintersbrunn für eine Weile hinter sich lassen und wieder ein wenig Stadtluft schnuppern zu können. Was in ihrem Heimatdorf geschah, belastete sie zunehmend. Denn sie hatte noch keinen Hebel gegen Zenker und seine Kumpane gefunden.

Sie bog auf die Bundesstraße ein und beschleunigte. Vielleicht würde ihre Berichterstattung ja wenigstens etwas Wind aus seinen Segeln nehmen. Außerdem hatte sie die unverhohlene Morddrohung auf dem Dorffest erschüttert. Sie redete sich ein, keine Angst zu haben, aber spät in der vergangenen Nacht, als sie endlich das Licht gelöscht hatte, war die Furcht in ihre Seele gekrochen. Sie freute sich darauf, Harry, den André als »unerschrocken« klassifizierte, kennenzulernen.

Der Regen begann stärker zu werden, und sie betätigte den Scheibenwischer. Und war im selben Moment blind. Ein weißer Film auf der Frontscheibe nahm ihr jede Sicht. Wie ein Blitz fuhr der Schreck durch ihren Körper. Panik fegte augenblicklich ihr Gehirn blank. Sie krallte sich am Lenkrad fest. Gundi befand sich mit einer Geschwindigkeit von 120 Stundenkilometern auf einer Bundesstraße und sah nichts mehr. Im Bruchteil einer Sekunde wurde ihr klar, dass sie einen Unfall bauen würde. Sie würde ungebremst in den Gegenverkehr rasen oder gegen einen Baum. Instinktiv stieg sie auf das richtige Pedal. Als das Fahrzeug scharf bremste, wurde ihr auch die Gefahr von hinten bewusst. Noch während sie sich zwischen Bremspedal und Rückenlehne einspreizte, starrte sie in den Rückspiegel und erwartete einen Laster, der mit seinem tonnenschweren Gewicht auf sie zuraste und sie zermalmte. Aber da war nichts. Kein Laster und auch kein anderes Fahrzeug. Sie kam zum Stehen. Doch sie war noch nicht außer Gefahr. Sie musste raus aus dem Fahrzeug, das mitten auf einer vielbefahrenen Straße stand. Alles in ihr schrie danach, aus dem Auto zu springen und sich in den Straßengraben zu werfen. Dann setzte ihr Verstand wieder ein. Sie drückte den Knopf der Warnblinkanlage, ließ das Seitenfenster herunter und steuerte ihren Fiesta langsam an den Straßenrand. Hier, mit dem Wagen nur noch halb auf der Fahrbahn, fühlte sie sich einigermaßen sicher. Sie warf einen Blick in den Seitenspiegel, öffnete die Fahrertür und stieg mit immer noch rasendem Herzen aus. Vom Fahrbahnrand aus begutachtete sie, was geschehen war. Die Frontscheibe ihres Autos war von einer undurchsichtigen Schmierschicht bedeckt. Allmählich verlangsamte sich ihr Atem wieder. Wie war die weiße Farbe auf ihre

Frontscheibe geraten? Konnte ein überholendes Fahrzeug im Vorbeifahren einen Schwall davon verloren haben? Unwahrscheinlich. Da fiel es ihr ein: Sie hatte den Scheibenwischer betätigt. Sie musste den Schmierfilm damit selbst auf ihrer Scheibe verteilt haben!

Ein knattriges Signalhorn ließ sie innerlich drei Meter hoch springen. Hinter ihrem Wagen am Straßenrand war ein großes Fahrzeug bedrohlich nah am Heck ihres Fiestas zum Stehen gekommen. Mit weit aufgerissenen Augen starrte Gundi auf das monströse Gefährt. Dann erkannte sie es. Es war ein Unimog. Franz saß darin. Die Anspannung fuhr aus Gundis Körper wie Luft aus einem Ballon. Behände sprang Franz von seinem Sitz und wackelte in seinem Blaumann kopfschüttelnd auf sie zu.

»Was machst denn d-du Ooschwimmerl m-mitten auf der Straß?«, fragte er.

Gundi lachte überreizt auf. Nach ihrer Fahrt im Blindflug und dem glücklichen Ende hatte sie einen kurzen Augenblick lang geglaubt, dass sie schlussendlich ein Monstertruck totfahren würde. Sie nahm einen tiefen Atemzug. »Auf dich habe ich gewartet, Kraxndroga«, konterte sie befreit.

Franz stellte sich neben sie, verschränkte die Arme und begutachtete fachmännisch den Schaden. Die Wischblätter hatten die weiße Schmiere in beinahe schön anzusehenden Halbkreisen blickdicht auf der Scheibe verteilt. »Blind«, konstatierte Franz schließlich. »Des ist b-blöd.«

In den nächsten Minuten zeigte er sich von seiner praktischen Seite. Er rangierte seinen Unimog vor Gundis Fahrzeug, klappte eine Rampe aus und beförderte ihr Gefährt geschmeidig auf seine Ladefläche. Gundi stand mit offenem Mund daneben. Dass Franz sich in solchen Angelegenheiten zu helfen wusste, das hatte sie immer wieder gehört. Aber dass er dabei mit einer Grazie hantierte, fast als würde er tanzen, erstaunte sie. Von der Schwerfälligkeit, mit der sich ihr Freund ansonsten durchs Leben bewegte, war nichts zu erkennen.

Gundi setzte sich auf den Beifahrersitz des Unimogs, und Franz transportierte den fahruntüchtigen Fiesta zurück nach Hintersbrunn. Dort wolle er die Scheibe in »Nullkommaeinundfünfzig« säubern, wie er versicherte. Gundi versprach, sich am Abend mit einem Bier zu revanchieren.

»Was hast du denn auf der Bundesstraße nach Landshut gemacht?«, fragte sie ihn noch während der Fahrt.

»Nix, warum?«

»Du bist nicht zufällig vorbeigekommen, oder?«

Franz zuckte mit den Schultern. »I-ich hab d-doch gesagt, dass ich auf dich aufpass.«

Während Franz wenig später im Hinterhof seiner Werkstatt mit einer Flüssigkeit aus einer verbeulten Blechdose ihre Scheiben reinigte, wurde Gundi bewusst, dass jemand absichtlich eine schmierige Flüssigkeit auf ihre Scheibenwischer aufgebracht haben musste. Jemand hatte beabsichtigt oder zumindest in Kauf genommen, dass sie einen Autounfall erleiden würde. Sie fröstelte.

Am Abend war sie tatsächlich in Feierlaune.

Sie hatte ein mulmiges Gefühl gehabt, als sie gegen Mittag mit ihren gereinigten Scheiben nochmals losgefahren war. Auf dieser zweiten Fahrt nach Landshut war sie so aufmerksam gewesen wie noch nie zuvor in ihrem Autofahrerleben. Sie hatte auf jede Einzelheit am Wegesrand geachtet und war vom Gas gegangen, sobald ihr jemand entgegenkam. Auch hinter ihr aufschließende Fahrzeuge hatte sie im Blick behalten und hinter jeder Kurve Unvorhergesehenes erwartet.

Der Tag in der Redaktion war dann ermutigend gewesen. Die Gespräche und das Scherzen unter Kollegen hatten sie auf andere Gedanken gebracht. Harry Kramer wollte ihren Artikel als Aufmacher im Lokalteil bringen. Eine große Hintergrundstory sollte es werden, und sie musste ihrem gestern Nacht verfassten Bericht noch einiges hinzufügen. Sie war an einem Arbeitsplatz in der Redaktion der Landshuter Zeitung inmitten von Kollegen gesessen und hatte wie eine Weltmeisterin in die Tastatur gehackt. Es war ihr leicht von der Hand gegangen. Mindestens so leicht wie Kones Karikaturen ihm aus dem Handgelenk flutschten. In ihrer Reportage beschrieb sie Zenkers Werdegang vom Angehörigen der Nationalen Volksarmee der DDR bis hin zu seinen Videobeiträgen und Blogs, in denen er wahlweise zum Widerstand gegen die bundesdeutsche Regierung aufrief oder die Gründung von völkischen Gemeinschaften auf Basis des Germanentums propagierte. Sie berichtete vom Schädelfund in ihrem Heimatdorf, von der Grundsteinlegung für das Heimatmuseum und der Ausrufung eines unabhängigen Hintersbrunn. Ein Foto zu finden, auf dem Bürgermeister Bernleitner neben dem auftrumpfenden Zenker nicht aussah wie »dem Depp sein Hacklstecker« hatte sich als Ding der Unmöglichkeit erwiesen.

Nachdem sie vorher die Scheibenwaschanlage auf ihre einwandfreie Funktionstüchtigkeit getestet hatte, war sie auf der Heimfahrt bedeutend entspannter gewesen. Sie hatte zwischendurch im Einkaufszentrum an der Bundesstraße eine Kiste Weißbier besorgt, dazu zwei Flaschen Rotwein. Nicht ohne schlechtes Gewissen gegenüber Liesi. Dann hatte sie Franz abgeholt und ihren Besuch bei Tonio und Evelyn angekündigt. Sie wollte ihren Sieg feiern. Zenker hatte mit seinem Attentat keinen Erfolg gehabt – sie war nicht verunglückt und sie hatte die Wahrheit zu Papier gebracht. Er hatte noch lange nicht gewonnen.

»Servus, Gscheidhaferl«, begrüßte Franz den Lehrer an der Wohnungstür, und die beiden schlugen sich gegenseitig auf die Schultern. Tonio wuschelte über Franz' Kopf, als wäre er noch ein Schulbub. Wie ein eingespieltes Team kümmerten sich die beiden ungleichen Männer um die mitgebrachten Getränke.

Evelyn hielt Gundi noch am Eingang am Ärmel fest. »Wir haben einen Drohbrief erhalten.« Sie reichte Gundi ein Blatt Papier. »Das war heute in unserem Briefkasten.«

Das Schreiben war »An die Volksverräter« adressiert. Es war im Stil einer gerichtlichen Verfügung verfasst. Darin wurde Tonio und Evelyn ihre Verurteilung wegen »Verrats an der Wahrheit« bescheinigt. Das Lehrerehepaar hätte sich zur umgehenden Vollstreckung des gefällten Todesurteils einzufinden. Gemäß der »Ruchlosigkeit« ihres Vergehens »gegen das Vaterland« drohte man ihnen mit verschiedenen Arten von Folterungen vor ihrer Hinrichtung.

Gundi sah Evelyn mit großen Augen an. »Von Zenker?«, fragte sie.

Evelyn nickte. »Glauben wir.«

Die ehemalige Lehrerin ging voran ins Wohnzimmer, wo Tonio und Franz es sich schon gemütlich gemacht hatten.

»Hast du unseren Liebesbrief gesehen?«, fragte Tonio an Gundi gerichtet, während er volle Gläser vor seinen Gästen platzierte.

Sie nickte. »Die Einschüchterungen gehen also weiter«, fasste sie die Situation zusammen. »Zuerst traf es den Franz. Einfach mal auf das schwächste Mitglied einer Gemeinschaft einschlagen und schauen, ob sich die anderen soldarisieren.«

»Man würde ihn demnächst zur Vergasung abholen, haben die zu ihm gesagt«, fügte Tonio hinzu.

Gundi sah Franz mit großen Augen an. »Das hast du mir ja gar nicht erzählt!«

Franz zuckte mit den Schultern. »I-ich bin ja auch kein Sch-Spasti.«

»Dann der Telefonterror bei uns«, machte Evelyn weiter. »Und jetzt der Drohbrief.«

»Einer aus Zenkers Truppe hat sich in der Gemeinde nach leer stehenden Gebäuden erkundigt«, ergänzte Tonio.

»Und Alois Münchinger sieht Zenker schon als nächsten Bürgermeister«, fiel Gundi ein. »Mir will er die Beschädigung der Ampel anhängen und lanciert, dass ich ein Alkoholproblem habe. Zenker stellt mich als übergeschnappt hin. Als eine, der man kein Wort glauben kann.«

Evelyn und Tonio schwiegen betroffen.

»Ich glaub dir allerweil!«, sagte Franz.

Sie lachten und die Runde stieß an.

»Die haben heute einen Anschlag auf mich verübt«, erzählte Gundi schließlich.

»Was?«, kam von Tonio und Evelyn wie aus einem Mund.

»Die haben meine Scheibenwischer präpariert. Ich hätte beinahe einen Unfall gebaut.«

Evelyn riss die Augen auf. »Wir müssen die Kinder warnen«, sagte sie. »Alle, die mitmarschiert sind. Die werden auch ins Visier dieser Bande geraten.«

Franz presste die Lippen aufeinander und nickte wütend. Auf den Gesichtern des Ehepaars war hilflose Besorgnis zu lesen.

»Was können wir nur tun?«, fragte Evelyn nach einer Weile.

Gundi lächelte. »Morgen erscheint mein Artikel in der Zeitung«, verkündete sie. »Dann können die Menschen hier in Hintersbrunn und in der ganzen Gegend lesen, mit wem sie es zu tun haben.«

»Zenker wird toben!«, prophezeite Evelyn.

KAPITEL 18

Der nächste Tag wollte nicht hell werden. Wie eine düstere Glocke hing eine dichte Wolkendecke über dem niederbayerischen Dorf, und es goss, als hätte der Himmel beschlossen, den Bodensatz in Hintersbrunn mit einem Schlauch auszuspritzen. In ihrem Gästezimmer war Gundi gestern Nacht – trotz der vier Weißbiere bei den Lehrern – von Gepolter geweckt worden. Unten in der Wirtsstube war lautstark gefeiert worden. Sie hatte Geschrei vernommen und grölende Gesänge. Den Vormittag verbrachte sie daher im Bett und telefonierte mit Ferdl, während sie darauf wartete, dass der Regen nachließ. Nachdem sie ihm von den Drohungen und dem Anschlag auf ihr Auto erzählt hatte, hatte er sie bedrängt, heim nach München zu kommen. Sie müsse sich dringend in Sicherheit bringen.

»Du kannst doch im Rechercheteam von André auch von München aus an dem Fall in Niederbayern arbeiten«, mahnte er sie.

Gundi fand allerlei Gründe dafür, genau das nicht zu tun, und hatte Mühe, Ferdl davon abzuhalten, zu ihrer Unterstützung nach Hintersbrunn zu kommen. Insgeheim hegte sie Zweifel, ob sie in ihrem alten Leben in der Großstadt noch ihren Platz hatte. In Ferdls Leben war sie die Nummer zwei, seit Kone da war, und neuerdings hallte ihr bisher souveränes Singledasein schrill von den Wänden ihrer Wohnung in der Au. Hier, im ländlichen Niederbayern, fühlte sie sich zwar auch nicht zu Hause, aber hier hatte sie eine Aufgabe. Menschen, die sie brauchten. Warum sie sich plötzlich für ihr Dorf verantwortlich fühlte, konnte Ferdl nicht verstehen. Und auch sie selbst wusste es nicht so genau. Als junge Erwachsene hatte sie ihre Heimat leichten Herzens verlassen. Alles war besser, als im Dorf zu bleiben, hatte sie damals gedacht. Sie hatte sich nach Flügeln gesehnt und ihr Elternhaus als Mühlstein empfunden. Ihr halbes Erwachsenenleben hatte sie nur Verachtung für das als engstirnig klassifizierte Dorf übrig gehabt. Das Problem war, dass man seine Heimat zwar hinter sich lassen konnte, dass die eigene Herkunft einen aber dennoch nicht verließ. Man nahm sie überallhin mit. Auch wenn ihrem unfähigen Vater die Fantasie für ein gutes Leben gefehlt hatte, war die kleine Welt des Dorfs ihr dennoch eine Lehrmeisterin gewesen. Nandl, unter deren strengen Urteilen sie gelernt hatte, für sich selbst einzustehen. Liesis Eltern, deren Türen ihr immer offen gestanden und die allen Menschen erst einmal vertraut hatten. Das soziale Gefüge der Dorfkinder, die sich gestritten und versöhnt, sich ausgegrenzt und wieder zusammengeschlossen hatten. Sie erinnerte sich an ihre Lehrerin an der Grundschule, Evelyns Vorgängerin, die ihre Aufsätze gut gefunden hatte, sodass sie ihr Talent entdecken konnte. Franz, dem es vollkommen wurscht war, ob sie dick oder dünn, ob sie bei anderen beliebt oder gerade wieder einmal verstoßen war. Er mochte sie einfach. So, wie sie war. Dass sie sich zu der Person entwickelt hatte, die sie heute war, hatte sie diesem Mikrokosmos Dorf zu verdanken. Seltsam, dass sie ihr Heimatdorf in der späteren Rückschau in erster Linie mit so vielen negativen Erinnerungen verbunden hatte und nie mit den Fähigkeiten, die sie in diesem Konzentrat aller Menschlich- und Unmenschlichkeiten schon als Kind erlernt hatte. Es waren verwirrende neue Gedanken für Gundi. Eines aber spürte sie ganz genau: Dieses Dorf war jetzt in Gefahr. In Gefahr durch die Zwietracht, die Zenker säte, und die Angst, die er verbreitete. Es war dem Untergang geweiht, wenn jeder nur an sein eigenes Fortkommen dachte und nicht an die Gemeinschaft.

Die Aussicht auf ein spätes Leberkässemmel-Frühstück trieb Gundi schließlich doch aus dem Bett. Außerdem musste sie irgendwo eine Zeitung kaufen. Ihre Reportage über Zenker erschien heute.

Nachdem sich auf das Gebimmel an der Ladentür niemand gezeigt hatte, fand Gundi Liesi beim Befüllen ihrer Regale im hinteren Teil des Ladens auf einer Leiter stehen. »Hast du eine Landshuter Zeitung, Liesi?«, rief sie ihr zu.

»Da bin ich aber froh, dass du da bist«, kam als Antwort. Liesi beeilte sich hinunter von der Leiter. Sie wischte sich die Hände am Rock ab und huschte hinter die Theke, wo sie nach den Semmeln griff. »Du magst bestimmt einen Leberkas!«

Gundi vergaß ihre Frage nach der Zeitung und stand mit offenem Mund vor der Ladentheke. Diese herzliche Begrüßung hatte sie nicht erwartet. Noch auf dem missglückten Dorffest hatte Liesi sie wie ein unverbesserliches Lästermaul behandelt, das sogar vor Sachbeschädigung nicht zurückschreckte.

»Was ist denn jetzt passiert?«, fragte sie entgeistert. »Ich mein, warum bist du froh?«

»Ich hab nachgedacht.« Liesi legte eine extradicke Scheibe Leberkäs in die Semmel und reichte sie Gundi. Anschließend putzte sie mit einem feuchten Lappen ihren ohnehin blitzblanken Tresen.

Gundi sah sie fragend an. »Und was ist dabei herausgekommen?«

»Gestern Nacht hat es beim Bräu eine Rauferei gegeben. Die Mariele war heut früh schon bei mir.«

Gundi erinnerte sich an das Gepolter. »Wer hat denn gestritten?«, fragte sie und biss in ihre Semmel.

»Der Zenker ist mit seinen Mannen dort gestern eingefallen. ›Division Niederbayern‹, hat er gesagt. Erst hat die Mariele gemeint, das wär eine Motorradgruppe oder so was.«

Gundi hatte den Mund gerade voll. Aber sie ahnte, welche Überraschung Mariele und ihr Mann erlebt hatten.

»Dann haben die nicht nur gesoffen«, fuhr Liesi fort. »Die haben randaliert. Und rechtsradikale Lieder gesungen.«

Gundi schluckte den zerkauten Leckerbissen hinunter. »Und dann?«

»Dann hat die Mariele mit der Polizei gedroht.«

»Auweh!«

»Das kann man so sagen. Der Zenker hat herumgebrüllt wie ein Narrischer. Hat die Mariele eine Hur' genannt, stell dir das vor! Da hat sich der Bräu eingemischt. Dann sind die zu mehreren auf ihn losgegangen. Ganz grün und blau ist er, sagt die Mariele. Und der Mariele haben sie gedroht, sie an der Linde vor der Tür aufzuhängen, wenn sie die Polizei ruft. Sie hat sich dann in ihrer Kammer versteckt. Als sie sich heute früh wieder rausgetraut hat, hat sie eine tote Ratte im Backofen in der Wirtskuchl gefunden. Und Hakenkreuze an der Wand.« Liesi sah Gundi an wie ein geprügelter Hund.

»Die neuen Herren von Hintersbrunn«, kommentierte die.

»Ich glaub, du hast recht gehabt, Gundi.«

Gundi beeilte sich durch den Regen zurück zum Greimerbräu und fand die Gaststube in grober Unordnung vor. Die Tische standen durcheinander, und ein paar Stühle waren zerbrochen. Es stank nach abgestandenem Bier und Kotze. Nur Moshammer saß in seiner Ecke, als ginge ihn das alles nichts an.

»Mariele?«, rief Gundi laut nach hinten in die Küche.

Keine Antwort.

Sie marschierte durch den Hinterausgang in den Hof und klopfte an die Tür des Wohnmobils vom Bräu. Auch hier keine Reaktion. Als sie sich umdrehte, um zurück in den Gastraum zu gehen, sah sie es: Auf die rückwärtige Wand des Greimerbräu gleich neben dem Hintereingang des Gasthauses war mit roter Farbe ein Hakenkreuz gesprüht worden. Zenkers Bande hatte ihre ekelhafte Hinterlassenschaft in der Küche sozusagen signiert.

Sie beschloss, drinnen auf die Wirtsleute zu warten. Weit konnten sie ja nicht sein. Als Erstes ging sie hinter die Theke und zapfte ein Bier für den durstigen alten Mann. Dort entdeckte sie auf einer Ablage die Zeitung von heute. Voller Vorfreude auf ihren gedruckten Artikel klemmte sie sich das Blatt unter die Achsel, nahm das Bier und setzte sich an den Tisch zu Moshammer.

»Hawe d'Ehre«, sagte sie, als sie ihm das Glas vor die Nase stellte, und er nickte zur Antwort. Sie schlug die Zeitung auf und begab sich auf die Suche nach ihrem Beitrag. Nach kurzem Blättern hatte sie ihn gefunden und knickte die Seite um. Die Bilder machten sich sehr gut. Eins zeigte Zenker mit hocherhobenem Grundstein, daneben ein anderes die Protestierenden. Im Artikel war an prominenter Stelle das Foto mit dem historischen Schädel eingeklinkt. Darüber die Überschrift: »Proteste gegen die Vereinnahmung der Landesgeschichte«.

Ein bisschen zu trocken, fand sie, aber Harry hatte darauf bestanden, über Zenkers Zugehörigkeit zu den Reichsbürgern ohne seine Stellungnahme nicht zu spekulieren. Der O-Ton aus Zenkers Rede war allerdings als Zitat im Text hervorgehoben, und er war unmissverständlich: Zenker rief in Hintersbrunn einen unabhängigen Staat aus.

»Das könnte dir so passen«, sagte sie laut und blickte erschrocken auf. Aber Moshammer schien sie nicht gehört zu haben.

Ungeduldig blickte sie zur Tür. Sie fragte sich, wo die Wirtsleute abgeblieben waren. Die Gaststätte offen zu lassen und zu verschwinden, war selbst auf dem Land, wo man Haustüren normalerweise nicht absperrte, ungewöhnlich. Sie sah zu Moshammer, der vor einem immer noch vollen Glas saß. Wahrscheinlich kam ihr die Zeit nur so lange vor, weil sie es kaum erwarten konnte, alles über den Bruch der vormaligen Interessengemeinschaft von Zenker und dem Bräu zu erfahren.

»Hast du unsere Sensation überhaupt schon gesehen, Moshammer?«, fragte sie den alten Mann, um die Wartezeit zu überbrücken. Gundi faltete das Bild mit dem Schädel nach oben und legte es vor dem Greis auf den Tisch. »Die Urmutter der Bajuwaren!«, merkte sie ironisch an. »Bei uns in Hintersbrunn!«

Aus Moshammers Gesicht wich die ohnehin nur noch spärlich vorhandene Farbe gänzlich. Mit weit aufgerissenen Augen starrte er den Totenschädel an und bekreuzigte sich.

Gundi zog die Zeitung sofort weg. Sie hatte nicht die Absicht gehabt, den alten Mann zu erschrecken. »Das ist nichts Schlimmes, Moshammer«, beruhigte sie ihn. »Das ist nur die erste Bayerin. Also, ihre sterblichen Überreste halt.«

Moshammer sah aus, als wäre ihm der Tod gerade persönlich begegnet. »Wie ... wie kommt des Bild in die Zeitung?«, stammelte er. »Wieso zeigst du mir das?«

Gundi wünschte nichts mehr, als ihre unbedachte Tat zurücknehmen zu können. Man spaßte nicht mit Abbildungen von Toten. Zumindest nicht in Moshammers Generation.

»Das braucht dich nicht erschrecken, Moshammer«, beschwichtigte sie noch einmal. »Das ist nur ein Fundstück aus dem Mittelalter, sonst nichts.«

Moshammer sah sie entgeistert an. »Gewiss nicht«, antwortete er. »Das ist die Sigrid von Tonners.«

Gundis Kinn klappte nach unten. »Wer?«

»Die heilige Sigrid von Tonners«, wiederholte er bestimmt.

Gundi legte ihm wortlos die Zeitung erneut vor die Nase, und er begutachtete das Foto ernst. »Haben sie sie endlich gefunden«, stellte er nach einer Weile abschließend fest.

Auf Nachfrage erfuhr Gundi, dass der Schädel auf dem Bild in der Zeitung nach Moshammers Dafürhalten zu den sterblichen Überresten einer Heiligen gehörte. Deren Knochen waren in der Wallfahrtskirche von Eggenzell ausgestellt, wo ihre letzte Ruhestätte aber geschändet worden war.

»Du meinst, das ist eine Reliquie?«, fragte Gundi.

»Des schiefe Maul und die Zahnlucken, des ist sie, ganz gewiss«, bestätigte er. »Aus der Frauenkirch, Maria Elend in Eggenzell. Ich bin dort aufgewachsen.«

Er würde diesen Schädel überall wiedererkennen, sagte er. Dem Knaben Moshammer habe das Memento mori im Eingangsbereich seiner Heimatkirche eine Heidenangst eingejagt.

»Aber der ist in Hintersbrunn gefunden worden«, wandte Gundi verwirrt ein. »Auf dem Weimerhof!«

Moshammer bekreuzigte sich erneut. Gundi brauchte eine Weile, um eins und eins zusammenzuzählen.

KAPITEL 19

Als sie erwachte, registrierte sie einen hämmernden Schmerz in ihrem Kopf. Sie bekam einen Hustenanfall und öffnete die Augen. Um sie herum war es stockdunkel. Keuchend stützte sie sich mit einem Ellenbogen auf der harten Unterlage ab. Wo war sie? Sie blinzelte verwirrt, aber die undurchdringliche Schwärze blieb. Mit ihrer Hand ertastete sie trockenen Staub. Jetzt spürte sie auch die Kälte der blanken Erde unter sich und schrie entsetzt auf. War sie lebendig begraben worden? Panikartig sprang sie auf die Füße und rang nach Luft. Als sich ihr Atem etwas beruhigt hatte, drehte sie sich um ihre eigene Achse. Sie stand aufrecht. Sie lag nicht in einem Grab. Instinktiv streckte sie die Arme aus, um ihre unmittelbare Umgebung zu erkunden. Doch sie erfühlten nichts. Gundi war nur umgeben von Dunkelheit und Stille. Vorsichtig setzte sie, die Hände tastend in der Luft, einen Fuß vor den anderen.

»Hallo«, sagte sie zaghaft. »Hallo! Ist da wer?«

Keine Antwort.

Sie tat einen weiteren Schritt ins Unbekannte. Und dann noch einen. Unter ihren Füßen spürte sie kleine Steine und verharrte in ihrer Position. In ihren Schläfen pulsierte der Schmerz. Sie musste nachdenken. Ruhig bleiben und überlegen. Wie war sie hierhergekommen? Langsam kehrten Erinnerungsfetzen zurück und ihr zumindest ansatzweise denkender Kopf schaltete sich ein.

Jemand war in ihrem Zimmer gewesen. Gundis Hände

wanderten an ihrem Körper hinunter. Tatsächlich. Sie trug ihren Pyjama. In der Nacht war jemand da gewesen, als sie schon in ihrem Bett gelegen hatte. Er hatte sie gepackt, und sie hatte nicht schreien können. Sie erinnerte sich, dass sie sofort an einen Einbrecher gedacht hatte, der ihr etwas antun wollte. Und dass sie sich zu wehren versucht hatte, aber sich nicht bewegen konnte. Eine Hand hatte sich auf ihren Mund und ihre Nase gepresst. Dann war alles schwarz geworden.

Sie tastete sich weiter in der Dunkelheit vor. Plötzlich stießen ihre Fingerspitzen auf etwas Hartes, und sie zuckte erschrocken zurück. Ein Wimmern kam ihr über die Lippen, und ihre Zähne begannen zu klappern. »Reiß dich zusammen!«, ermahnte sie sich.

Zögerlich streckte sie die Hand erneut aus. Sie ertastete eine Mauer. Kalte Ziegelsteine. Jetzt fasste sie auch mit der anderen Hand hin und befühlte die Wand, vor der sie offenbar angekommen war. Sie befand sich also in einem gemauerten Raum. In einem dunklen Verlies.

Sie war gekidnappt worden, schoss ihr in den Kopf. Zenkers Schläger hatten sie entführt und eingesperrt. Erschüttert blieb sie stehen, beide Hände immer noch an der Wand. Sie konzentrierte sich darauf, gleichmäßig zu atmen. Wohin hatte man sie verschleppt?

»Hilfe«, wimmerte sie. Dann drehte sie sich um, in die Richtung, in der sie den Gefängnisraum vermutete. »Hilfe!«, rief sie so laut sie konnte in die Finsternis. »Hilfe!«

Bürgermeister Bernleitner saß in der Zwickmühle. Zuerst war die Bräuin hier gewesen und hatte sich über Zenkers Arbeiter beschwert. Die hätten besoffen randaliert bei ihr, sagte sie, und es sei zu einer Prügelei gekommen.

»Mit eurer Kundschaft müsst ihr schon selber zurecht-kommen«, hatte er geantwortet. Dafür sei doch wohl nicht auch noch er zuständig. Aber die Gastwirtin hatte nicht aufgehört zu keifen. Dass er etwas gegen diese Leute tun müsse. Er, Bernleitner, hätte ihr Sommer- und Grillfeste versprochen, Gäste von außerhalb. Diese Gäste hätten aber Nazi-Lieder gesungen und die Wände beschmiert.

»Kannst du den Zenker nicht ausweisen?«, hatte sie ihn gefragt. Der sei doch keiner von hier.

Da könne man nichts machen, hatte er geantwortet. Man dürfe in Deutschland wohnen, wo man möge. Zumindest als Deutscher.

»Du bist der Bürgermeister«, hatte sie zum Schluss gesagt. »Wenn du dich nicht um uns kümmerst, wer soll es denn sonst machen?« Sie würde jedenfalls nicht warten, bis »diese Bande« ihre Drohungen wahrmache. Wenn er nichts unternähme, würde sie zurück nach Schwindach gehen und den Greimerbräu schließen. Dann gebe es gar kein Leben mehr in Hintersbrunn.

Nachdem der Artikel von Gundi Starck in der Landshu-ter Zeitung erschienen war, klingelte das Telefon beim Bür-germeister Sturm. Reporter aus ganz Bayern wollten von ihm eine Stellungnahme. Ob in seinem Dorf die Rechts-extremen das Sagen hätten, fragten sie ihn, oder ob er der Reichsbürger-Bewegung nahestünde. Girgl Bernleitner hatte bis vor Kurzem nicht einmal gewusst, dass es eine solche politische Gruppierung gab. Zunächst hatte er die aufdringlichen Reporter an Dr. Husterl verwiesen, aber der ging nicht ans Telefon. Er antwortete auch nicht auf Girgls Anrufe, und beim Landratsamt verschanzte man sich hinter der Aussage, dass Dr. Husterl nicht mehr für die Stadt tätig sei. Niemand kannte seinen derzeitigen Aufenthaltsort. Bernleitner machte sich große Sorgen, was nun aus seinem Heimatmuseum werden sollte.

Zenker war zornesrot gewesen. Der Sachse hatte es sich zur Gewohnheit gemacht, sich nicht an die Sprechstunden des Gemeindeamts zu halten, und stand zu jeder Tages- und Nachtzeit vor Bernleitners Tür. Er hatte etwas von einer Gegendarstellung gebrüllt und verlangt, dass er, Girgl, gegen die Zeitung juristisch vorgehen solle. Zwar war der Bürgermeister auch nicht begeistert von dem Artikel, der das ganze Dorf in die rechte Ecke stellte – aber klagen? Alles, was die Bäcker-Gundi geschrieben hatte, entsprach der Wahrheit.

Auch Bernleitner hatte inzwischen gelernt, was man auf YouTube alles finden konnte. Zähneknirschend war ihm klar geworden, dass er sich mit dem Teufel ins Bett gelegt hatte. Als »unnütze Fresser« hatte Zenker die alte Nandl und den Fürbitten-Franz betitelt, deren Häuser er zu »konfiszieren« gedachte. Er hatte Bernleitner überredet, der Bäcker-Gundi die kaputte Ampel in die Schuhe zu schieben. Dabei hatte der Vater vom Maxl, dem Buben, der sich auf die Straße geklebt hatte, den Schaden längst bezahlt.

»Gesocks, das wir wegsperren werden, wenn unsere Zeit gekommen ist«, hatte Zenker über die Jungs gesagt. Nach Zenkers Auftritt bei der Grundsteinlegung, wo seine »Schutztruppen« die protestierenden Jugendlichen bedrohten, stand auch für den Bürgermeister fest: Wer Zenker widersprach, musste um seine Sicherheit besorgt sein. Aber was sollte er schon dagegen tun?

Wieder läutete das Telefon, und Bernleitner ließ es klingeln. Wenn das so weiterging, würde er sein Amt niederlegen. Zenker hatte ohnehin angedeutet, dass er »dieser großen Sache« in Hintersbrunn nicht gewachsen sei. Wahrscheinlich hatte der Sachse sogar recht. Das alles wuchs ihm über den Kopf. Den Fragen der Journalisten am Telefon hätte er ohnehin nichts entgegenzusetzen als Gestammel. Also ließ er es läuten.

Tonio klopfte zaghaft. Er machte sich Sorgen.

»Gundi?«, rief er durch die geschlossene Tür des Zimmers im Greimerbräu. Als keine Antwort kam, drückte er die Klinke hinunter. Er blickte auf ein zerwühltes Bett.

»Gundi?«, fragte er erneut und trat ein. Neben dem Bett stand eine geöffnete Reisetasche, aus der ein paar zerknitterte Kleidungsstücke hingen. Unter dem Schreibtisch, der wie leer gefegt aussah, war das Netzteil eines Notebooks eingesteckt, auf dem Tisch fehlte das dazugehörige Gerät. Tonio sah durch die Glastür auf den Balkon. Von Gundi keine Spur. Das Bad ließ darauf schließen, dass Gundi nicht abgereist war. Ihre Utensilien waren alle noch da. Meisterdetektivisch befühlte er Gundis Zahnbürste. Sie war trocken. Tonio wollte schon wieder gehen, als ihm das Handy auffiel, das unter das Bett gerutscht war. Auch wenn man nur kurz aus dem Haus ging, das Handy nahm man doch immer mit, oder nicht? Er hob das Gerät auf. Der Akku war leer. Tonio schob es in seine Hosentasche.

Der Lehrer schloss die Tür hinter sich und ging die Treppe hinunter. Schon von Weitem fiel ihm jetzt der Zettel an der Tür zum Gastraum auf, den er beim Betreten nicht bemerkt hatte. Er war schnurstracks hoch zu den Zimmern gelaufen. Jetzt stand er davor und las, was darauf in krakeliger Handschrift geschrieben stand: »Wegen Krankheit geschlossen.«

Ungläubig drückte er die Klinke hinunter. Die Tür war unverschlossen. Er spähte in den menschenleeren Gastraum, in dem es ungewohnt chaotisch aussah. Die Tische standen kreuz und quer, und sogar ein paar der Stühle waren umgeworfen worden.

»Wir haben geschlossen«, hörte er und trat ein. Mariele stand hinter dem Tresen und packte Gläser in Seidenpapier.

»Was ist denn bei euch los?«, fragte er. »Wer ist denn krank?«

»Ich geh zurück nach Schwindach.«

Tonio nickte wissend. Dass es um die beiden Wirtsleute nicht zum Besten stand, war ihm seit Langem bekannt. Mariele hatte den Kampf um Gasthaus und Ehe also aufgegeben.

»Du überlässt dein Wirtshaus dem Bast?«, fragte er.

»Dem oder wem auch immer.«

Tonio verstand nicht, was sie damit sagen wollte. Allerdings hatte er im Moment andere Sorgen. Seit ihrem gemeinsamen Abend mit Franz hatten Evelyn und er nichts mehr von Gundi gehört. Nachdem er ihren Artikel in der Landshuter Zeitung gelesen hatte, hatte er ihr eine fröhliche Gratulation auf die Mailbox gesprochen. Die beiden Lehrer hatten sich zunächst nicht weiter gewundert, dass Gundi nicht zurückrief. Auch weil ihr Auto nicht vor dem Greimerbräu stand. Seit heute Morgen war es wieder da, aber Gundi war nach wie vor nicht erreichbar gewesen. Ohne darüber nachzudenken, umfasste er ihr Handy in seiner Hosentasche. Irgendetwas stimmte hier nicht.

»Weißt du, wo die Gundi ist?«, fragte er Mariele, die weiter Gläser einwickelte.

Die Angesprochene sah nicht auf. »Die hab ich seit unserem Fest am Sonntag nicht mehr gesehen.«

»Ihr Auto ist da, aber oben ist sie nicht.«

»Warst du schon beim Franz oder bei der Liesi?«

»Da geh ich jetzt hin.« Tonio sah sich noch einmal in der Gaststube um. »Und was wird jetzt aus dem Greimerbräu?«

»Kann er sich mit diesem Gesindel teilen«, antwortete Mariele mit hartem Mund. »Ich hol meinen Buben wieder zu mir und geh mit ihm heim. Mein Bruder kann dort eine Hilfe in der Küche brauchen.«

Tonio lief die Dorfstraße hinunter zum Kramerladen und fand auch den verschlossen vor. Mitten unter der Woche! Er betrat das Gebäude über den Hintereingang und rief nach der Ladenbesitzerin.

»Was ist denn auf einmal in Hintersbrunn los?«, fragte er Liesi schon, als sie die Treppe von ihrer Wohnung herunterkam. »Machst du deinen Laden auch zu?«

»Wieso ›auch‹?«

»Die Mariele geht zurück nach Schwindach.«

»Ach so.« Liesi hatte von Marieles Plänen natürlich schon gehört, und jetzt erfuhr auch Tonio von der Rauferei, den Drohungen und der Ratte.

»Das ist aber noch nicht alles, Herr Lehrer«, sagte Liesi. Sie fischte ein paar Blätter Papier aus einem Korb auf dem Boden und hielt sie Tonio unter die Nase.

Er nahm sie an sich und warf einen Blick darauf. Es war ein mehrseitiger Brief. Ein Wappen mit Reichsadler und Totenkopf zierte den Briefkopf. Absender war die »Freie Gemeinde Hintersbrunn«. Tonio sah Liesi zweifelnd an.

»Zenker und seine Bande übernehmen das Dorf«, sagte Liesi, als wäre es ein Naturgesetz. »Jetzt haben wir es auch schriftlich.«

Tonio las: »An alle Bürger der befreiten Zone Niederbayerns. Nehmt euch in Acht vor den linksextremen

Angriffen auf eure Freiheit. Glaubt nicht den Volksverrätern, die seit dem Zweiten Weltkrieg unser Vaterland an die zionistische Verschwörung verkauft haben.« Er blickte erneut auf Liesi.

»Den Brief haben wir alle heute in unseren Briefkästen gefunden.«

»Wir nicht.«

»Ihr gehört wahrscheinlich zu den linksextremen Volksverrätern.«

Tonio überflog das weitere Schreiben. »Keine Legitimation der Bundesrepublik«, stand da, und: »Freies Volk Bavaria«. Hintersbrunn sei eine Frontstadt. Ein Absatz widmete sich dem »Deutschen Blut« und dem »Deutschen Boden« und ein weiterer fabulierte über eine Landwirtschaft »nach dem Brauch unserer Väter«. Tonio ließ das Schreiben sinken. »Und das habt ihr alle bekommen?«

»Ich weiß von der Nandl und ein paar anderen. Gundi hatte recht.«

Das wusste Tonio längst. Aber dass es so schnell gehen würde, überraschte ihn doch. Das Pamphlet war eine klare Drohung an alle Bürger von Hintersbrunn, gefälligst zu kuschen. »Zenker schüchtert die Leute ein«, fasste er die neue Entwicklung mehr für sich als für Liesi zusammen. »Er macht unseren Weimerhof zum Zentrum für seine Gesinnungsgenossen und gönnt sich als Aushängeschild für seine rassistische Ideologie ein Heimatmuseum. Und der Greimerbräu wird ihr Stammlokal.«

»Und was sollen wir jetzt tun?«, fragte ihn Liesi.

Tonio wusste es auch nicht. Aber wenn niemand etwas tat, würde Zenker mit seinen Plänen durchkommen. Zuallererst musste er Gundi finden.

»Gestern hat sie hier bei mir Leberkäs gefrühstückt«, beantwortete Liesi seine Frage. »Wenn sie gescheit ist, dann zieht sie sich auch erst mal die Decke über den Kopf.«

»Ich glaub nicht, dass sie einen Rückzieher gemacht hat«, murmelte Tonio.

Franz, der in seinem Hinterhof gerade den Pfützen des gestrigen Starkregens mit einem Reisigbesen zu Leibe rückte, als ihn Tonio dort fand, wusste nur unwesentlich mehr. Gundi sei nach ihrem gemeinsamen Abend bei Weißbier und Rotwein anderntags nach Eggenzell in die Kirche gefahren, berichtete er dem besorgten Lehrer. »Hab g-glaubt, sie hat a b-bisserl beten mögen.«

Dass sie nicht in ihrem Zimmer beim Bräu war, obwohl ihr Auto vor der Tür stand, alarmierte Franz.

»I-ich schau, ob ich sie find«, sagte er, setzte sich ins Führerhaus seines Unimogs und knatterte davon.

Beim Hinausgehen durch die Vordertür des ehemaligen Ladengeschäfts fiel Tonio der Briefumschlag auf, der in Franz' Postkasten steckte. Er trug einen Reichsadlerabdruck anstelle einer Briefmarke. Tonio steckte ihn ein. Er war sich sicher, dass Gundi etwas Schlimmes zugestoßen war und dass Zenker etwas damit zu tun hatte.

Und, und packst na de Sau beim Schwoaf
und, und ziagst a wen'g o,
dann, dann hättst an Schwoaf in da Hand
und, und d'Sau lauft davo.
Ja, ja, d'Sau lauft davo.

Sie hatte sich ins Auto gesetzt und war nach Eggenzell gefahren, nachdem ihr Moshammer die Geschichte von der geraubten Reliquie erzählt hatte. Es hatte ein wenig gedauert, bis sie das zuständige Pfarramt ausfindig machen konnte. Dort hatte ein Mitarbeiter den Diebstahl vor etwa drei Jahren bestätigt. Sie sei bei einem Einbruch in der barocken Kirche zusammen mit einer ganzen Reihe von wertvollen Devotionalien entwendet worden. Ob es sich bei dem Bild in der Zeitung um den geraubten Schädel handelte, konnte er nicht bestätigen. Gundi besichtigte anschließend allein die Landkirche, in der die Spuren des offensichtlichen Vandalismus noch immer sichtbar waren.

»Ich konnte deine Kfz-Zeichen zuordnen«, hatte André zwischendrin vermeldet. »Die Fahrzeughalter lesen sich wie ein Who is Who der rechten Szene.«

»Es kommt noch dicker«, hatte Gundi geantwortet. »Zenker ist nicht nur ein Reichsbürger, er ist auch der Kopf einer Diebesbande.«

Bis spät in die Nacht hatte sie auf ihrem Zimmer im Greimerbräu die Fakten zusammengetragen. Das Landeskriminalamt vermeldete die steigende Anzahl von Kircheneinbrüchen in Niederbayern in den letzten Jahren. Nachdem in den Jahrzehnten davor nur ab und zu Opferstöcke aufgebrochen und Münzen entwendet worden waren, häuften sich zuletzt die Einbrüche und Raubzüge. Die Täter erbeuteten in den oft nur unzureichend gesicherten Kirchen wahllos sakrale Wertgegenstände. Bilder, Figuren, Ausstellungsstücke. Sie hebelten die Türen zu den Sakristeien auf, öffneten gewaltsam Tabernakel und raubten goldene Kelche und Monstranzen. Immer hinterließen sie ein Bild der Verwüstung. In einer Kirche bei Straubing wurden zwei hochwertige Apostelstatuen aus dem 17. Jahrhundert gestohlen. Bei Deggendorf silberne Hostienschalen und ein 77 Kilogramm schwerer Tresor. In der Nähe von Landau an der Isar nahmen die Diebe ein auf der Hand der Gottesmutter sitzendes Jesuskind mit Weltkugel mit und entfernten die goldenen Flügel der Engel, die unterhalb der Figur saßen. In einer Kirche in Dingolfing erbeuteten sie ein silbernes bischöfliches Brustkreuz aus dem 18. Jahrhundert, das in einer Vitrine hinter Plexiglas nur dürftig geschützt war, sowie eine große Summe Bargeld aus einer Spendenaktion. In Eggenzell, wo die sterblichen Überreste der heiligen Sigrid von Tonars geplündert wurden, war fast der gesamte Hochaltar abgebaut worden. Die Wallfahrtskirche war nur eines von vielen Zielen der offenbar gut organisierten Kunsträuber in Niederbayern gewesen. Aufgrund der räumlichen Nähe der Tatorte und der gleichartigen Vorgehensweise der Einbrecher gingen die ermittelnden Kunstfahnder des Bayerischen Landeskriminalamts von einer Serie aus. Es bestand der Verdacht, dass es sich um den- oder dieselben Täter handelte. Der Schaden lag in Millionenhöhe. Mit all diesen Informationen hatte Gundi anderntags in die Redaktion nach Landshut fahren wollen.

Das alles nützte ihr jetzt wenig. Sie hämmerte mit den Fäusten an die Ziegelwand. »Ich will hier raus!«, schrie sie aus Leibeskräften. »Lasst mich hier raus!«

Ein verzweifeltes Schluchzen entfuhr ihrer Kehle. Der Weinkrampf erfasste sie unvermittelt, und sie gab sich dem stillen Schütteln ihres Brustkorbs hin. Rotz lief ihr aus Mund und Nase. Nach einer Weile sog sie laut Luft ein. Sie wischte sich mit dem Unterarm das Gesicht trocken und versuchte, sich zu beruhigen. Wenn sie in einem Raum war, dann musste es einen Ausgang geben. Sie tappte an der Wand entlang. Die erste Ecke kam. Dann die zweite. Irgendwann musste sie doch bei einem Eingang ankommen. Einer Tür. Auf ihrem Weg räumte sie mit ihren Füßen Schutt beiseite. War das jetzt die vierte Ecke? Sie hielt inne. Wie viele Ecken musste sie passieren, bis sie Gewissheit hatte? Ein dumpfes Gefühl der Verzweiflung stieg in ihr hoch. Sie schlug mit der flachen Hand an die Wand, während sie weiterwanderte. Die Erkenntnis kam nicht langsam. Sie ertönte wie ein Gongschlag in ihrem Hirn: Es gab hier keinen Ausgang. Sie war lebendig eingemauert. Mit letzter Anstrengung unterdrückte sie die aufsteigende Panik. Sie durfte nicht aufhören, klar zu denken. Es war zwar stockfinster hier, aber sie befand sich nicht in der Hölle, sondern im fensterlosen Raum eines Gebäudes. Tief sog sie die modrige Luft ein, die nach Feuchtigkeit und altem Gemäuer roch. Mit einem Mal wusste sie es: Sie war im Weimerhof. Im Keller. Damit sank sie auf den Boden und zog die Beine an die Brust. Sie war selbst schuld an diesem Schicksal.

Bernleitner drückte seinen Rücken auf der Couch im Wohnzimmer durch und starrte die Wand an. Noch vor wenigen Wochen hatte die Zukunft für seine geliebte Heimatgemeinde so rosig ausgesehen. Wie hatte das alles nur passieren können? Er wollte doch nur das allmähliche Sterben von Hintersbrunn stoppen. Den Wegzug der Jungen, weil es in der Heimat weder Kindergarten noch Schule gab. Die Resignation der Alten, denen er weder Ärzte noch Busverbindungen bieten konnte. Zenker schien gerade zur rechten Zeit gekommen zu sein. Dabei hatte ihn die Bäcker-Gundi gewarnt. Bernleitner schüttelte unmerklich den Kopf. Er hatte Zenkers rechtsradikale Gesinnung ignoriert, weil er davon träumte, mit dessen Unterstützung Hintersbrunn zu einer touristischen Attraktion zu machen. Jetzt zahlte er den Preis dafür. Gerade war der Lehrer gegangen. Der hatte ihn wie einen Schuljungen behandelt.

»Hast du das Schreiben mitverfasst, das die Gemeinde an die Dorfbewohner geschickt hat?«, hatte er ihn ohne Begrüßung an der Haustür gefragt.

»Was? Welches Schreiben?«

»Hab ich mir schon gedacht. Jemand übernimmt für dich, Bürgermeister.«

Girgl hatte den Brief, den ihm der aufgeregte Lehrer unter die Nase hielt, gar nicht erst lesen müssen. Von wem er stammte, wusste er auch so.

»Ich kann schon nicht mehr schlafen wegen Zenker«, hatte er sich verteidigt. »Das alles ist nicht gut für meine Gesundheit.«

Tonio hatte ihm den Umschlag mit dem Reichsadler daraufhin wieder aus der Hand gerissen. Gundi Starck sei verschwunden, setzte er noch nach. Und ob er, Girgl, etwas davon wüsste.

Girgl hatte geglaubt, Haschisch im Atem seines Besuchers zu riechen. Drehten denn jetzt alle durch?

»Weißt du was von Husterl?«, hatte er zurückgefragt. »Der ist auch verschwunden. Was soll denn ohne ihn aus unserem Heimatmuseum werden?«

»Dein Husterl ist ein Lügner und ein Betrüger!«, hatte ihn der Lehrer daraufhin angefaucht. Wie früher, als er als Schüler einmal probeweise behauptet hatte, dass der Hund seine Hausaufgaben gefressen habe. Am Gartenzaun hatte sich der wütende Pädagoge noch mal umgedreht und dem Bürgermeister einen vernichtenden Blick zugeworfen. »Ein Schädel aus dem 5. Jahrhundert gehört in eine staatliche Sammlung, Herr Bürgermeister!«, hatte er ihm zugerufen.

Schon wieder schellte die Glocke an seiner Haustür, und Bernleitner sank zurück. Er wollte nichts mehr hören. Am liebsten hätte er sich vor der ganzen Welt verkrochen, ganz sicher aber vor den Dorfbewohnern, die immer nur Forderungen stellten. Zenker mit seinen unerfüllbaren Ideen zur Ortsverwaltung. Mariele mit ihrem Ausbürgerungswunsch. Und was glaubte der Lehrer, dass er wegen Gundi Starck tun sollte? Suchhunde losschicken?

Es klingelte erneut, diesmal länger. Dem penetranten Läuten nach zu urteilen, stand Zenker vor der Tür. Mit einem Seufzer schälte sich Bernleitner aus seinem Sofa und schlurfte in den Hausgang. In Gedanken sah er Zenker, der seinen Hut auch im Haus nie abnahm, schon vor sich. Er würde unaufgefordert eintreten und erst wieder gehen, wenn er eine Zusage hätte. Für was auch immer. Bernleitner fügte sich seinem Schicksal und öffnete die Tür. Draußen stand ein junger Mann mit einer Umhängetasche.

»Mein Name ist André Kraffzik, ich bin vom Münchner Tagblatt«, sagte er.

Bernleitner rollte mit den Augen. »Könnt ihr mich nicht endlich in Ruhe lassen?« Er wollte die Tür schon wieder schließen, als der nächste Satz des ungebetenen Gastes ihn innehalten ließ.

»Herr Bernleitner, was sagen Sie dazu, dass Ihr bajuwarischer Schädel ein Schwindel ist?«

Der Bürgermeister verharrte in der Bewegung. »Ein was?«

»Das archäologische Fundstück aus dem alten Bauernhof in Ihrem Ort ist in Wahrheit kunsthistorisches Diebesgut.«

Bernleitner glaubte einen Augenblick lang, sich nur verhört zu haben. Trotzdem scannte er die Umgebung hinter dem Journalisten auf eventuelle Mithörer am Gartenzaun ab. Er überlegte kurz und trat dann einen Schritt zurück.

»Kommen Sie herein«, sagte er.

KAPITEL 20

Gundi war sich sicher, wer die Kunsträuber waren. Auch die Zeit stimmte. Die Raubzüge hatten mit Zenkers Zuzug nach Hintersbrunn begonnen, und sie erklärten auch den Reichtum des verkrachten Schnapsbrenners. Vermutlich war der jahrhundertalte Schädel der heiligen Sigrid zunächst nur ein makabrer Beifang gewesen. Aber dann hatte er ihn auf dem Weimerhof platziert, um diesen zu einer archäologischen Fundstätte erklären zu können. Der willfährige Husterl musste ihm wie ein Geschenk der Götter vorgekommen sein: ein geldgieriger Handlanger, der nicht viel fragte.

Sie hatte in ihrem Zimmer ihre Erkenntnisse zusammengetragen und eine Zeitleiste mit den Einbrüchen erstellt. Für eine investigative Enthüllungsgeschichte war das ein solider Anfang. Sie würde Hilfe von Andrés Rechercheteam brauchen, das war ihr im Laufe der Arbeit klar geworden. Todmüde hatte sie eine eilige E-Mail an Zenker abgeschickt, in der sie ihn zu einer Stellungnahme aufforderte. Der Artikel werde so oder so erscheinen, hatte sie ihm Druck gemacht und war sich mordsmäßig schlau dabei vorgekommen. Es liege nur an ihm, ob seine Sicht der Dinge darin auch dargestellt würde. Sie hatte ihre Dateien gesichert und – das war ihre letzte Erinnerung – im Bett noch den Wecker ihres Handys aktiviert. Dann musste sie eingeschlafen sein, ohne wie in den Tagen davor die Tür verrammelt zu haben.

Sie schrak hoch und riss die Augen auf. Die Dunkelheit hatte sich wie eine eisige Decke über sie gelegt. Ihr Mund war ausgetrocknet. Wie lange war sie weggetreten gewesen? Sie hob den Kopf, der zwischen ihren Knien gehangen hatte. Gerade war sie doch noch an ihrem Schreibtisch beim Greimerbräu gesessen. Oder hatte sie das nur geträumt? Hatte Zenker ihr Drogen verpasst? Sie musste unbedingt bei Bewusstsein bleiben! Angestrengt lauschte sie auf ihre Umgebung. Minutenlang. Es war nichts zu hören. Aber deswegen durfte sie nicht aufgeben, ermahnte sie sich. Sie musste sich bemerkbar machen.

Auf allen vieren robbte sie ziellos durch die Schwärze, weg von der Mauer. Sie musste etwas finden, mit dem sie gegen ihre Kerkerwände klopfen konnte. Ihre Hand ertastete etwas Hartes. Ein eckiger Stein, der auf dem Boden lag. Sie griff ihn, kroch so schnell sie konnte zurück zur Wand und schlug mit dem Stein fest dagegen.

»Hallo!«, schrie sie. »Ich bin hier!« Sie hieb mit dem Ziegel erneut gegen die Wand und dann noch mal und noch mal. Unzählige Male, während ihre Stimme immer heiserer wurde.

»Helft mir!«, krächzte sie. »Bitte!« Entkräftet brach sie ab. Der Klotz fiel ihr aus der Hand. Schwer atmend versuchte sie zu lauschen. Nichts. Da oben auf der Baustelle des Weimerhofs war niemand. Sie meinte, das Blut in ihren Adern rauschen zu hören.

Geschwächt zwang sie sich, nicht noch einmal einzuschlafen. Irgendwann mussten ihre Kidnapper auftauchen. Ihr eine Flasche Wasser bringen oder ein Tablett mit Essen, so wie man es in den Filmen über Entführungen immer sah. Wenn sie im Keller des Weimerhofs war, mussten irgendwann die Arbeiter wiederkommen. Die würden sie hören und finden. Welcher Tag war heute? War draußen Tag oder Nacht? Sie wusste es nicht, aber sie durfte nicht aufhören, auf sich aufmerksam zu machen. Allerdings waren ihre Arme gerade schwer wie Blei.

Dann kam ihr ein Gedanke, so finster wie das Loch, in dem sie saß. Auf dem Weimerhof arbeiteten ausschließlich Zenkers Leute. Die würden sie nicht befreien. Die würden sie vermutlich knebeln, wenn sie ihre Hilfeschreie hörten. Husterl war ihre einzige Chance. Er war zwar skrupellos, wenn es um Geld ging, aber er würde sicherlich keinen Mord decken. Für einen kurzen Moment schöpfte sie Hoffnung. Doch ihr nächster Gedanke machte diese schon wieder zunichte. Was träumte sie sich da Dummes herbei? Zenker brauchte die Arbeiten nur für ein paar Tage zu unterbrechen. Im Dorf, das von hier aus gesehen auch auf dem Mond hätte liegen können, würde keine Menschenseele ihre Hilfeschreie hören. Ihr Mund fühlte sich jetzt schon wie Schmirgelpapier an. Zenker brauchte nur abzuwarten, bis sie in der Katakombe des Weimerhofs krepiert war. Sie würde hier elend verdursten.

André hatte in der Nacht eine Mail von Gundi mit ihrer Recherchesammlung erhalten. Erst hatte er ein wenig Mühe gehabt zu verstehen, um was es sich handelte, denn die Kollegin hatte keine Zusammenfassung oder Schlussfolgerung formuliert. Doch dann fiel ihm ihre Andeutung, Zenker sei ein Dieb, wieder ein. Nachdem er Gundi am Morgen nicht erreicht hatte, hatte er begonnen, das Material zu sichten.

Es war ein Sammelsurium von Polizeimeldungen zu Kircheneinbrüchen und Kunstdiebstählen mit jeder Menge Links zu Datenbanken von geraubter sakraler Kunst.

Gundi hatte eine Karte erstellt, auf der sie alle recherchierten Tatorte von Kircheneinbrüchen der letzten Jahre eingezeichnet hatte. Hintersbrunn befand sich im Zentrum des Geschehens. Sie hatte Fakten zusammengetragen, die nahelegten, dass Lutz Zenker, der Reichsbürger von Hintersbrunn, Kopf einer Diebesbande war, die hinter den Kircheneinbrüchen der letzten Jahre in Niederbayern steckte. Das geraubte Diebesgut hatte sie auf einer noch unfertigen Liste zusammengefasst. Aus ihr ging hervor, dass der Knochenfund in ihrem Heimatdorf Hintersbrunn Teil einer Reliquie war, die bei einem Kirchenraub im niederbayerischen Eggenzell entwendet worden war. Gundi hatte alle ihre bisherigen Rechercheergebnisse in einem Ordner per WeTransfer übertragen. Es schien fast so, als hätte seine Kollegin ihre Ermittlungsergebnisse auf einer externen Festplatte sichern wollen.

Dass Gundi nicht zurückgerufen hatte, nachdem er versucht hatte, sie zu erreichen, beunruhigte André. Erst vor wenigen Tagen war wieder ein Journalist körperlich angegriffen worden, weil er bei einem Empfang in Coburg einen der Redner hinterfragt hatte, der in Verdacht stand, einer verfassungsfeindlichen Gruppierung anzugehören. Wenn Gundi auf der richtigen Spur war, hatte sie auch in Hintersbrunn mit gewalttätiger Gegenwehr zu rechnen.

Im Wohnzimmer von Bürgermeister Bernleitner musste er feststellen, dass der Amtsträger von den staatsfeindlichen Ansichten des Dorfbewohners Zenker wenig überrascht war. Dass sein bajuwarischer Schädel nicht echt sein sollte, erschütterte ihn dagegen tief. André kannte das. Es war menschlich. Das eine war abstrakt, das andere betraf ihn persönlich. Steigende Preise beim Edeka um die Ecke beschäftigten die Menschen auch mehr als hungernde Kinder in Afrika. Gerade hatte er den Bürgermeister vom Verschwinden seiner Kollegin in Kenntnis gesetzt.

»Der Herr Lehrer, also ich mein, der Tonio, das ist unser Lehrer hier«, stammelte der Bürgermeister, »also der Tonio, der ist gerade auf der Suche nach der Gundi.« Auch er selbst mache sich große Sorgen um Frau Starck, betonte er.

Als Tonio in seinem alten Citroën auf dem Schulhof ankam, fand er dort Bernleitner vor, mit einem jungen Mann im Schlepptau. Sein Groll über die maßlose Naivität des Bürgermeisters war inzwischen von neuem Ärger übertüncht worden.

»Auf der Polizeistation haben sie mir gesagt, jeder Erwachsene habe das Recht, seinen Aufenthaltsort zu bestimmen, ohne Familie oder Freunde zu informieren«, zürnte er noch im Aussteigen aus seinem Wagen.

»Gefahr für Leib und Leben«, antwortete der junge Mann. »Die Polizei ermittelt nur, wenn man glaubhaft machen kann, dass die vermisste Person in Gefahr ist.«

»Das habe ich versucht«, betonte der Lehrer. »Gundi hat uns erzählt, dass jemand ihr Auto manipuliert hat.«

»Und wie hat die Polizei darauf reagiert?«

»Sie werden eine Streife zu ihrer Münchner Wohnung schicken«, schnaubte Tonio.

André lächelte. »Mein Name ist André Kraffzik vom Münchner Tagblatt«, stellte er sich dem Lehrer vor. Der wütende Althippie erinnerte ihn an seinen Vater, der von einem grundlegenden Misstrauen gegen jegliche Staatsorgane durchdrungen war.

Gleich darauf wurde er wieder ernst. »Es steckt noch mehr hinter der Sache«, erklärte er nun auch Tonio. »Gundi hat herausgefunden, dass der Reichsbürger Lutz

Zenker, der sich bei euch eingenistet hat, ein Dieb ist. So, wie es aussieht, hat er mit zahlreichen Kunstdiebstählen und Raubzügen in Kirchen ein Vermögen angehäuft, mit dem er hier in Hintersbrunn seine Umsturzpläne finanziert.«

»Und unser Schädel im Weimerhof ist nicht die erste Bajuwarin«, nuschelte Bernleitner deprimiert. »Er ist eine Reliquie aus einem Kirchenraub.«

»Ich wusste doch, dass mit dem Fund etwas nicht stimmt!« Tonio entfuhr ein triumphierendes Lachen, aber André hatte keine Zeit für Rechthaberei. »Wenn Zenker weiß, was Gundi herausgefunden hat, wird er nicht zögern, sie mundtot zu machen.«

»Oder ganz tot«, ergänzte Bernleitner.

André sah Tonio entschlossen an. »Wir müssen etwas tun. Sofort.«

Der Plan war schnell geschmiedet. Die drei Ungleichen, aber in der Sache Verbündeten stiegen in den Wagen des Lehrers. Tonio und André aus Sorge um Gundi, Girgl, weil er endlich auch auf der richtigen Seite stehen wollte.

Nach einer kurzen Fahrt, die sie aus dem Dorf hinaus auf einen der Hügel führte, die Hintersbrunn umgaben, bogen sie in einen schmalen Weg ein. Sie parkten auf der Einfahrt vor Zenkers Haus. André registrierte, dass Gundi nicht übertrieben hatte. Die Villa mit Wachturm stand auf Granitblöcken und sah wirklich aus wie eine Festung. Von den Autos der rechtsextremen High Society, die Gundi fotografiert hatte, war nichts zu sehen. Man war auf der kurzen Fahrt übereingekommen, Bernleitner vorzuschicken, der sich zunächst geweigert hatte. »Wieso ich?«, hatte er gejammert. »Ihr seid doch Gundis Freunde.« Schließlich hatte er eingesehen, dass ihre Chancen am größten waren, wenn Zenkers vermeintlich Verbündeter klingelte. »Türöffner«, nannte André es.

Nun stand Girgl zwischen den Säulen vor dem Eingang zur Villa, und seine Hand zitterte so stark, dass er beinahe den Klingelknopf nicht getroffen hätte. André und Tonio blieben am Fuß der Treppe vor den steinernen Raubtierköpfen stehen. Nach einer gefühlten Ewigkeit öffnete sich die Tür, und Zenker erschien.

»Endlich, mein Gutster!«, begrüßte er Bernleitner. »Du bringst vermutlich meinen Wisch vorbei.«

Bernleitner wusste, wovon Zenker sprach. Der Sachse hatte vom Bürgermeister verlangt, ihm eine Gaststättenkonzession »der befreiten Zone Hintersbrunn« auszustellen. Bernleitner hatte keine Ahnung gehabt, wie er diesem Wunsch nachkommen sollte, und es vor sich hergeschoben. »Nicht direkt«, antwortete er leise und drehte sich zu seinen Begleitern um.

»Was macht dieses linksversiffte Schlafschaf hier?«, donnerte Zenker und deutete mit ausgestrecktem Finger auf Tonio.

»Wir haben Grund zu der Annahme, dass die Reporterin Gundi Starck hier sein könnte«, ergriff André das Wort.

Zenker riss die Augen auf. Dann lachte er los. »Seid ihr von allen guten Geistern verlassen?« Er feixte noch eine Sekunde lang, dann verschwand sein Grinsen so schnell, wie er es aufgesetzt hatte. »Ich hab mit dieser Fotze nichts zu tun«, sagte er und betonte das obszöne Wort genüsslich.

»Dürfen wir reinkommen?«, beharrte André.

Der Hausherr verschränkte die Arme vor der Brust und stellte sich breitbeinig in seiner Tür auf. »Sonst noch Wünsche?«

»Herr Zenker, wissen Sie, wo sich Gundi Starck aufhält?«

»Hast du Bohnen in den Ohren?«

André biss sich auf die Lippen. So kam er nicht weiter. Kurz entschlossen machte er einen anderen Versuch.

»Wir wissen, dass Ihr historisches Fundstück eine Fälschung ist, Herr Zenker. Es stammt von einem Kirchenraub hier in der Gegend, von denen es in letzter Zeit mehrere gegeben hat. Haben Sie etwas mit diesen Diebstählen zu tun?«

Zenker schnappte nach Luft. Sein Kopf lief rot an, und für einen kurzen Moment war er tatsächlich sprachlos.

»Das ist eine Unverschämtheit«, keuchte er schließlich. Sein Blick flackerte und blieb an Bernleitner hängen. »Was bringst du mir hier für Ungeziefer an, du kleiner Spießer?« Mit diesen Worten tippte er dem vor ihm stehenden Bürgermeister hart gegen die Brust. Bernleitner taumelte und drohte einen Augenblick lang, nach hinten zu kippen. Er fing sich aber sogleich wieder und blieb mit hängendem Kopf auf der oberen Treppenstufe stehen.

»Wir können beweisen, dass Sie hinter den Kircheneinbrüchen in dieser Gegend stehen«, log André, ermutigt durch die Reaktion Zenkers.

Zenker schnaubte. »Hast du mir einen neuen Schmierfinken auf den Hals gehetzt?«, herrschte er erneut Bernleitner an, der seinem Blick nicht standhielt.

»Sagen Sie endlich, was Sie mit Gundi gemacht haben«, platzte es aus Tonio heraus. Aber Zenker war für einen kurzen Moment abgelenkt. Er blickte über die Schulter zurück ins Haus.

»Gibt's Probleme?«, hörte man hinter seinem Rücken. Zenker machte eine Geste ins Hausinnere. Dann wandte er sich wieder seinen Besuchern zu.

»Ich habe mit eurem ganzen Scheiß nichts zu tun«, sagte er leiser als vorher. Er schien sich beruhigt zu haben.

»Du willst unser Dorf übernehmen, du Nazischwein!«, rief Tonio, dem der Geduldsfaden gerissen war, und André machte ein unauffällig beschwichtigendes Handzeichen in Richtung seines Mitstreiters.

»Herr Zenker, wenn Sie uns reinlassen, könnten wir uns überzeugen, dass …«

»Jetzt reicht es mir!«, brüllte der Hausherr. Er griff hinter sich und präsentierte ein Gewehr vor seiner Brust. Tonio war so überrascht, dass ihm ein kleiner Schrei entfuhr. Nur André hatte damit gerechnet. Er hob die Hände wie zur Abwehr.

»Bitte«, murmelte Bernleitner, der starr vor Schreck den Boden unter seinen Füßen fixierte. »Wir können doch über alles reden.«

»Halt deine Fresse, du Verräter!«, herrschte ihn Zenker an.

»Alles, was wir wollen, ist sicherzugehen, dass Gundi Starck nichts passiert ist. Nichts von alledem muss an die Öffentlichkeit geraten«, lenkte André ein.

»Ich stopfe dir gleich dein Lügenmaul, du Abschaum!«, schrie Zenker. »Komm her und sieh nach, wo deine Hure ist! Du wirst den Versuch nicht mehr vergessen!« Zenker lud das Gewehr durch, worauf sich Tonio und André, als hätten sie sich abgesprochen, gleichzeitig langsam rückwärts bewegten.

Ein Knall zerriss ihnen fast die Ohren. Sie blieben wie angewurzelt stehen und starrten Zenker an. Er hatte über ihre Köpfe hinweg einen Schuss in die Luft abgegeben. Schmauch strömte aus der Mündung des Gewehrs. Bis ins Mark erschrocken, drehten sich Tonio und André auf den Hacken um und liefen zum Auto. Sie erreichten den Citroën und warfen sich dahinter in Deckung. Zenker lachte dröhnend. Schwer atmend wagte André einen Blick über die Kühlerhaube. Bernleitner stand noch immer auf der

Treppe. Er hatte sich weit vorgebeugt und hielt sich mit beiden Händen die Ohren zu.

»Girgl!«, schrie ihm Tonio lauthals zu. Er war neben André aufgetaucht. »Lauf!«

Bernleitner hob den Kopf und blickte Richtung Tonio. In seinem Gesicht stand Unverständnis. Dann schien er plötzlich zu begreifen. Ohne Zenker anzusehen, stolperte er die Treppen hinunter und taumelte Richtung Auto.

Die nächsten Augenblicke vergingen für André wie in Zeitlupe. Noch während der Bürgermeister auf wackeligen Beinen auf sie zukam, legte Zenker seelenruhig an und zielte. Er nahm den flüchtenden Bernleitner ins Visier. Dann schoss er. Die Kugel riss den Bürgermeister von den Füßen. Er schlug mit dem Gesicht nach vorne auf der Einfahrt auf und blieb regungslos liegen.

Zenker warf den fassungslos glotzenden Besuchern hinter ihrem Auto einen triumphierenden Blick zu, drehte sich um und ging ins Haus. Die Tür fiel ins Schloss.

André und Tonio stürzten gleichzeitig auf den am Boden liegenden Bernleitner zu. Tonio fiel auf die Knie und drehte den leblos wirkenden Körper um. Er legte sein Ohr an das Gesicht des Bürgermeisters. »Er atmet noch!«, rief er.

André stand einen Moment lang daneben und fixierte das Haus mit dem Wachturm. Dann riss er sich los. »Wir müssen hier weg!«, schrie er. Er packte den Bewusstlosen bei den Füßen, und Tonio hakte sich geistesgegenwärtig unter den Achseln Bernleitners ein. Sie zerrten den Schwerverletzten auf den Rücksitz des Citroëns und rasten Richtung Landshut los.

Gundi hatte aufgehört, um Hilfe zu rufen. Der Durst quälte sie. Ihr ganzer Körper schmerzte vom Zusammenkauern auf dem harten Kellerboden, der nach Erde und Moos roch. Sie fror. In den letzten Stunden hatte sie immer wieder ein heftiger Schüttelfrost heimgesucht.

»Ich muss in Bewegung bleiben«, schärfte sie sich ein und zog sich langsam an der Wand auf die Füße. Das Blut in ihren Beinen begann mit einem Kribbeln zu zirkulieren. Um sie herum herrschte immer noch Grabesdunkel. Langsam tastete sie sich an der Wand entlang und suchte mit den Fingerspitzen erneut die Ziegel nach Unebenheiten ab. Nach wenigen Metern stoppte sie. Was suchte sie eigentlich? Hinter den Wänden ihres Verlieses war nur Erde. Sie war in diesem Kellerloch lebendig begraben. Ihr Blick ging nach oben, wo sie die Kellertür vermutete. Minutenlang kreisten ihre Gedanken um die Idee, dass dort etwas erscheinen würde, wenn sie nur lange genug hinsah. Irgendwann musste es doch Tag werden, und dann würde Licht durch das Schloss fallen oder durch die Ritzen der Falltür. Sobald sie Licht sehen würde, würde sie wieder klopfen und rufen, nahm sie sich vor. Sie zermarterte sich ihr Hirn danach, wie der Kellerzugang ausgesehen hatte, als sie damals mit Husterl die Baustelle besichtigt hatte. Waren es Bretter gewesen? Gab es einen Riegel? Plötzlich stand ihr das Bild wieder klar vor Augen: Der Eingang zu den Kellergewölben des Weimerhofs sah aus wie ein im Boden eingelassener Tresor. Hier würde kein Licht hereinfallen. Sie war in einem hermetisch abgeschlossenen Raum gefangen. Panikartig sog sie Luft ein und hielt sie gleich darauf an. Wie lange würde der Sauerstoff hier reichen? Würde sie in diesem Bunker ersticken? Ihre Beine versagten, und sie fiel auf die Knie. Ein heulender Schrei des Entsetzens kam aus ihrer Lunge.

KAPITEL 21

Draußen im Dorf wurde es tatsächlich Tag, obwohl die vergangene Nacht hatte glauben machen wollen, sie würde ewig dauern. Ein Sturm war über das niederbayerische Dorf hinweggezogen und hatte an den Fenstern des alten Schulhauses gerüttelt, als begehrten alle Geister der Nacht mit vereinten Kräften Einlass. Evelyn und Liesi waren als Erste auf den Beinen. Wortlos und weil sie nicht wussten, was sie sonst tun konnten, begannen sie, das Frühstück zuzubereiten, während die Gäste im Wohnzimmer noch auf Couch und Boden campierten. Liesi füllte Pulver in die Kaffeemaschine und Evelyn rührte in einer Schüssel alle Eier auf, die sie vorrätig hatte. Die Ladenbesitzerin hatte die stürmische Nacht auf Tonios Fernsehsessel verbracht, nachdem Evelyn sie nicht mehr hatte heimgehen lassen, weil man inzwischen wusste, dass in Hintersbrunn ein bewaffneter Irrer herumlief. Am Abend war sie mit den zwei Freunden von Gundi, die aus München angereist waren, zu den Lehrern gegangen, in der Hoffnung, dass sie mehr über Gundis Verbleib wüssten. Sie fanden Evelyn allein vor, die sich ebenfalls große Sorgen um ihren Mann machte, und erfuhren, dass sich Tonio zusammen mit dem Bürgermeister und einem von Gundis Arbeitskollegen auf die Suche nach ihr gemacht hatten. Als die dezimierte Suchmannschaft nach bangen Stunden des Wartens endlich eintraf, war Evelyn als Einzige erleichtert. Immerhin war ihr Mann wieder da. Zenker habe auf den Bürgermeister geschossen, berichteten Tonio und der Journalist fassungslos. Bernleitner befände sich im Städtischen Krankenhaus in Landshut und außer Lebensgefahr. Von Gundi fehle nach wie vor jede Spur.

Im Wohnzimmer saßen Ferdl und Kone auf der Couch. Die beiden waren in eine Decke eingewickelt, Kone hatte den Kopf auf die Schulter seines Lebensgefährten gelegt und schlief einen unruhigen Schlaf. Ferdl hatte die ganze Nacht kein Auge zugetan. Nachdem Gundi auf keine seiner Nachrichten reagiert hatte, war er mit Kone kurzerhand nach Hintersbrunn gefahren. Liesi, Gundis einstige Schulfreundin, hatte sie schließlich zu der pensionierten Lehrerin gebracht, bei der sie gemeinsam auf Neuigkeiten zur Suche nach der verschwundenen Gundi warteten. Die Nachricht, dass Gundis Gegenspieler, der Reichsbürger Zenker, dem sie hier in Hintersbrunn auf der Spur war, nicht davor zurückschreckte, Leute abzuknallen, weckte die schlimmsten Befürchtungen in Ferdl.

In der Tür zum Schlafzimmer erschien Tonio. Er sah aus, als hätte ihn das Unwetter der Nacht auch im Bett heimgesucht. Seufzend setzte er sich Ferdl und Kone gegenüber auf das kurze Ende der Eckcouch und verbarg sein Gesicht in den Händen.

Ferdl räusperte sich. »Seid ihr mit Girgl eng befreundet gewesen?«, fragte er Tonio leise und biss sich sofort auf die Zunge. Die Frage klang, als wäre der Bürgermeister bereits tot.

»Er hatte ein Riesenglück«, antwortete Tonio. »Die Ärzte haben gesagt, es ist nur eine Fleischwunde.«

Liesi stellte eine Glaskanne mit Kaffee und ein paar Tassen auf den Wohnzimmertisch und zog sich auf eine der Fensterbänke zurück. Sie fühlte sich verantwortlich, weil sie auf die schönen Worte von Xaver hereingefallen war, und machte sich still die schlimmsten Vorwürfe. Kone hob verschlafen den Kopf.

Tonio stand der Schock über die gestrigen Ereignisse noch immer gut lesbar im Gesicht. »Ihr hättet Zenkers Augen sehen sollen. So viel Hass.«

Ferdl wagte seine nächste Frage zunächst gar nicht zu stellen. »Und er ist für Gundis Verschwinden verantwortlich?«, begann er schließlich langsam, ohne seiner schlimmsten Befürchtung Ausdruck zu verleihen.

Tonio nickte.

»Glaubt ihr, dass er sie ...?«

»Zenker hätte den Bürgermeister auch tödlich treffen können«, ertönte eine Stimme hinter der Couch. Andrés Gesicht erschien oberhalb der Lehne. Er hatte die Nacht auf dem blanken Boden verbracht und sah trotzdem ausgeschlafen aus. Sorgfältig faltete er die Decke, auf der er genächtigt hatte, zusammen. »Der Schuss in den Hintern des Bürgermeisters war gezielt und mit Sicherheit Absicht. Zenker will Macht, keine Toten«, stellte er fest und legte eine Hand auf Ferdls Schulter. »Gundi lebt, da bin ich mir sicher.« Damit setzte er sich neben Tonio und häufte sich Rührei, das Evelyn inzwischen in einer Pfanne gebracht hatte, auf den Teller.

Ferdl hatte nicht den Hauch von Appetit. »Aber wo ist sie?«, fragte er verzweifelt in die Runde. »Hält Zenker sie gefangen? Was bezweckt er damit?«

»Ich weiß es ehrlich gesagt auch nicht«, antwortete André mit vollem Mund. »Möglicherweise. Aber Gundi hat genügend Beweise zusammengetragen. Mit der Veröffentlichung kann ich dem Kerl das Handwerk legen. Gleichzeitig solltet ihr noch mal zur Polizei gehen. Besteht darauf, dass sie wegen ihres Zeitungsartikels in Gefahr ist ...«

»Das dauert mir alles viel zu lange«, fiel ihm Ferdl ins Wort. »Wenn sie noch lebt ...« Er brach ab, weil er selbst über sein »wenn« erschrak, und warf die Decke von seinen Knien. Kone griff nach seiner Hand und richtete sich ebenfalls auf.

»Wir müssen irgendwie in Zenkers Haus gelangen. Nur dann können wir sicher sein«, entschied Ferdl.

»Das wäre Selbstmord«, wandte Tonio ein.

»Gundi ist in Gefahr. Wir können nicht länger warten«, entgegnete Kone.

Die beiden Münchner waren schon aufgestanden, als ein Schrei sie herumfahren ließ. »Franz!«, stieß Liesi hervor. Sie hatte die Diskussion nur mit halbem Ohr verfolgt und ratlos hinunter auf den Schulhof geblickt.

Wie auf Kommando sprang die Tischgesellschaft auf und rannte ans Fenster.

Gundi war zu schwach, um aufrecht zu stehen. Den Rücken zur Wand, umschloss sie ihre Knie mit beiden Armen. Sie fiel immer wieder in eine Art Dämmerschlaf und hatte jegliches Zeitgefühl verloren. Vor einer Weile hatte sich der Gedanke, in diesem Kellerloch einzuschlafen und nie wieder aufzuwachen, gar nicht mehr so schrecklich angefühlt. Sie wollte schlafen, aber die Kälte weckte sie immer wieder auf. Die Schüttelattacken kamen inzwischen alle paar Minuten.

War da ein Geräusch gewesen? Sie lauschte. Nein. Es waren nur die Geister, die sich in der grenzenlosen Finsternis um sie herum bewegten. Ihr war bewusst, dass ihr der Verstand Streiche spielte. Aber in der Dunkelheit ihres

Verlieses wurden die Bilder in ihrem Kopf real. Ihr Vater erschien vor ihr, der nur ein paar Hundert Meter von hier entfernt in der Hintersbrunner Erde begraben lag. Warum hatte sie ihm nie verzeihen können? Ihr ganzes Leben lang hatte sie beweisen wollen, dass sie es zu etwas bringen konnte. Dass sie es schaffen würde, ohne ihn. Dass sie ihn nicht brauchte. Sie hatte Kraft gezogen aus ihrer Abneigung gegen ihn und alles, wofür er stand, und hatte sich ganz auf ihren Beruf konzentriert. Als ultimative Bestrafung hatte sie ihm nie von ihren Erfolgen erzählt.

War da jemand? Sie hob den Kopf erneut von ihren Knien. Bitte, bitte, lass da jemanden sein! Aber da war nichts. Nur Stille und die Gespenster in ihrem Kopf. Sie würde hier sterben. Das allein konnte sie akzeptieren. Was sie jedoch umtrieb, war die Erkenntnis, dass sie ihr ganzes Leben vergeudet hatte. Sie war niemals eine enge Beziehung eingegangen und hatte sich keinem anderen Menschen wirklich geöffnet. Sich gänzlich gezeigt. Sie hatte immer nur gut dastehen wollen, selbst vor ihren wenigen Freunden. Ferdl tauchte vor ihr in der Dunkelheit auf. Ihm war es immer egal gewesen, ob sie erfolgreich war oder nicht. Und sie hatte es ihm gedankt, indem sie ihm sein Liebesglück nicht gönnte. Wenn sie doch nur die Chance hätte, es besser zu machen. Nein, sie wollte nicht sterben.

»Lieber Gott«, wimmerte sie. »Bitte rette mich!«

Ein trockenes Lachen entfuhr ihr. Sie hatte natürlich nie an Gott geglaubt. Also warum sollte ausgerechnet er ihr jetzt helfen? Sie hatte alles falsch gemacht im Leben, und jetzt war es zu spät.

»Mama!«, rief sie. »Mama! Dann hilf du mir!«

Da war es wieder! Das Geräusch. Sie war sich sicher. Es war ein leises Scharren, und es kam eindeutig von oben.

Würde sie doch gefunden werden? Jetzt, wo es beinahe zu spät war? Sie wollte sich bemerkbar machen und öffnete den Mund. Aber sie schrie nicht.

Stopp, sagte ein archaischer Überlebenswille in ihr. Sie atmete lautlos aus. Wenn das da oben Zenker war, dann würden ihm ihre Hilferufe nicht gefallen. Er würde herunterkommen und sie zum Schweigen bringen. Er würde ihren qualvollen Tod im Bunker nicht mehr abwarten und sie auf der Stelle erschlagen. Sie presste die Hände auf den Mund, um sich mit ihrem Atem nicht zu verraten. Ja. Das war es: Sie musste sich totstellen. Zenker sollte denken, dass sie längst nicht mehr am Leben war.

Ein neues Geräusch. Diesmal klang es lauter. Es war nicht nur Schaben und Wühlen, ein leises Hämmern mischte sich darunter. Sie hörte Staub von der Decke rieseln. Jemand machte sich an der Falltür zu schaffen, das war jetzt klar. Nacktes Grauen packte sie. Und Todesangst. Das war Zenker da oben, sie war sich sicher. Er war gekommen, um sie zu töten. Sie würde jetzt sterben. Jetzt und hier. Lautlos bewegte sie sich so weit weg von dem Geräusch, wie es ihr möglich war. Obwohl sie nichts sehen konnte, hielt sie die Augen auf die Stelle gerichtet, an der sie die Falltür vermutete, und kroch auf dem Hintern rückwärts. Sie erreichte eine Ecke und griff mit den Händen nach ein paar kleinen Steinen am Boden. Kampflos würde sie nicht aufgeben. Sie würde sich mit allem verteidigen, was sie aufzubieten hatte. »Gott im Himmel, hilf mir!«, flüsterte sie tonlos.

Das Klopfen wurde lauter. Jetzt knarrte etwas. Gundi umklammerte die Steine in ihrer Hand. Mit einem schauerlichen Knirschen von Metall öffnete sich die Tür an der Decke ihres Gefängnisses einen Spalt. Ein gleißender Lichtstrahl blendete sie. Sie hielt ihre Fäuste, in denen sie die Steine verbarg, schützend vor das Gesicht und presste ihre Lider zusammen. Sekunden später zwang sie sich, ihrem Unheil entgegenzusehen. Blinzelnd machte sie die Augen auf. Über ihr öffnete sich die Falltür etwas weiter, und jetzt konnte sie auch erkennen, dass da oben jemand war. Ein Schatten bewegte sich. Das Entsetzen schnürte ihr fast die Luft ab. Die Tür öffnete sich gänzlich und rastete mit einem scharfen Quietschen ein. Plötzlich war es totenstill. Im Lichtdreieck des Obergeschosses erkannte sie die Umrisse eines runden Kopfes.

»G-G-G-Gundi?«

Beim Bräu waren die Jalousien, die seit Jahren nicht mehr benutzt worden waren, heruntergelassen. Aber nicht wegen des Sturms in der letzten Nacht. Mariele war Hals über Kopf ausgezogen. Ihr Bruder war gekommen und hatte Möbel und andere bewegliche Einrichtungsgegenstände der kürzlich renovierten Gästezimmer abtransportiert. Sie hatte Gläser und Geschirr in große Kisten verpackt und ihre Kleider in mehrere Koffer gestopft. Tischwäsche, Bettwäsche, Teppiche, Vorhänge. Sie hatte alles mitgenommen. Nur ihr zurückgelassener Mann saß einsam im Wohnmobil hinter dem leer geräumten Gasthaus und gab nicht auf. Jetzt, wo seine Gattin weg war, musste er nicht mehr gehen. Er war entschlossen zu kämpfen. Um den Landgasthof, den sein Urgroßvater gegründet hatte, den seine Vorfahren über zwei Weltkriege gebracht hatten und den seine zänkische Frau von Anfang an gehasst hatte. Er würde der Bräu von Hintersbrunn bleiben. Er goss heißes Wasser in eine Tasse mit löslichem Kaffee und rührte um, als sein Blick durch die hintere Fensterluke auf zwei wankende Gestalten fiel, die schräg gegenüber durch den Torbogen des Weimerhofs kamen. Er stellte die Tasse ab, lehnte sich auf die Ablage und sah genauer hin. Der Fürbitten-Franz schleppte die Bäcker-Gundi die kleine Straße entlang. Sie hatte einen Arm um seinen Hals gelegt. Ihr Kopf lag auf seiner schiefen Schulter.

»M-mir haben's gleich«, redete Franz schwer atmend auf Gundi ein, während er sie halbwegs lebend am Caravan des Bräu vorbei transportierte. Seine Adern am Hals und an den Schläfen traten pochend hervor. Aber nicht vor Anstrengung. Er hatte Angst, dass Gundi in seinen Armen sterben würde, bevor er Hilfe für sie fand.

Alle ihre Wege war er noch mal abgefahren. Er hatte in Fenster geschaut und Leute gefragt. Hatte sogar an all den Orten nachgeschaut, an denen Gundi sich als Kind gern versteckt hatte. Dann hatte er gesehen, wie jemand mit Münchner Kennzeichen bei Liesi vorfuhr, und da wusste er, dass sie wohl auch nicht bei sich zu Hause war. Dass man sie auch dort suchte. Aber im Grunde hatte es ihm sein Herz schon die ganze Zeit über gesagt: Die Gundi hatte sich mit Zenker angelegt, und Zenker war ein böser Mensch. Er wollte, dass sie verschwand, wie auch Franz hätte verschwinden sollen aus Hintersbrunn. Und er würde Gundi genau da einsperren, wo Franz sich nicht hintraute. Als er zum ersten Mal nach der furchterregenden Gespenstererscheinung den Weimerhof wieder betrat, hatte er am ganzen Körper gezittert.

»Der Hackl-Toni, des war bloß der Bräu«, hatte er vor sich hingeflüstert, während er alle Zimmer und Ecken des Hofs mit seiner großen Baustellenlampe absuchte. »Die Gundi sagt das und die Evelyn auch. Die Gundi und die Evelyn.« Seine zwei Schutzengel.

Dann hatte er sie im Keller gefunden. Gundi hatte einmal kurz geschluchzt, als sie ihn erkannte. Dann war sie still geworden. Und hatte in einer Ecke des dunklen Kellerverlieses gelegen wie ein totes Baby. Er hatte eine Leiter holen müssen. Noch nicht einmal, als er vom Hackl-Toni davongerannt ist, ist er so schnell gelaufen.

»Gleich h-hammas«, flehte er sie an, während sie jetzt wie ein Sack nasser Lumpen an seiner Seite hing. Kurz nachdem sie am Campingbus auf dem Hinterhof des Greimerbräu vorbei waren, gaben Gundis Knie nach. Franz fing seine Freundin auf und umfasste mit der einen Hand ihre Taille. Mit einem Ruck schwang er sie hoch und umfasste mit der anderen ihre Beine. Nun trug er sie auf seinen Armen und kam etwas schneller voran.

Gleich würde er an der alten Linde vorbei auf den Dorfplatz gelangen. Und von da aus waren es nur wenige Meter bis zu dem Weg, der zum alten Schulhaus führte. »Halt durch«, flüsterte er seiner bewusstlosen Freundin zu.

Als er um die Ecke bog, verschlug es ihm vor Schreck den Atem. Er blieb wie zu einer Salzsäule erstarrt stehen und hielt die Luft an. Auch das Gewicht in seinen Armen spürte er nicht mehr. Im grauen Herbstlicht stand ein einsamer Mann mit Hut an der Frontseite des Gasthofs. Zenker. Auch er hatte Franz und Gundi gesehen. Einen Augenblick lang starrte er Franz an. Dann entspannte sich sein Gesicht, und er lächelte. »Ja, wen haben wir denn da?«

Franz gab keine Antwort, und Gundi bemerkte von alledem nichts. Zenker ging langsam auf die beiden zu. Franz sah sich nach links und rechts um, aber er war ganz allein auf dem Dorfplatz. Und er hatte die verletzte Gundi auf dem Arm. Er konnte nicht davonlaufen. Zenker grinste immer noch. In diesem Moment erkannte Franz auch, warum. In Zenkers rechter Hand blitzte ein Messer auf. Franz konnte seinen Blick nicht mehr davon abwenden. Es war ein langes gebogenes Messer, und Franz sah ein, dass er keine Chance hatte. Stumm erwartete er sein und Gundis Schicksal.

»Keinen Schritt weiter!«, hörte er da hinter sich. Franz' Kopf fuhr herum. Sebastian Greimer war neben ihn getreten und hatte ein Gewehr in der Hand. Franz war noch nie in seinem Leben so froh gewesen, ausgerechnet den Bräu zu sehen.

»Steck dein Messer weg oder ich blas dir deine Rübe vom Kopf«, herrschte der Wirt Zenker an.

Der lächelte immer noch, hob aber die Hände inklusive Messer beschwichtigend in die Höhe. »Na, na, wer wird denn gleich.«

Franz sah mit weit aufgerissenen Augen und angehaltenem Atem zwischen den beiden hin und her. Zenker und der Bräu fixierten sich wie zwei Katzen vor dem Kampf um eine tote Maus. Für ihn hatten sie keinen Blick mehr.

Der Bräu hob seine Flinte. »Wenn du nicht sofort das Messer fallen lässt, dann brat ich dir eins auf den Pelz!«

Zenker tat überrascht. »Immer langsam, Bast. Hast du es etwa vergessen? Diogenes? Wir gegen den Rest der Welt?«

»Ich heiß nicht Bast!«

»Bräu«, flüsterte Franz lautlos.

»Wir können uns doch einig werden«, säuselte Zenker.

»Mir presst du meinen Gasthof nicht ab. Mir nicht.«

Franz verstand nicht, was die beiden sich an den Kopf warfen, und tat einen vorsichtigen Schritt zur Seite. Niemand schien es zu bemerken. Er ging einen weiteren Schritt in Richtung Schulhaus.

»Meinetwegen kannst du ja Wirt bleiben«, hörte er.

»Für deine Nazi-Bande? Pfui Deife!«

»Über Geld können wir natürlich auch reden.«

»Hau ab und lass dich hier nie wieder blicken!«

Franz fing an zu laufen. Mit der ohnmächtigen Gundi in den Armen stolperte er über den Platz zu dem kleinen Weg. Jeden Moment erwartete er, einen Schuss zu hören oder einen Messerstich im Rücken zu spüren. Seine schwere Fracht rutschte immer tiefer, aber er hielt sie mit letzter Kraft. Schließlich erreichte er den Schulhof. Dort sank er auf die Knie und brach über der leblosen Gundi zusammen.

Hast du gmoant, mei liab's Engerl,
i hätt di net gern?
Bei Gott, unserm Himmevater,
da kann i's dir schwörn.
Denn i liab di so fest, wie
der Baum seine Äst, wie
der Himme seine Stern,
grad so hob i di gern.

Gundi blinzelte.

Ich kann sehen, war das Erste, was sie dachte, und ein unbeschreibliches Glücksgefühl durchströmte sie. Licht. Es war hell um sie herum. Sie drehte den Kopf und sah Franz. Er saß an ihrem Bett und sang leise vor sich hin, ohne zu stottern. Wo war sie? In welchem Bett lag sie? Sie stöhnte, und Franz verstummte. Sein Gesicht tauchte ganz nah vor ihren Augen auf und musterte sie. Wie aus dem Nichts erschien ein weiterer Umriss in ihrem Sichtfeld, und sie erkannte Ferdl. Die Traumbilder der beiden Menschen, die sie liebte, konnte sie zunächst nicht zusammenbringen.

»Bin ich im Himmel?«

»D-Die oan sagen so, die a-andern so.« Franz grinste über beide rotgeäderten Backen.

»Schmarrnkiwe«, antwortete Gundi schwach. Ihre Augen wanderten durch den Raum. »Wo bin ich?«, fragte sie.

Ferdl setzte sich auf die Bettkante. »Bei Tonio und Evelyn«, antwortete er. »Der Franz hat dir das Leben gerettet.«

Franz wurde feuerrot. »D-Des war der Bräu in W-Wirklichkeit«, stammelte er.

Ferdl lächelte ihn an. »Die einen sagen so, die andern so.«

Nachdem Liesi Franz' Zusammenbruch auf dem Schulhof vom Wohnzimmerfenster aus beobachtet hatte, waren alle Anwesenden von ihrem Frühstück aufgesprungen und hatten die beiden Erschöpften ins Haus verfrachtet. Franz hatte sich schnell erholt und sich vehement dagegen gewehrt, die ohnmächtige Gundi aus den Augen zu lassen oder sie gar ins Krankenhaus zu bringen. Eine gerufene Ambulanz hatte Gundi mit Flüssigkeit versorgt, während Franz die Geschichte seiner Suche und Entdeckung erzählte und von der Rettung durch den Bräu berichtete. Nach wenigen Stunden war auch in Gundis Gesicht die Farbe zurückgekehrt.

Es klopfte, und Tonio steckte den Kopf zur Tür herein. »Du bist also wach?«

Gundi drehte sich in seine Richtung. »Lieg ich in eurem Bett, Tonio?«

»Ja. Aber mach dir deswegen keine Sorgen.«

Plötzlich durchfuhr es Gundi wie ein Stromschlag. »Der Zenker«, schrie sie. »Er ist ein Dieb und … und der Schädel, der ist Betrug!«, stammelte sie.

Ferdl legte ihr die Hand auf den Arm. »Wissen wir alles, Gundi. Du hast geistesgegenwärtig deine Recherchen an André geschickt. Er ist auch hier.«

»André? Hier bei Tonio und Evelyn?«

»Momentan nicht. Er spricht gerade mit der Staatsanwaltschaft in Landshut.«

Gundis Erinnerungen kehrten allmählich zurück. Sie hatte am Abend, nachdem sie in Eggenzell von der Reliquie erfahren hatte, Zenker mit ihrem Wissen konfrontiert. Dass er der gesuchte Kunsträuber sei. »Der Zenker, der hat mich überfallen!«

Sie richtete sich auf und kramte weiter in ihrem Gedächtnis. Sie war gefangen gewesen. In einem Verlies. Kälte, Staub und Todesangst. Der Rückblick blieb verschwommen. Ganz klar war das Gefühl, eine zweite Chance bekommen zu haben.

»Wir gehen davon aus, dass er – oder einer seiner Handlanger – dich nachts aus deinem Zimmer im Greimerbräu entführt hat. Vermutlich bist du betäubt worden. Er wollte verhindern, dass du die Wahrheit sagst, und hat alle deine Unterlagen und deinen Laptop mitgenommen«, erklärte Tonio.

»Mein Laptop!«, schrie sie auf. »Da ist alles drauf!«

»Beruhige dich. Ist alles wieder da.«

Gundi verstand immer noch nicht. Panik erfasste sie. »Der will mich umbringen, Ferdl! Wo ist er jetzt? Sind wir hier sicher?« Sie schlug die Decke zurück und wollte aufstehen, als ein kurzer Schwindel sie zwang, sich wieder zurücksinken zu lassen.

»Der Zenker ist verhaftet worden, Gundi. Er sitzt in Untersuchungshaft, ebenso wie ein Dutzend seiner Mitverschwörer.«

Während Gundi von Sanitätern versorgt worden war, hatte André die Polizei informiert, und schon wenige Stunden später hatte ein Spezialkommando Zenker und zwölf seiner Mitstreiter in der Villa außerhalb von Hintersbrunn überrascht. Die Beamten verhafteten alle Anwesenden, durchsuchten die Räumlichkeiten, sicherten ein ganzes Arsenal von illegalen Waffen und stießen auf Computer und Datenträger mit detaillierten Unterlagen zu den Umsturzplänen der niederbayerischen Reichbürgerbewegung. Aus ihnen ging hervor, dass Lutz Zenker zusammen mit seinen Komplizen ein Kommandozentrum im Ort plante, vom dem aus sie die Machtübernahme in Bayern steuern wollten. Darüber hinaus wurden in der Villa Spuren von Diebesgut gesichert, das aus Museen und Kirchen in ganz Bayern entwendet worden war. Das meiste davon war zwar verkauft, eingeschmolzen oder weiterverarbeitet worden, aber Zenker hatte akribisch Buch geführt. Man hatte erwartet, dass Zenker sich nach Gundis Befreiung sofort auf die Flucht begeben würde. Aber offenbar war er von seiner Parallelwelt derart überzeugt, dass ihm der Gedanke, jemand könnte ihm etwas anhaben, geradezu abwegig erschien. Während seiner Verhaftung war André mit einem Kameramann als einziger Reporter live vor Ort gewesen.

Gundi sah Ferdl während seiner Berichterstattung mit offenem Mund an. »Wie lange war ich denn bewusstlos?«, fragte sie.

»Du hast 13 Stunden geschlafen«, antwortete Ferdl. »Kone und Evelyn haben Kartoffelpüree gemacht. Und Liesi hat frisch gebackenen Leberkäs gebracht. Hast du Hunger?«

Gundis Lebensgeister meldeten sich mit einer Fanfare zurück. Es war wirklich vorbei. Sie war in Sicherheit.

KAPITEL 22

Als Gundi mit Ferdl auf dem Beifahrersitz den letzten Hügel nahm und Hintersbrunn in Sichtweite lag, bemerkte sie, dass sie dieses Mal keinerlei Beklemmung verspürte. Sie blickte auf den Kirchturm und die wenigen Häuser, die wie eh und je um das Gotteshaus herum gruppiert lagen. Äußerlich sah alles aus wie immer. Nur der Baukran über dem Weimerhof war verschwunden. Und doch hatte sich alles verändert.

Sie passierte das Ortsschild und hörte kaum zu. Ihr bester Freund plapperte gut gelaunt schon die ganze Fahrt lang über alles Mögliche: über die Landschaft, über Dorfwirtschaften, über Hotelgäste aus der Hölle und über Ausstattungsideen für seine Lobby. Es war wie früher. Gundi hatte inzwischen mehrere große Reportagen über Zenkers Fall, über die Reichsbürgerbewegung, die rechte Invasion in sterbenden Dörfern und auch über Biobauern mit Nazi-Ideologie geschrieben. Ferdl war immer noch mit Kone glücklich, und Gundi hatte verstanden, dass ihr langjähriger bester Freund sich schon seit einer ganzen Weile einsam gefühlt hatte.

Heute eröffnete Kone seine Ausstellung im Kulturzentrum von Hintersbrunn, und Ferdl war aufgeregt. Gundi passierte ihr altes Elternhaus und bemerkte, dass Franz es erneut frisch gestrichen hatte. Es leuchtete knallorange. Der Dorfladen gegenüber war geschlossen, und ein paar Menschen in Sonntagskleidung spazierten Richtung Dorfplatz.

Als sie vor der roten Ampel anhielt, bemerkte sie die Blicke der Menschen, die sie früher als geringschätzig empfunden hatte. Heute lag Anerkennung darin. Einige Dorfbewohner nickten ihr zu. Beim Greimerbräu bog sie nach links ab, zum Weimerhof. Dessen Torbogen war mit Buchs umkränzt. Sie parkte ihr Auto und hakte sich bei Ferdl ein. Vielleicht hatte sich nicht das Dorf verändert. Sondern sie.

Der alte Hof war immer noch eine Baustelle, und aufgeschichtete alte Ziegel lagen an der Stelle, wo noch vor Kurzem der Grundstein für ein neues »Bayernreich« gelegt worden war. Rechts vom Wohnhaus war der alte Stadel wiederaufgebaut worden, die Tür stand offen. Gundi führte Ferdl hinein und betrachtete die Stellwände mit historischen Fotos und Informationen zum Verbrechen an der 13-köpfigen Familie Weil im November 1938. Zusammen mit Tonio hatte sie in den letzten Wochen diese Dauerausstellung gestaltet. Der ehemalige Geschichtslehrer hatte akribisch Dokumente zusammengetragen, und Gundi blickte nicht ohne Stolz auf ihre Texte zur Aufarbeitung der Geschichte des Weimerhofs.

»Auch bei Zenker hat man Unterlagen zur jüdischen Familie Weil und zu dem Brand von 1938 gefunden«, erklärte sie Ferdl, während sie an den Wandschirmen entlangschlenderten. »Er war fasziniert von dieser Tat.«

Inzwischen war Anklage gegen Zenker und 14 weitere Beschuldigte erhoben worden. Wegen schweren Diebstahls, Bildung einer terroristischen Vereinigung und versuchten Mordes. Der Reichsbürger hatte sein Heimatmuseum »Johann-Hundhammer-Haus« benennen wollen, nach dem Vater vom Hackl-Toni, der die im Stadel versteckte jüdische Familie grausam ermordet hatte. Offenbar wollte er dieser Gräueltat ein zynisches Denkmal setzen.

Ferdl schüttelte betroffen den Kopf. »Was für ein krankes Hirn.«

»Da seid's ja endlich!«, erklang von hinten eine Stimme. Liesi hatte auf die Ankunft der beiden Ehrengäste gewartet. »Wenn ihr noch Weißwürscht haben wollt, dann müsst's euch aber ranhalten.«

Gehorsam folgten Gundi und Ferdl ihr durch die niedrige Eingangstür ins ehemalige Wohnhaus des Hofes, wo die Räumlichkeiten des neuen Kulturzentrums noch im Entstehen waren. Es sollte eine Bibliothek geben, einen Ausstellungsraum, der gleichzeitig auch Festsaal war, und einen Treffpunkt mit Küche, den jeder benutzen durfte und in dem man zwangslos zusammenkommen konnte. Gundi betrachtete die Veränderungen der letzten Monate mit offenem Mund. Die Decke war offen geblieben, aber der Dachstuhl war originalgetreu wiederhergestellt worden.

Von Liesi erfuhr Gundi, dass die alten Dachbalken in der Schreinerei von Alois Münchinger entdeckt worden waren, der behauptet hatte, rechtmäßiger Eigentümer zu sein. Die Rückgabe der alten Hölzer war Teil der Rückabwicklung des Immobilienkaufs, der mit tatkräftiger Hilfe des Landrats vollzogen worden war, noch bevor Zenker rechtskräftig verurteilt wurde. Zenkers Frau blieb mit den Kindern in »Neuschwanstein« zurück, Alois besuche sie täglich, berichtete Liesi.

Bürgermeister Bernleitner war inzwischen aus dem Krankenhaus zurück, die Kugel hatte nur innerliche Wunden hinterlassen. Seine erste Amtshandlung nach seiner Genesung war es gewesen, den »Bajuwarenschädel« persönlich nach Eggenzell zurückzubringen. Dann hatte er grünes Licht für das neue Kulturzentrum gegeben. Gundi entdeckte Bernleitner etwas abseits. Er wippte auf seinen Füßen.

»Franz hat in wochenlanger Arbeit die alten Balken restauriert«, erklärte Liesi und deutete auf ihren gemeinsamen Freund, der am anderen Ende des Raums hinter einem Bottich hantierte. Mit grüner Schürze über dem obligatorischen Blaumann und einer Zange bewehrt, reichte Franz den Besuchern Weißwürste und grinste sie mit seinen schiefen Zähnen an.

»Servus, Bixlmadam!«, rief er Gundi über die Köpfe der Gäste hinweg zu, und alle lachten.

Gefolgt von Ferdl und Liesi ging sie auf ihn zu. »Eam schaug an, der Kniabiesler an der Wurschtausgabe!«

Franz hielt ihr eine seiner Würste vor die Nase und reichte auch ihren Begleitern welche. Neben dem Kessel waren Körbe mit Brezen und Senffässchen aufgestellt. Man tunkte und zuzelte im Kollektiv.

Gundi ließ ihren Blick über die Besucher wandern, die wegen Kones überregionaler Bekanntheit aus dem ganzen Umland gekommen waren. Zur Feier des Richtfests wollte er mit seiner Ausstellung zur weiteren Finanzierung des Kulturzentrums beitragen. Auch das ganze Dorf war da. Gundi stand inmitten Kones Schau, die ein entspanntes Gemisch aus Essen, Kunst, Gesprächen und Lachen war. Die vielen Leute flanierten vor seinen Bildern an den unverputzten Wänden entlang, unterhielten sich über die lustigen Zeichnungen, die hauptsächlich die Lächerlichkeiten der bayerischen Staatsregierung aufs Korn nahmen, und gaben sich gleichzeitig dem Genuss von Würsten und Bier hin. Nur Alois entdeckte sie nirgends.

Am Eingang zur ehemaligen Küche zapfte der Bräu nimmermüde eine Maß nach der anderen. »Was ist eigentlich aus den beiden geworden?«, fragte Gundi Liesi und deutete mit dem Kopf auf den Wirt.

»Sie ist die neue Wirtin in Schwindach, zusammen mit ihrem Bruder. Die Leute lieben ihren Rinderbraten.«

»Und er?«

»Hat einen neuen Mitarbeiter.«

»Oha. Wen denn?«

Liesi setzte ein verschwörerisches Gesicht auf. »Den Franz. Der schenkt jetzt beim Bräu aus. Der Bräu hat, glaub ich, was verstanden, als er den Franz mit dir auf den Armen sah. Er hat die alten Hirschgeweihe wieder aufgehängt, und jetzt kommen die Schafkopfer aus dem ganzen Landkreis zum Greimerbräu. Das ist genau das, was der Bast allerweil wollte.«

Wie um Liesis Urteil über ihn zu unterstreichen, sah Gundi den Bräu mit zwei Maßkrügen in den Händen auf seinen Wurstausgeber zugehen. »Schwoammas owe!«, sagte er zu Franz, der mit beiden Händen nach dem gereichten Krug griff. Gundi glaubte beinahe, ihren Augen nicht trauen zu können. Der Bräu und der Franz. Ein Herz und eine Seele.

»Ich habe endlich auch Frieden mit meiner Vergangenheit gemacht, Ferdl«, sagte sie ins Leere und drehte sich nach ihrem Freund um. Ferdl hatte aber inzwischen Kone entdeckt, und Gundi beobachtete, wie er ihn aus der Belagerung von Nandl und Evelyn befreite. Aus der Ferne musterte sie die beiden und erahnte die wortlose Vertrautheit zwischen ihnen. Von Statur und Gebaren her wirkte Kone viel stärker als der zarte Ferdl. Es lag aber auch eine Art Verletzlichkeit in seinen Augen, die Gundi noch nicht verstand. Sie freute sich darauf, den Lebensgefährten ihres besten Freundes näher kennenzulernen.

Harry Kramer steuerte auf Kone zu und bat um ein Foto. Mit dem Redakteur der Landshuter Zeitung hatte Gundi in den letzten Monaten ihre Berichte für die lokale Presse aufbereitet. Das Dorf war ihr inzwischen zur zweiten Heimat geworden. Franz hatte ihr geholfen, ein kleines Redaktionsbüro im alten Schulhaus einzurichten, in dem sie sogar manchmal übernachtete.

»Du wirst nicht glauben, was ich herausgefunden habe«, ertönte es hinter ihr, und sie fuhr herum. André stand lächelnd hinter ihr.

»Das freut mich aber, dass du auch da bist«, begrüßte ihn Gundi.

André war als Initiator der Enthüllungsgeschichten über die Reichsbürgerszene inzwischen zum Ressortleiter beim Tagblatt aufgestiegen, und Gundi hatte nicht erwartet, dass er für die erste Ausstellung im Hintersbrunner Kulturzentrum Zeit finden würde.

»Ich musste es dir einfach persönlich sagen«, antwortete er. »Dieser Happen ist zu schmackhaft für die beste Enthüllungsjournalistin von Niederbayern.«

Gundi wurde rot. »Jetzt spann mich nicht so auf die Folter!«, überging sie die peinliche Blutwallung.

»Dr. Xaver Husterl hat in Kelheim bei einer durchgeknallten Gräfin angeheuert. Er kuratiert dort eine Ausstellung ihrer millionenschweren Klunker, die ihre Vorfahren über mehrere Generationen zusammengeraubt haben.«

Da unterbrach ein lauter, heller Knall die fröhliche Gesellschaft. Aus den gerade noch vergnügten Besuchern der Ausstellung kam ein erschreckter Laut wie aus einem Munde. Ein paar Leute duckten sich, als würde gleich ein Kugelhagel über sie hinwegfegen. Ferdl und Kone kamen auf Gundi zugestürmt. »Was war das?«, fragten sie zeitgleich, während sie sie schützend umringten.

Gundi sah zu André, der offenbar etwas entdeckt hatte. Sie folgte seinem Blick und bemerkte die zerbrochene Fensterscheibe an der Rückseite des Raums und Scherben auf dem Boden. Jemand hatte von außen das Fenster eingeworfen. Das Wurfgeschoss lag unmittelbar vor Franz' Tisch mit dem Wurstkessel. Er trat hervor und hob es mit großen Augen auf. Schon war Gundi an seiner Seite. Franz reichte ihr den Stein. Er war in Papier eingewickelt. Mit klopfendem Herzen wickelte sie ihn aus. André trat hinter sie, und gemeinsam lasen sie die Botschaft: »Diogenes.«

»Alois?«, rätselte Liesi, die ebenfalls einen Blick auf das zerknitterte Schriftstück geworfen hatte.

André und Gundi sahen sie fragend an.

»Es gibt noch Arbeit für dich, Stadtschreiberin«, sagte eine Stimme hinter den beiden Journalisten. Sie kam vom Bräu.

GLOSSAR

BAIRISCHE KRAFTAUSDRÜCKE
IN DIESEM BUCH

Biaschal
Abfällig für einen jungen Mann, dem es noch an der Körperfülle und Robustheit eines gestandenen Mannes fehlt. Manchmal kombiniert mit »windig«, wenn es sich um ein besonders dünnes Exemplar handelt.

Binkel
Hochnäsiger, blasierter Mensch, meist ein Preuße.

Bixlmadam
Eine Frau, die sich über die Maßen auftakelt und vornehm tut, deren Vermögen sich aber auf den Inhalt einer Sparbüchse beschränkt.

Blatterter Uhu
Kahlköpfiger, schon älterer Mann.

Boandlkramer
Eigentlich: Knochenhändler. Abwertende und respektlose Bezeichnung für den personifizierten Tod (Knochenmann, Sensenmann).

Breznsoiza

Jemand, der eine Breze salzt. Universal anwendbares Schimpfwort für nichtsnutzige und völlig dumme Menschen.

Damisch

Verwandt mit dämlich, vermutlich hergeleitet von taumeln, täumisch. Einem Schimpfwort nachgestellt dient es als Verstärkung, z. B. »Du Depp, du damischer!«

Dem Depp sein Hacklstecker

Hackstecker ist das bairische Wort für Gehstock – ein Gerät von meist überschaubarer Schönheit, das sich allein durch seine Nützlichkeit auszeichnet. Einen Hacklstecker in den Händen eines Deppen muss man sich als von aller Nützlichkeit befreit vorstellen.

Dipferlscheißer

Ein Mensch, der kleinteilige Ausscheidungsprodukte von sich gibt. Bezeichnung für einen kleinkarierten Besserwisser.

Dreckhamme

Hammel bezeichnet einen rücksichtslosen und unverschämten Menschen. Die Vorsilbe Dreck- dient in vielen Kraftausdrücken der Verstärkung: Drecksau, Dreckspatz, Dreckschleuder, Drecksarbeit, Dreckschlampe u. v. a.

Dridschler

Ein langsamer, eher verträumter Mensch. Verwandt damit ist die fade Nocka (= uninteressante weibliche Person). Eine Beschimpfung ohne freundlichen Hintersinn ist

Loamsiader (jemand, der Lehm aufkocht). Diese Bezeichnung ist einem durch und durch langweiligen Menschen vorbehalten.

Fade Moin
Langweiliges Frauenzimmer (Molle = das Weiche im Brot).

Freibierlätschn
Eine Lätschn ist ein Gesicht in seiner weinerlichen oder beleidigten Ausdrucksform. Eine Freibierlätschn bezeichnet einen Menschen, der sich Bier erbettelt, ohne es bezahlen zu müssen. Hochdeutsch: Schnorrer.

Gloiffe
Ungehobelter, grober Kerl. Umstrittene Wortherkunft. Diskutiert wird eine Herleitung vom Namen des rauflustigen Adelsgeschlechts der Agilolfinger oder vom mittelhochdeutschen Wort »Gläfe« für Lanze. An anderer Stelle wird der Ursprung des Begriffs in der biblischen Figur des Kleophas oder im jiddischen Wort »Kelev« für Hund vermutet. Vieles spricht für eine Verwandtschaft mit dem bayerischen Wort für Holzhacken (klieben): »Mia doan Scheidl gliam« oder »Mia ham den ganzen Dog Scheidl globm«.

Gmoadepp
Dorfdepp. Gmoa = Gemeinde.

Grampf
Aus dem altdeutschen Wort »kramph« für gekrümmt, krumm. Bezeichnung für eine dumme und ungeschickte Tat.

Grantlhauer

Vom bayerischen Grant abgeleitet. Vermutlich verwandt mit »to grind«, mahlen, malmen. Grant ist die allgemeine und meist anlasslose Verdrießlichkeit, die sich einstellt, wenn keine Gaudi ist. Wird der Grant zum ständigen Begleiter, mutiert man zum Grantlhauer, den man sich als Handwerker des Grant vorstellen kann. Grantlhuaba ist, ebenso wie der Grantler, eine sprachliche Variation.

Gscheidhaferl

Bairisch für Schlaumeier. Mit Haferl war früher auch das Nachthaferl gemeint, ein Gefäß im Schlafzimmer, das dazu diente, nachts nicht zur außerhäuslichen Toilette marschieren zu müssen. Allegorisch verwandt mit dem hochdeutschen Klugscheißer.

Gschpusi

Die Liebelei, die Liebschaft, auch die oder der Geliebte. Ausschließlich außerehelich, daher mit Anklängen von Liederlichkeit.

Gschwerl

Gesindel oder Bagage, Menschen im Zustand der Verwahrlosung. Ursprünglich die Bezeichnung für angeheiratete Verwandtschaft. Heutzutage gerne als Beschimpfung für Andersdenkende verwendet.

Gschwoischädel

Wörtlich übersetzt ein geschwollener Kopf. Bezeichnung für einen aufgeblasenen Kerl, der meint, er wäre etwas ganz Besonderes.

Haggodza

Fluch. Verbindung von »Herrgott« und »Sakrament«. Zur Entschärfung verkürzt und lautlich verfremdet.

Hambbara

Ursprünglich ein verwahrloster Handwerksbursche. Landstreicher und Nichtskönner, der nur herummacht und nichts fertigbringt.

Haumdaucha

Abgeleitet von der Vogelart Haubentaucher. Scherzhafte Bezeichnung für Zeitgenossen, die etwas falsch gemacht haben. Die Herkunft des Schimpfworts liegt vermutlich in der Tatsache, dass dieser Wasservogel häufig den Kopf unter Wasser hält.

Heislschleicher

Verachtenswerter Mensch, der sich auf heuchlerische Weise um Verwandte kümmert, deren Ableben absehbar ist, nur um an deren Besitz (Heisl = Einfamilienhaus) zu kommen.

Hirndibi

Dibi (hochdeutsch: Dübel) ist ein Bauteil, das die Belastbarkeit einer einzudrehenden Schraube unterstützt. Den Rest kann man sich denken.

Hodalump

Ein Lump in seiner verstärkten Form. Hoda = ein alter Lappen.

Kaschperlkopf

Oft liebevoll gemeinte Bezeichnung für einen wenig ernst zu nehmenden Menschen.

Kletznbene

Jemanden als Bene zu benennen (siehe auch Lätschnbene), weist darauf hin, dass der so Bezeichnete mit einer Eigenart ganz besonders gesegnet ist (lat. bene). Eine Kletzn ist eine Dörrbirne. Hat jemand statt einer Birne eine Kletzn auf dem Hals, lässt dies Rückschlüsse auf seine eingetrocknete Intelligenz zu.

Kniabiesler

Bezeichnung für einen noch jugendlichen männlichen Bayern, der das Handwerk des gezielten Brunzens (hochdeutsch: urinieren) noch nicht beherrscht.

Kraxndroga

Eine Kraxn ist ein Tragegestell, das man sich auf den Rücken schnallt, um damit schwere Frachten zu befördern. Beruflich eine Kraxn zu tragen, also ein Kraxndroga zu sein, ist wenig erstrebenswert. Denn man trägt dabei die Lasten anderer, meist höhergestellter Personen, was eine gewisse Unterwürfigkeitsbereitschaft voraussetzt. Ein Kraxndroga wird im bayerischen Sprachraum leidenschaftlich verachtet.

Kriaglwascher

Kriagl bezeichnet einen Krug, vornehmlich zum Trinken von Bier. Wörtlich ist ein Kriaglwascher in der Gastronomie eine unentbehrliche Arbeitskraft: nämlich ein Spüler. Obwohl dieser Job im bierseligen Bayern eine hochge-

schätzte Arbeit sein müsste, ist die Bezeichnung Kriaglwascher gleichbedeutend mit Nichtsnutz oder Taugenichts.
Man erklärt diese Bedeutung damit, dass diese Tätigkeit
früher ausschließlich von Ungelernten oder von Heran-
wachsenden ausgeübt wurde. Zudem steht der Kriaglwascher in der Rangordnung beim Ausschank ganz unten:
Er kommt nach dem Wirt, dem Schankkellner und den
Bedienungen an letzter Stelle.

Kruzifünferl
Durch Verballhornung abgeschwächte Variante des Fluchs
»Kruzifix«.

Laffe
Eingebildeter, eitler Mensch, Geck. Seit dem 15. Jahrhundert belegt, geht der Begriff vermutlich zurück auf »laffen«, was so viel bedeutet wie »sich das Maul lecken«. Ein
»Leckermaul« war in den bäuerlichen Sozialstrukturen
des späten Mittelalters ausgesprochen negativ konnotiert.

Lalle
Trottel, tollpatschiger Kerl oder Einfaltspinsel. Verwandt
mit dem Lallen, das man an den Tag legt, wenn einem das
Bier das Hirn vernebelt.

Lapp
Trottel, der sich alles gefallen lässt. Verwandt mit Lalle, in
seiner lahmarschigen Ausprägung.

Lätschnbene
Jemand, der ein langes Gesicht macht (siehe auch Kletznbene).

Malefizbuam

(von lat. male factum) Bezeichnung für Lausbuben mit liebevoll anerkennenden Untertönen.

Noagerlzuzler

Jemand, der seine Maß bis zum letzten abgestandenen Schluck austrinkt, was in Bayern als Charakterschwäche angesehen wird.

Oachebär

Männliches Wildschwein, dessen Hauptmerkmal der strenge Geruch ist. Schimpfwort für einen Menschen, der die Nase beleidigt, manchmal auch mit anerkennendem Unterton.

Odrahda Hund, du verreckter

Odrahd bedeutet durchtrieben im Sinne von clever. In dieser Wortkombination eine Beschimpfung mit respektvollem Beiklang.

Oide Fischhaut

Herzliche Begrüßungsfloskel unter Männern.

Oide Schäsn

Eigentlich Bezeichnung für ein ausrangiertes Fahrzeug. Wird für ältere Damen gebraucht.

Ooschwimmerl

Ein Pickel am Hintern. Selbsterklärend.

Preissnschädl

Abfällige Variation von »Preuße«.

Ramme

Nasenschleimhautabfallprodukt im angetrockneten Zustand. Meist in Verbindung mit gschert (bayerisch für ungebildet bzw. unfein). Bezeichnung für einen ungehobelten Menschen. Nicht zu verwechseln mit Rammerl = knusprige Schwarte des Schweinsbratens.

Ratschkathl

Dem weiblichen Geschlecht vorbehaltene milde Bezeichnung für eine Frau, die ständig Klatsch und Tratsch produziert. Der Volksmund weiß, dass bei einer allgemein anerkannten Ratschkathl nach getanem Lebenswerk das Mundwerk gesondert erschlagen werden muss.

Riape

Grober, ungehobelter Kerl. Rüpel.

Rotzleffe

Kombination aus Rotz und Löffel als Bezeichnung für einen vorlauten Menschen, auf dessen Jugend die laufende Nase verweist und dessen Löffel man ihm gerne lang ziehen möchte.

Ruach

Raffgieriger Mensch. Auch als Adjektiv geläufig: ruachad = raffgierig. Weder verwandt mit »Geruch«, noch mit dem hebräischen Wort für »Geist«. Man vermutet eine Herkunft aus dem neulateinischen »rochetum« (Rochett), einer Bezeichnung für das aufwändig verzierte und weit geschnittene Chorhemd höherer Geistlicher.

Sau-

Die Sau ist im Bairischen ein verstärkender Wortbestand-
teil, »wie d'Sau« fungiert als Superlativ: In Bayern regnet
es nicht stark, sondern »Es schifft wia d'Sau«. Nichts ist
so schnell wie eine gesengte Sau, wenn sie sich nach dem
Borstenabbrennen und vor dem Schlachten in wilder Panik
aus dem Staub macht.

Als Präfix kann es sowohl negativ (Sauhund, Saubua,
Sauwetter, saugrantig, saufrech), als auch positiv verstär-
ken (Sauglück, sauguad, saulustig).

Saupreiß, kinäsischer

Doppelt verstärkte Beschimpfung. Ursprünglich waren
»die Preißn« alle Einwohner des Königreichs Preußen.
Zu Saupreußen wurden sie durch ihre als vorschnell und
wichtigtuerisch empfundene Art.

Heute wird die Beschimpfung sehr breit verwendet für
alle Zeitgenossen, die nicht aus Bayern stammen. Funda-
mentalisten unter den Einwohnern des heutigen Bayern
zählen sogar Teile des eigenen Bundeslands zu Preußen.
Sie bezeichnen zum Beispiel die Bewohner Frankens als
»Lebkuachapreißn«, und Münchner ohne Dialektkennt-
nisse gelten ihnen als »Isarpreißn«.

Das nachgestellte kinäsischer steht für den Inbegriff des
Fremden und drückt die größtmögliche persönliche Dis-
tanzierung aus. Ein verstecktes Motiv zur Diskriminierung
bestimmter Ethnien kann historisch zugrunde liegen, muss
aber, da für alle Nichtbayern unbekannter Herkunft verwendet, heute nicht mehr zwingend angenommen werden.

Saxndi

Ausruf des respektvollen Erstaunens. Aus der Wortfamilie Sakrament wird der Ausruf durch seine lautliche Verfremdung nicht als blasphemisch empfunden.

Scheißhausfliang, oide

Bezeichnung für einen Menschen, der ähnlich zuverlässig nervt wie eine Fliege, die im WC herumschwirrt. Der Zusatz »oide« verrät, dass man besagte Fliege schon länger kennt.

Schmarrn

Bundesweit als Kaiserschmarrn bekannt ist ein Schmarrn ein in der Pfanne ungleichmäßig zerrupfter Pfannkuchen. Ein Schmarrn im übertragenen Sinn ist demnach ein durch ruhestörendes Treiben verursachtes Durcheinander, ein Unfug.

Schmarrnkiwe bezeichnet einen Menschen, dem es gelingt, eine so große Menge an Schmarrn von sich zu geben, dass es dazu eines Kübels (Kiwe) bedarf, und ein Schmarrnbruada ist, ähnlich einem Klosterbruder, ein Mensch, der sein ganzes Leben der Produktion von Schmarrn widmet.

Schoasdromme

Schoas = abgehende Blähung; Dromme = Trommel. Oft verwendet für Frauen mit ausladendem Hinterteil.

Tschamsdara

Bezeichnung für einen Mann, der einer Frau den Hof macht, dessen Werben aber durch eine gewisse Vergeblichkeit ausgezeichnet ist.

Windfahnderl
Gegenwind-Allergiker. Jemand, der sich immer nach der gegenwärtigen Luftströmung richtet.

Zefix
Durch Verkürzung abgeschwächte Form des Fluchworts »Kruzifix«.

Ziefern
Das Ziefer bezeichnet ursprünglich das Federvieh bzw. Kleinvieh auf einem Bauernhof. Bezeichnung für eine magere und lästige Weibsperson, meist älteren Jahrgangs.

Zipfeklatscher
Wörtlich einer, der sein bestes Stück mit der flachen Hand schlägt. Grobes Schimpfwort für Unsympath, Depp, Trottel. Ausschließlich unter Männern manchmal auch freundschaftlich verwendet.

Zuagroaster
Nicht-bayerischer Mitbürger.

Zwidawurzn
Zwida = zuwider; Wurzn = Wurzel, im Sinn von festsitzend. Bezeichnung für eine sauertöpfische Frau.

Gundi Starck ermittelt:

1. Fall: Sacklzement!
ISBN 978-3-8392-0073-5

**2. Fall: Herrschaftszeiten
no amoi!**
ISBN 978-3-8392-0267-8

3. Fall: Zefix halleluja!
ISBN 978-3-8392-0707-9

SPANNUNG

GMEINER

WWW.GMEINER-VERLAG.DE
Wir machen's spannend